中|华|国|学|经|典|普|及|本

子不语

〔清〕袁枚　著

曹柏光　注

中国书店

图书在版编目（CIP）数据

子不语 /（清）袁枚著；曹柏光注 . —北京：中
国书店，2024.10
（中华国学经典普及本）
ISBN 978-7-5149-3416-8

Ⅰ.①子… Ⅱ.①袁… ②曹… Ⅲ.①《子不语》
Ⅳ.① I242.1

中国国家版本馆 CIP 数据核字（2024）第 060290 号

子不语

〔清〕袁枚 著　　曹柏光 注

责任编辑：李宏书

出版发行：中国书店

地　　址：北京市西城区琉璃厂东街 115 号

邮　　编：100050

电　　话：（010）63013700（总编室）

　　　　　（010）63013567（发行部）

印　　刷：三河市嘉科万达彩色印刷有限公司

开　　本：880 mm × 1230 mm　1/32

版　　次：2024 年 10 月第 1 版第 1 次印刷

字　　数：210 千

印　　张：10.5

书　　号：ISBN 978-7-5149-3416-8

定　　价：69.00 元

"中华国学经典普及本"编委会

顾　问（排名不分先后）

王守常（北京大学哲学系教授，中国文化书院
　　　　原院长）

李中华（北京大学哲学系教授、博导，中国文
　　　　化书院原副院长）

李春青（北京师范大学文学院教授、博导）

过常宝（北京师范大学文学院原院长、教授、
　　　　博导，河北大学副校长）

李　山（北京师范大学文学院教授、博导）

梁　涛（中国人民大学国学院副院长、教授、
　　　　博导）

王　颂（北京大学哲学系教授、博导，北京
　　　　大学佛教研究中心主任）

编写组成员（排名不分先后）

赵　新	王耀田	魏庆岷	宿春礼	于海英
齐艳杰	姜　波	焦　亮	申　楠	王　杰
白雯婷	吕凯丽	宿　磊	王光波	田爱群
何瑞欣	廖春红	史慧莉	胡乃波	曹柏光
田　恬	李锋敏	王毅龄	钱红福	梁剑威
崔明礼	宿春君	李统文		

前言

无论是经史典籍、庙堂之上，还是稗官野史、街谈巷议，有人烟处，即有志怪。志怪小说以其异想天开、光怪陆离的独特形式，为中国艺术的表现平添了一道绮丽风光。

中国的志怪小说汗牛充栋，浩如烟海，发展至清代蒲松龄的《聊斋志异》，达到顶峰。《聊斋志异》之后，出现了大量的模仿之作，其中便包括袁枚的《子不语》。

袁枚（1716—1798），字子才，号简斋，晚年自号仓山居士、随园老人，钱塘（今浙江杭州）人。清乾隆四年（1739）进士，入翰林，历任知县，三十三岁便辞官，隐居江宁（今南京）小仓山随园，优游其中五十载。在诗坛上，他是乾隆三大家之一，主性灵说；在生活上，所著《随园食单》，堪称古代的吃货经典；在娱乐上，更有《子不语》，谈鬼说妖，奇闻逸录，写尽人间百态。可见，袁枚是性情中人，不受俗礼拘束，重视生活情趣。

《子不语》全书二十四卷，《续子不语》十卷，共三十四卷，收集短篇故事千余则，其序言："怪、力、乱、神，子所不语也。"故名其书为《子不语》，后来，看到元代人已经写了一部同名小说，便改书名为《新齐谐》，本于《庄子·逍遥游》："《齐谐》者，志怪者也。"元人说部之同名书早已失传，所以今天仍沿用《子不语》之名。

《子不语》既为志怪小说，便以言鬼神、谈怪异为主，正如袁枚在序言中说："余生平寡嗜好，凡饮酒、度曲、樗蒲，可以接群居之欢者，一无能焉。文史外无以自娱，乃广采游心骇耳之事，妄言妄听，记而存之，非有所惑也。"他记录奇闻逸事是为了满足自己的消遣需要，以作为茶余饭后之轻松谈资。其中材料或来自袁枚亲朋好友口述，或是他亲身经历的真人真事，或者出自当时官方的邸报或公文以及虚构的鬼神故事，凡有所闻，皆诉之于笔端。志怪小说，虽为游戏文字，却是现实的折射。鬼怪的阴间社会，无不是人性与人心的曲折反映。

与《聊斋志异》重文学色彩的细致不同，《子不语》的语言朴实无华，更像是笔记体，正如鲁迅所言：其文屏去雕饰，反近于自然。语言多为浅近之文言，接近口语而易读，雅俗皆可赏。

本次编辑，择其精彩篇章选录，以飨诸君。为便于阅读，对其中的生僻字加以注释。

目录

自序

怪、力、乱、神，子所不语也。然龙血、鬼车，《系词》语之；玄鸟生商，牛羊饲稷，《雅》《颂》语之；左丘明亲受业于圣人，而内外传语此四者尤详。厥何故欤？盖圣人教人文、行、忠、信而已。此外则"未知生，焉知死""敬鬼神而远之"，所以立人道之极也。

《周易》取象幽渺，诗人自记祥瑞，左氏恢奇多闻，垂为文章，所以穷天地之变也。其理皆并行而不悖。

余生平寡嗜好，凡饮酒、度曲、樗蒲①，可以接群居之欢者，一无能焉。文史外无以自娱，乃广采游心骇耳之事，妄言妄听，记而存之，非有所惑也。譬如嗜味者餍八珍矣，而不广尝夫蚳醢②、葵菹③则脾困；嗜音者备《咸》《韶》矣，而不旁及于《侏儽》④《僸佅》⑤则耳狭。以妄驱庸，以骇起惰，不有博弈者乎？为之犹贤，是亦稗谌适野之一乐也。昔颜鲁公、李邺侯，功在社稷而好谈神怪；韩昌黎以道自任，而喜驳杂无稽之谈；徐骑省排斥佛、老，而好采异闻，门下士竟有伪造以取媚者。四贤之长，吾无能为役也；四贤之短，则吾窃取之矣。

书成，初名《子不语》，后见元人说部有雷同者，乃改为《新齐谐》云。

【注释】

①摴蒱（chū pú）：古代的一种博戏。博戏中用于掷采的投子最初是用樗木制成，故称樗蒲或摴蒱。类似后来的掷骰子。

②蚳醢（chí hǎi）：用蚁卵做的酱。

③葵菹：腌渍的葵菜。

④《侏儸》：我国古代西部少数民族乐舞的总称。

⑤《僸佅（mài）》：古代指我国北部和东部地区少数民族音乐。

卷一

李通判

广西李通判者，巨富也。家蓄七姬，珍宝山积。通判年二十七疾卒。有老仆者，素忠谨，伤其主早亡，与七姬共设斋醮。忽一道人持簿化缘，老仆呵之曰："吾家主早亡，无暇施汝。"道士笑曰："尔亦思家主复生乎？吾能作法，令其返魂。"老仆惊，奔语诸姬，群讶然出拜，则道士去矣。老仆与群妾悔轻慢神仙，致令化去，各相归咎。

未几，老仆过市，遇道士于途。老仆惊且喜，强持之请罪乞哀。道士曰："非我靳尔主之复生也，阴司例，死人还阳须得替代，恐尔家无人代死，吾是以去。"老仆曰："请归商之。"

拉道士至家，以道士语告群妾。群妾初闻道士之来也甚喜，继闻将代死也皆恚①，各相视，嗫不发声。老仆毅然曰："诸娘子青年可惜，老奴残年何足惜！"出见道士曰："如老奴者代可乎？"道士曰："尔能无悔无怖则可。"曰："能。"道士曰："念汝诚心，可出外与亲友作别，待我作法，三日法成，七日法验矣。"

老仆奉道士于家，旦夕敬礼，身至某某家，告以故，泣而诀别。其亲友有笑者、有敬者、有怜者、有揶揄不信者。

老仆过圣帝庙，素所奉也，入而拜，且祷曰："奴代家主死，求圣帝助道士放回家主魂魄。"语未竟，有赤脚僧立案前叱曰："汝满面妖气，大祸至矣。吾救汝，慎弗泄。"赠一纸包曰："临时取看。"言毕不见。老仆归，偷开之，手爪五具，绳索一根，遂置怀中。

俄而三日之期已届。道士命移老仆床，与家主灵柩相对，铁锁扃门，凿穴以通食饮。道士于群姬相近处筑坛诵咒。居亡何，了无他异。老仆疑之，心甫动，闻床下飒然有声。两黑人自地跃出，绿睛深目，通体短毛，长二尺许，头大如车轮，目睒睒^②视老仆，且视且走，绕棺而行，以齿啮棺缝，缝开，闻咳嗽声，宛然家主也。二鬼启棺之前和，扶家主出，状奄然，若不胜病者。二鬼手摩其腹，口渐有声。老仆目之，形是家主，音则道士，愀然曰："圣帝之言，得无验乎？"急揣怀中纸，五爪飞出，变为金龙，长数丈，攫老仆于空中，以绳缚梁上。老仆昏然注目下视，二鬼扶家主自棺中出，至老仆卧床，无人焉者。家主大呼曰："法败矣！"二鬼狰狞，绕屋寻觅，卒不得。家主怒甚，取老仆床帐被褥碎裂之。一鬼仰头见老仆在梁，大喜，与家主腾身取之，未及屋梁，震雷一声，仆坠于地，棺合如故，二鬼亦不复见矣。

群妾闻雷，往，启户视之，老仆具道所见，相与急视道士，道士已为雷震死坛所。其尸上有硫黄大书"妖道炼法易形，图财贪色，天条决斩，如律令"十七字。

【注释】

①恚（huì）：恼怒。

②睒睒（shǎn）：闪烁。

南昌士人

江西南昌县有士人某，读书北兰寺，一长一少，甚相友善。长者归家暴卒，少者不知也，在寺读书如故。天晚睡矣，见长者披闼①入，登床抚其背曰："吾别兄不十日，竟以暴疾亡，今我鬼也。朋友之情，不能自割，特来诀别。"少者阴喝②不能言，死者慰之曰："吾欲害兄，岂肯直告？兄慎弗怖。吾之所以来此者，欲以身后相托也。"少者心稍定，问托何事。曰："吾有老母，年七十余，妻年未三十，得数斛米足以养生，愿兄周恤之，此其一也；吾有文稿未梓，愿兄为镌刻，俾③微名不泯，此其二也；吾欠卖笔者钱数千，未经偿还，愿兄偿之，此其三也。"少者唯唯。死者起立曰："既承兄担承，吾亦去矣。"言毕欲走。

少者见其言近人情，貌如平昔，渐无怖意，乃泣留之，曰："与君长诀，何不稍缓须臾去耶？"死者亦泣，回坐其床，更叙平生数语，复起曰："吾去矣。"立而不行，两眼瞪视，貌渐丑败。少者惧，促之曰："君言既毕，可去矣。"尸竟不去。少者拍床大呼，亦不去，屹立如故。少者愈骇，起而奔，尸随之奔。少者奔愈急，尸奔亦急。追逐数里，少者逾墙仆地，尸不能逾墙而垂首墙外，口中涎沫与少者之面相滴涔涔也。

天明，路人过之，饮以姜汁，少者苏。尸主家方觅尸不得，闻信，舁④归成殡。

识者曰："人之魂善而魄恶，人之魂灵而魄愚。其始来也，一灵不泯，魄附魂以行。其既去也，心事既毕，魂一散而魄滞。魂在，则其人也；魂去，则非其人也。世之移尸走影，皆魄为之，惟有道之人为能制魄。"

【注释】

①披闼（tà）：推门。

②阴喝：语塞不能对。

③俾：使得。

④舁：抬。

钟孝廉

余同年邵又房，幼从钟孝廉某，常熟人也。先生性方正，不苟言笑，与又房同卧起。忽夜半醒，哭曰："吾死矣！"又房问故，曰："吾梦见二隶人从地下耸身起，至榻前，拉吾同行。路泱泱然，黄沙白草，了不见人。行数里，引入一官衙，有神，乌纱冠，南向坐。隶掖我跪堂下，神曰：'汝知罪乎？'曰：'不知。'神曰：'试思之。'我思良久，曰：'某知矣，某不孝，某父母死，停棺二十年，无力卜葬，罪当万死。'神曰：'罪小。'曰：'某少时曾淫一婢，又狎二妓。'神曰：'罪小。'曰：'某有口过，好讥弹人文章。'神曰：'此更小矣。'曰：'然则某无他罪。'神顾左右曰：'令渠①照来。'左右取水一盘，沃其面，恍惚悟前生姓杨，名敞，曾偕友贸易湖南，利其财物，推入水中死。不觉战栗，匍伏神前曰：'知罪。'神厉声曰：'还不变么？'举手拍案，霹雳一声，天崩地坼，城郭、衙署、神鬼、器械之类，了无所睹，但见汪洋大水，无边无岸，一身渺然，飘浮于菜叶之上。自念叶轻身重，何得不坠，回视己身，已化蛆虫，耳目口鼻悉如芥子②，不觉大哭而醒。吾梦若是，其能久乎？"

又房为宽解曰："先生毋苦，梦不足凭也。"先生命速具棺殓之物，越三日，呕血暴亡。

【注释】

①渠：他。

②芥子：芥菜的种子，比喻极其细小之物。

南山顽石

海昌陈秀才某，祷梦于肃愍①庙。梦肃愍开正门延之，秀才逡巡②。肃愍曰："汝异日我门生也，礼应正门入。"坐未定，侍者启："汤溪县城隍禀见。"随见一神峨冠来，肃愍命陈与抗礼，曰："渠属吏，汝门生，汝宜上坐。"秀才惶恐而坐，闻城隍神与肃愍语甚细，不可辨，但闻"死在广西，中在汤溪，南山顽石，一活万年"十六字。城隍告退，肃愍命陈送之。至门，城隍曰："向与于公之言，君颇闻乎？"曰："但闻十六字。"神曰："志之，异日当有验也。"入见肃愍，言亦如之。惊而醒，以梦语人，莫解其故。

陈家贫，有表弟李姓者，选广西某府通判，欲与同行。陈不可，曰："梦中神言'死在广西'，若同行，恐不祥。"通判解之曰："神言'始在广西'，乃始终之'始'，非死生之'死'也。若既死在广西矣，又安得'中在汤溪'乎？"陈以为然，偕至广西。

通判署中西厢房，封锁甚秘，人莫敢开。陈开之，中有园亭花石，遂移榻焉，月余无恙。八月中秋，在园醉歌曰："月明如水照楼台。"闻空中有人拊掌笑曰："月明如水浸楼台，易'照'字便不佳。"陈大骇，仰视之，有一老翁，白藤帽、葛衣，坐梧桐枝上。陈悸，急趋卧内，老翁落地，以手持之曰："无怖，世有风雅之鬼如我者乎？"问："翁何神？"

曰："勿言，吾且与汝论诗。"陈见其须眉古朴，不异常人，意渐解。入室内，互相唱和。老翁所作字，皆蝌蚪形，不能尽识。问之，曰："吾少年时，俗尚此种笔画，今颇欲以楷法易之，缘手熟，一时未能骤改。"所云少年时，乃娲皇前也。自此每夜辄来，情甚狎。

通判家僮常见陈持杯向空处对饮，急白通判。通判亦觉陈神气恍惚，责曰："汝染邪气，恐'死在广西'之言验矣。"陈大悟，与通判谋归家避之。甫登舟，老翁先在，旁人俱莫见也。路过江西，老翁谓曰："明日将入浙境，吾与汝缘尽矣，不得不倾吐一言。吾修道一万年，未成正果，为少檀香三千斤刻一玄女像耳。今向汝乞之，否则将借汝之心肺。"陈大惊，问："翁修何道？"曰："斤车大道。"陈悟"斤车"二字合成一"斩"字，愈骇，曰："俟归家商之。"

同至海昌，告其亲友，皆曰："肃愍所谓'南山顽石'者，得毋此怪耶？"次日老翁至，陈曰："翁家可住南山乎？"翁变色，骂曰："此非汝所能言，必有恶人教汝。"陈以其语语友，友曰："然则拉此怪入肃愍庙可也。"如其言，将至庙，老翁失色反走。陈两手夹持之，强掖以入，老翁长啸一声，冲天去，自此怪遂绝。

后陈生冒籍汤溪，竟成进士。会试房师，乃状元于振也。

【注释】

①肃愍：明代于谦死后谥号肃愍。

②逡巡：退让。

酆都知县

四川酆都县，俗传人鬼交界处。县中有井，每岁焚纸钱帛锭^①投之，约费三千金，名"纳阴司钱粮"。人或吝惜，必生瘟疫。

国初，知县刘纲到任，闻而禁之，众论哗然。令持之颇坚，众曰："公能与鬼神言明乃可。"令曰："鬼神何在？"曰："井底即鬼神所居，无人敢往。"令毅然曰："为民请命，死何惜？吾当自行。"命左右取长绳，缚而坠焉。众持留之，令不可。其幕客李诜，豪士也，谓令曰："吾欲知鬼神之情状，请与子俱。"令沮^②之，客不可，亦缚而坠焉。

入井五丈许，地黑复明，灿然有天光，所见城郭宫室，悉如阳世。其人民藐小，映日无影，蹈空而行，自言在此者不知有地也。见县令，皆罗拜曰："公阳官，来何为？"令曰："吾为阳间百姓请免阴司钱粮。"众鬼啧啧称贤，手加额曰："此事须与包阎罗商之。"令曰："包公何在？"曰："在殿上。"引至一处，宫室巍峨。上有冕旒^③而坐者，年七十余，容貌方严，群鬼传呼曰："某县令至。"公下阶迎，揖以上坐，曰："阴阳道隔，公来何为？"令起立，拱手曰："酆都水旱频年，民力竭矣。朝廷国课尚苦不输，岂能为阴司纳帛锭，再作租户哉？知县冒死而来，为民请命。"包公笑曰："世有妖僧恶道，借鬼神为口实，诱人修斋打醮，倾家者不下千万。鬼神幽明道隔，不能家喻户晓，破其诬罔。明公为民除弊，虽不来此，谁敢相违？今更宠临，具征仁勇。"语未竟，红光自天而下，包公起曰："伏魔大帝至矣，公少避。"刘退至后堂。

少顷，关神绿袍长髯，冉冉而下，与包公行宾主礼，语多不可辨。关神曰："公处有生人气，何也？"包公具道所以。关曰："若然，则贤令也，我愿见之。"令与幕客李惶恐出拜，关赐坐，颜色甚温，问世事甚悉，惟不及幽明之事。

李素戆④，遽问曰："玄德公何在？"关不答，色不怿，帽发尽指，即辞去。包公大惊，谓李曰："汝必为雷击死，吾不能救汝矣。此事何可问也？况于臣子之前呼其君之字乎？"令代为乞哀，包公曰："但令速死，免致焚尸。"取匣中玉印，方尺许，解李袍背印之。令与幕李拜谢毕，仍缒而出。甫至酆都南门，李竟中风而亡。未几，暴雷震电绕其棺椁，衣服焚烧殆尽，惟背间有印处不坏。

【注释】

①帛镪：用帛做的银子，以供奉鬼神。

②沮：阻止。

③冕旒：古代汉族朝代礼冠之一种。

④戆：鲁莽。

骷髅吹气

杭州闵茂嘉好弈，其师孙姓者常与之弈。雍正五年六月，暑甚，闵招友五人，循环而弈。孙弈毕，曰："我倦，去东厢少睡，再来决胜。"少顷，闻东厢有叫号声，闵与四人趋视之，见孙伏地，涎沫满颐，饮以姜汁，苏。问之，曰："吾床上睡未熟，觉背间有一点冷，如胡桃大，渐至盘碟大，未几而半席皆冷，直透心骨，未得其故。闻床下咈咈然有声，俯视之，一骷髅张口隔席吹我，不觉骇绝，遂仆于地。骷髅竟以头击我，闻人来，始去。"四人咸请掘之，闵家子惧有祸，不敢掘，遂扃①东厢。

【注释】

①扃：上闩，关门，从里把门关上。

赵大将军刺皮脸怪

赵大将军良栋，平三藩后，路过四川成都。川抚迎之，授馆于民家。将军嫌其隘，意欲宿城西察院衙门。抚军曰："闻此中关锁百余年，颇有怪，不敢为公备。"将军笑曰："吾荡平寇贼，杀人无算，妖鬼有灵，亦当畏我。"即遣丁役扫除，置眷属于内室，而己独占正房，枕军中所用长戟而寝。

至二鼓，帐钩声铿然，有长身而白衣者，垂大腹障床面，烛光青冷。将军起，厉声喝之。怪退行三步，烛光为之一明，照见头面，俨然俗所画方相神也。将军拔戟刺之，怪闪身于梁，再刺，再走，逐入一夹道中，隐不复见。将军还房，觉有尾之者，回目之，此怪微笑蹑其后。将军大怒，骂曰："世那得有此皮脸怪耶？"众家丁起，各持兵仗来，怪复退走。过夹道，入一空房，见沙飞尘起，簌簌有声，似其丑类共来格斗者。怪至中堂，挺然立，作负嵎状。家丁相视，无敢前。将军愈怒，手刺以戟，正中其腹，膨亨①有声，其身面不复见矣。但有两金眼在壁上，大如铜盘，光眈眈射人。众家丁各以刀击之，化为满房火星，初大后小，以至于灭。东方已明，将军次日上马行，以所见语阖城文武，咸为咋舌，终不知何怪。

【注释】

①膨亨：饱食，腹部胀大如鼓。

狐生员劝人修仙

赵大将军之子襄敏公，总督保定。夜读书西楼，门户已闭，有自窗缝中侧身入者，形甚扁。至楼中，以手搓头及手足，渐次而圆。方巾朱履，向上长揖拱手曰："生员狐仙也，居此百年，蒙诸大人俱许在此。公忽来读书，生员不敢抗天子之大臣，故来请示。公必欲在此读书，某宜迁让，须宽限三日；如公见怜，容其卵息①于此，则请扃锁如平时。"

赵公大骇，笑曰："尔狐矣，安得有生员？"曰："群狐蒙太山娘娘考试，每岁一次，取其文理精通者为生员，劣者为野狐。生员可以修仙，野狐不许修仙。"因劝赵公曰："公等贵人，可惜不学仙耳。如某等学仙最难：先学人形，再学人语；学人语者，先学鸟语；学鸟语者，又必须尽学四海九州之鸟语。无所不能，然后能为人声，以成人形。其功已五百年矣。人学仙较异类学仙少五百年功苦，若贵人、文人学仙，较凡人又省三百年功苦。大率学仙者千年而成，此定理也。"公喜其言，即于次日扃西楼让之。

此二事得于镇远太守讳之坛者，即将军之孙，且曰："吾父后悔未问太山娘娘出何题目考狐也。"

【注释】

①卵息：寄居的谦辞。

煞神受枷

淮安李姓者，与妻某氏，琴瑟调甚。李三十余病亡，已殓矣，妻不忍钉棺，朝夕哭，启而视之。故事，民间人死七日则有迎煞之举，虽至戚皆回避。妻独不肯，置子女于别室，己坐亡者帐中待之。

至二鼓，阴风飒然，灯火尽绿。见一鬼红发圆眼，长丈余，手持铁叉，以绳牵其夫，从窗外入，见棺前设酒馔，便放叉解绳，坐而大啖。每咽物，腹中喷喷有声。其夫摩抚旧时几案，怆然长叹，走至床前揭帐，妻哭抱之，泠然[1]如一团冷云，遂裹以被。红发神竞前牵夺，妻大呼，子女尽至，红发神踉跄走。妻与子女以所裹魂放置棺中，尸渐奄然有气，遂抱置卧床上，灌以米汁，天明而苏。其所遗铁叉，俗所焚纸叉也。复为夫妇二十余年。

妻六旬矣，偶祷于城隍庙，恍惚中见二弓丁舁一枷犯至。睒之，所枷者即红发神也。骂妇曰："吾以贪馋，故为尔所弄，枷二十年矣。今乃相遇，肯放汝耶？"妇至家而卒。

【注释】

①泠然：轻妙貌。

张士贵

直隶安州参将张士贵，以公廨[1]太仄[2]，买屋于城东。俗传其屋有怪，张素倔强，必欲居之。既移家矣，其中堂每夜闻击鼓声，家人惶恐。张乃挟弓矢，秉烛坐。至夜静时，梁上忽伸一头，睨而相笑，张射之，全身坠地，短黑而肥，腹大如五石匏。矢中其脐，入一尺许。鬼以手摩腹，笑曰："好箭！"复射之，摩笑如前。张大呼，家人齐进，鬼升梁而走，詈曰："必灭汝家！"次日天明，参将之妻暴卒。天暮，参将之子又卒。张棺殓毕，悲悔不已。

居月余，闻复壁中有呻吟声，往视，即其所殡之妻、子也。饮以姜汁，扬扬如平生。问之，皆曰："吾未尝死，但昏昏如梦，见两大黑手掷我于此。"开棺视之，荡然无有。方知人死有命，虽恶鬼相怨，亦仅能以幻术揶揄之，不能杀也。

【注释】

①公廨：旧时官府衙门的别称。

②仄：狭窄。

杜工部

四川杜某，乾隆丁巳进士，为工部郎。年五十余，续娶襄阳某氏。婚夕，同年毕集，工部行礼毕，将入房，见花烛上有童子，长三四寸，踞烛盘，以口吹气，欲灭其火。工部喝之，应声走，两烛齐灭。宾客惊视，工部变色，汗如雨下。侍妾扶之登床，工部以手指屋之上下左右，云："悉有人头。"汗愈甚，口渐不能言，是夕卒。襄阳夫人出轿时，见有蓬发女子迎问曰："欲镌图章否？"夫人怪其语不伦，不之应。及工部死，始知揶揄①夫人者，即此怪也。

工部卒后，附魂于夫人之体，每食必扼其喉，悲啼曰："舍不得！"同年周翰林煌正色责之曰："杜君何愦愦，尔死与夫人何干，而反索其命乎？"鬼大哭绝声，夫人病随愈。

【注释】

①揶揄：嘲弄，戏弄。

田烈妻

江苏巡抚徐公士林，素正直。为安庆太守时，日暮升堂，月色皎然，见一女子以黑帕蒙首，肩以上眉目不可辨，跪仪门外，若诉冤者。徐公知为鬼，令吏卒持牌喝曰："有冤者，魂许进。"女子冉冉入，跪阶下，声嘶如小儿。吏卒不见，但闻其声。自言姓田，寡居守节，为其夫兄方德逼嫁谋产，致令缢死。徐公为拘夫兄，与鬼对质。初讯时，殊不服，回首见女子，大骇，遂吐情实，乃置之法。一郡哗，以为神。公作《田烈妇碑记》以旌之。时泰安赵相国国麟为巡抚，责徐公，谓此事作访闻足矣，何必托鬼神以自奇。徐公深以为愧。然其事颇实，不能秘也。

徐公未遇时，往京师，路上有同行客，忽称背痛，跪地叩首，曰："我响马贼也，利公之财，将手剑公，忽有金甲神以捶①击我，遂仆于地，公日后非凡人也。"言毕死。

【注释】

①捶：同"棰"，指棍杖、鞭子。

大乐上人

洛阳水陆庵僧，号大乐上人①，饶于财。其邻人周其，充县役，家贫，承催税租，皆侵蚀之。每逢比期，辄向上人借贷，数年间积至七两。上人知其无力偿还，不复取索，役颇感恩，相见必曰："吾不能报上人恩，死当为驴马以报。"居无何，晚有人叩门甚急，问为谁，应声曰："周某也，来报恩耳。"上人启户，了不见人，以为有相戏者。是夜，所畜驴产一驹。明旦访役，果死。上人至驴旁，产驹奋首翘足，若相识者。

上人乘之一年，有山西客来宿，爱其驹，求买之。上人弗许，不忍明言其故，客曰："然则借我骑往某县一宿，可乎？"上人许之。客上鞍，揽辔笑曰："吾诈和尚耳。我爱此驴，骑之未必即返，我已措价置汝几上，可归取之。"不顾而驰。上人无可奈何，入房视之，几上白金七两，如其所负之数。

【注释】

①上人：对和尚的尊称。

山西王二

熊翰林涤斋先生为余言：康熙年间，游京师，与陈参政仪、计副宪某，饮报国寺。三人俱早贵，喜繁华，以席间不得声妓为怅，遣人召女巫某，唱秧歌劝酒。女巫唱终半席，腹胀将溲焉，出至墙下。少顷返，则两目瞪视，跪三人前呼曰："我山西王二也。某年月日，为店主赵三谋财杀死，埋骨于此寺之墙下，求三长官代为伸冤。"三人相顾大骇，莫敢发声。熊晓之曰："此司坊官事，非我辈所能主张。"女巫曰："现任司坊官俞公，与熊爷有交，但求熊爷转请俞公到此掘验足也。"熊曰："此事重大，空言无信，如何可行？"巫曰："论理某当自陈，但某形质朽烂，须附生人而言，诸位老爷替我筹之。"言毕，女巫仆地，良久醒，问之，茫然无知。三公谋曰："我辈何能替鬼诉冤？诉亦不信，明日盍请俞司坊官共饮此处，召女巫质之，则冤白矣。"

次日，招俞司坊至寺饮，告之故。召女巫，巫大惧，不肯复来。司坊官遣役拘之，巫始至，未入寺门，言状悉如昨日。司坊官启巡城御史，发掘墙下，得白骨一具，颈下有伤。询之土人，云："从前此墙系山东济南府赵三安歇客寓之所，某年，卷店逃归山东。"乃移文专差关提①至济南，果有其人。文到之日，赵三一叫而绝。

【注释】

①关提：行文逮捕罪犯。

蒲州盐枭

岳水轩过山西蒲州盐池，见关神祠内塑张桓侯①像，与关面南坐，旁有周将军像，怒目狰狞，手拖铁链，锁朽木一枝，不解何故。土人指而言曰："此盐枭也。"问其故，曰："宋元祐间，取盐池之水熬煎，数日而盐不成。商民惶惑，祷于庙，梦关神召众人，谓曰：'汝盐池为蚩尤所据，故烧不成盐。我享血食，自宜料理。但蚩尤之魄，吾能制之，其妻名枭者，悍恶尤甚，我不能制，须吾弟张翼德来，始能擒服。吾已遣人自益州召之矣。'众人惊寤，且即在庙中添塑桓侯像。其夕风雷大作，朽木一根已在铁索之上。次日取水煮盐，成者十倍。"始悟今所称"盐枭"，实始于此。

【注释】

①桓侯：三国时张飞的谥号。

灵璧女借尸还魂

王砚庭知灵璧县事，村中有农妇李氏，年三十许，貌丑而瞽。病臌胀①十余年，腹大如豕。一夕卒，夫入城买棺，棺到将殓，妇已生矣，双目尽明，腹亦平复。夫喜，近之，妇坚拒，泣曰："吾某村中王姑娘也，尚未婚嫁，何为至此？吾之父母姊妹，俱在何处？"其夫大骇，急告某村，则举家哭其幼女，尸已埋矣。其父母狂奔而至，妇一见泣抱，历叙生平事，皆符合。其未婚之家亦来眄视，妇犹羞涩，赤见于面。遂两家争此妇，鸣于官，砚庭为之作合，断归村农。乾隆二十一年事。

【注释】

①胀：腹部胀大如鼓的一类病证。

地穷宫

保定督标守备李昌明暴卒，三日尸不寒，家人未敢棺殓。忽尸腹胀大如鼓，一溺而苏，握送殓者手曰："我将死时，苦楚异甚，自脚趾至于肩领，气散出不可收。既死，觉身体轻倩，颇佳于生时。所到处，天色深黄，无日色，飞沙茫茫，足不履地，一切屋舍、人物，都无所见。我神魂飘忽，随风东南行，许久，天色渐明，沙少止。俯视东北角，有长河一条，河内牧羊者三人，羊白色，肥大如马。我问：'家安在？'牧羊人不答。又走约数十里，见远处隐隐宫殿，瓦皆黄琉璃，如帝王居。近前，有二人靴帽袍带立殿下，如世上所演高力士、童贯形状。殿前有黄金扁额，书'地穷宫'三字。我玩视良久，袍带者怒来逐我，曰：'此何地！容尔立耶？'我素刚，不肯去，与之争。殿内传呼曰：'外何喧嚷！'袍带者入，良久出曰：'汝毋去，听候谕旨。'二人环而守之。天渐暮，阴风四起，霜片如瓦，我冻久战栗，两守者亦瑟缩流涕，指我怨曰：'微汝来作闹，我辈岂受此冷夜之苦哉！'天稍明，殿内钟动，风霜亦霁①。又一人出曰：'昨所留人，着送归本处。'袍带者拉以行，仍过原处，见牧羊人尚在，袍带者以我授之曰：'奉旨交此人与汝，送他还家，我去矣。'牧羊人殴我以拳，惧而坠河，饮水腹胀，一溺遂苏。"言毕后，盥手沐面，饮食如常。后十日余仍卒。

先是，李之邻张姓者，睡至三更，床侧闻人呼声，惊起，见黑衣四人，各长丈余，曰："为我引路至李守备家！"张不肯，黑衣人欲殴之，惧而同行。至李门，先有二人蹲于门上，貌更狞恶，四人不敢仰视，偕张穿篱笆侧路以入，俄而哭声内作。此事傅卓园提督所言，李其友也。

【注释】

①霁：雨后或雪后转晴。

狱中石匣

越州周道澧，以难荫选陕西陇州知州。抵署后，循例按狱①。狱中有石匣，长尺许，封锁甚固。周欲开视，狱吏固持不可，曰："相传自明季即有此匣，不知所藏何物，但记有道人云：'开则不利于官。'"周素愎，必欲开视，乃斧其匣，得人影半幅，赤身带血，面目模糊，冷气袭人。周谛视未毕，有硫黄气自匣中起，卷幅烧毁，纸灰腾空而去。周大悸，得病卒于陇。竟不知何怪。周兰坡学士为余言，州牧即其从孙也。

【注释】

①按狱：巡视监狱。

卷二

张元妻

河南偃师县乡人张元妻薛氏，归宁母家返，小叔迎之。路过古墓，树木阴森，薛氏将溲焉，牵所乘驴与小叔，使视之，而挂所衣红布裙于树。溲毕返，裙失所在。归家与夫宿，侵晨不起，家人撞门入，窗牖宛然，而夫妇有身无首。告之官，不能理。拘小叔讯之，具道昨日失裙事。迹至墓所，墓旁有穴，滑溜如常有物出入者。窥之，红布裙带在外，即其嫂物。掘之，两首具在，并无棺椁。穴甚小，仅容一手。官竟不能谳①也。

【注释】

①谳：审判定案。

蝴蝶怪

京师叶某，与易州王四相善。王以七月七日为六旬寿期，叶骑驴往祝。过房山，天将暮矣。一伟丈夫跃马至，问将何往，叶告以故。丈夫喜曰："王四，吾中表也。吾将往祝，盍同行乎？"叶大喜，与之偕行。丈夫屡蹙其背，叶固让前行，伪许而仍落后。叶疑为盗，屡回顾之。时天已黑，不甚辨其状貌，但见电光所烛，丈夫悬首马下，以两脚踏空而行。一路雷与之俱，丈夫口吐黑气，与雷相触，舌长丈余，色如硃砂。叶大骇，卒无奈何，且隐忍之，疾驱至王四家。王出与相见，欢然置酒。叶私问与路上丈夫何亲，曰："此吾中表张某也。现居京师绳匠胡同，以镕银为业。"叶稍自安，且疑路上所见眼花耳。

酒毕，叶就寝，心悸不肯与同宿，丈夫固要之，不得已，请一苍头①伴焉。叶彻夜不寐，而苍头酣寝矣。三鼓，灯灭，丈夫起坐，复吐其舌，一室光明，以鼻嗅叶之帐，涎流不已，伸两手，持苍头啖之，骨星星坠地。叶素奉关神，急呼曰："伏魔大帝何在？"忽訇然有钟鼓声，关帝持巨刃排梁而下，直击此怪。怪化一蝴蝶，大如车轮，张翅拒刃。盘旋片时，又霹雳一震，蝴蝶与关神俱无所见。叶昏晕仆地，日午不起。王四启门视之，具道所以。地有鲜血数斗，床上失一张某与一苍头矣。所骑马宛然在厩，急遣人至绳匠胡同踪迹张某，张方踞炉烧银，并无往易州祝寿之事。

【注释】

①苍头：奴仆。

白二官

常州王姓者，以幕游为业，岁暮归里，慕张氏青山庄园林之美，襆被①往游。遇白二官于园中，素所狎戏旦也。甚喜，游毕同宿于园。王神思恍惚，不能成寝。见白二官伸头吹灯，灯离白所卧处二丈余，而白伸头亦长二丈余，吹灯而灭。王大骇，以被裹首而寝。白至其床前，揭被，以手上下量之，所按处其冷如铁。王惊呼，无人答应。忽窗西有一黑物，猪脸毛爪，从外跳入，与白二官对搏甚凶，不知胜负。

俄而天明，地上见鲜血一片，死蟒一条。急往白二官家询之，二官得蛊疾半年，一旦而愈。其疾愈之时，即王姓遇白二官之时也。

【注释】

①襆被：用包袱包扎衣服、被子等物，即捆行装。

关东毛人以人为饵

关东人许善根，以掘人参为业。故事，掘参者须黑夜往掘。许夜行劳倦，宿沙上，及醒，其身为一长人所抱。身长二丈许，遍体红毛，以左手抚许之身，又以许身摩擦其毛，如玩珠玉者然。每一摩抚，则狂笑不止。许自分将果其腹矣。俄而抱至一洞，虎筋、鹿尾、象牙之类，森森山积。置许石榻上，取虎鹿进而奉之。许喜出望外，然不能食也。长人俯而若有所思，既而点首，若有所得。敲石为火，汲水焚锅为烹，熟而进之，许大咦。黎明，长人复抱而出，身挟五矢，至绝壁之上，缚许于高树。许复大骇，疑将射己。俄而，群虎闻生人气，尽出穴，争来搏许。长人抽矢毙虎，复解缚，抱许曳死虎而返，烹献如故。许始心悟：长人养己以饵虎也。如是月余，许无恙，而长人竟以大肥。

许一日思家，跪长人前，涕泣再拜，以手指东方不已。长人亦潸然①，复抱至采参处，示以归路，并为历指产参地，示相报意。许从此富矣。

【注释】

①潸然：流泪的样子。

不倒翁

蒋生某往河南，过巩县，宿焉。店家有西楼，洒扫极净，蒋爱之，以行李往。店主笑曰："公胆大否？此楼不甚安。"蒋曰："椒山自有胆！"秉烛坐。至夜深，闻几下如竹桶泛水声，有跃出者，青衣皂冠，长三寸许，类世间差役状，睨蒋许久，叱叱而退。

少顷，数短人舁①一官至，旗帜马车之类，历历如豆。官乌纱冠危坐，指蒋大詈②，声细如蜂虿，蒋无怖色。官愈怒，小手拍地，麾众短人拘蒋。众短人牵鞋扯袜，竟不能动。官嫌其无勇，攘臂自起，蒋以手撮之，置于几上。细视之，世所卖不倒翁也。块然僵仆，一土偶耳。其舆从俯伏罗拜，乞还其主。蒋戏曰："尔须以物赎。"应声曰："诺。"墙穴中嗡嗡有声，或四人轝一钗，或二人扛一簪，顷刻，首饰金帛之属，布散于地。蒋取不倒翁掷与之，复能举动如初，然队伍不复整矣，奔窜而散。

天渐明，店主大呼："失贼！"问之，则楼上赎官之物，皆三寸短人所偷店主物也。

【注释】

①舁（yú）：抬。

②詈（lì）：骂，责骂。

算命先生鬼

平望周姓，以撑舟为业。舟过湖州桥下，篙①触骨坛落水，至家而妹病，呼曰："我湖州算命先生徐某，在生时，督、抚、司、道贵人，谁不敬我！汝何人，敢投我骨于水！"女素不识字，病后能读书，喜为人算命，写八字与之，其推排悉合世上五行之说，亦不甚验也。周具牒诉于城隍。女卧，一日醒曰："见二青衣拘一鬼，与我质于神前。鬼跪诉毁骨之事，神曰：'其兄触汝而责之于妹，何畏强欺弱耶！汝自称能算命，而不能自护其朽骨，其算法不灵可知，生前哄骗人财物不知多少矣！笞二十，押赴湖州。'"女自此不复识字，亦不能算命矣。

【注释】

①篙：撑船工具。

马盼盼

寿州刺史刘介石，好扶乩。牧泰州时，请仙西厅。一日，乩盘大动，书"盼盼"二字，又书有"两世缘"三字。刘大骇，以为关盼盼①也。问："两世何缘？"曰："事载《西湖佳话》。"刘书纸焚之，曰："可得见面否？"曰："在今晚。"果薄暮而病，目定神昏。妻妾大骇，围坐守之。灯上片时，阴风飒然，一女子容色绝世，遍身衣履甚华，手执红纱灯，从户外入，向刘直扑，刘冷汗如雨下，心有悔意。女子曰："君怖我乎？缘尚未到故也。"复从户外出，刘病稍差。嗣后意有所动，女子辄来。

刘一日寓扬州天宁寺，秋雨闷坐，复思此女，取乩焚纸，乩盘大书曰："我韦驮佛也，念汝为妖孽所缠，特来相救。汝可知天条否？上帝最恶者，以生人而好与鬼神交接，其孽在淫嗔以上。汝嗣后速宜改悔，毋得邀仙媚鬼，自戕其命！"刘悚然叩头，焚乩盘，烧符纸，自此妖绝。

数年后，阅《西湖佳话》："泰州有宋时营妓马盼盼墓，在州署之左偏。"《青箱杂志》载："盼盼机巧，能学东坡书法。"始悟现形之妖非关盼盼也。

【注释】

①关盼盼：唐代名伎，工部尚书张愔妾。白居易做客张府时与其有一宴之交，盛赞："醉娇胜不得，风袅牡丹花。"

滇绵谷秀才半世女妆

蜀人滇谦六，富而无子，屡得屡亡。有星家教以厌胜①之法，云："足下两世命中所照临者，多是雌宿，虽获雄，无益也；惟获雄而以雌畜之，庶可补救。"已而绵谷生，谦六教以穿耳、梳头、裹足，呼为"小七娘"。娶不梳头、不裹足、不穿耳之女以妻之。果长大，入泮，生二孙。偶以郎名孙，即死。于是每孙生，亦以女畜之。绵谷韶秀无须，颇以女自居，有《绣针词》行世。吾友杨刺史潮观，与之交好，为序其颠末。

【注释】

①厌胜：古代的一种巫术，据说能以诅咒制胜，压服人或物。

炼丹道士

楚中大宗伯张履昊，好道。予告归，寄居江宁，入城时拥朱提一百六十万。有郎总兵者，公门下士也。荐朱道士，善黄白之术①，寿九百余岁，烧杏核成银，屡试若神。道士说公烧丹，以白银百万，炼丹一枚，则长生可致。公惑之，斋戒三日，定坎离之位，每一炉辄下银五万两，炭百担。昼则公亲监之，夜则使人守之。银登时化为水，炼三月，费银八十万，丹无消息。公诘之，道士曰："满百万则丹成，成后含之，不饥不寒，可南可北，随意所之，无不可到。"公无奈何，复与十余万，然已觉其妄，道士溲溺，必遣人尾之。

清晨，道士溲于园，尾者回顾，忽失道士所在。往视其炉，百万俱空矣。启道士行李，得书一封，云："公此种财，皆非义物也。吾与公有宿缘，特来取去，为公打点阴间赎罪费用，日后自有效验，幸毋相怪。"家人觇道士者皆云："每五万银下炉时，屋上隐隐有雷声，道士惶恐伏地，以朱符盖其头，其搬运实无痕迹。"

【注释】

①黄白之术：方士烧炼丹药点化金银的法术。

叶老脱

有叶老脱者，不知其由来，科头跣足，冬夏一布袍，手挈竹席而行。尝投维扬旅店，嫌房客嘈杂，欲择洁地。店主指一室曰："此最静僻，但有鬼，不可宿。"叶曰："无害。"径自扫除，摊竹席于地。

夜，卧至三鼓，门忽开，见有妇人系帛于项，双眸抉出，悬两颐下，伸舌长数尺，彳亍①而来。旁有无头鬼，手提两头，继至。尾其后者：一鬼遍体皆黑，耳目口鼻甚模糊；一鬼四肢黄肿，腹大于五石匏。相诧曰："此间有生人气，当共攫之。"群作搜捕状，卒不得近叶。一鬼曰："明明在此，而搜之不得，奈何？"黄胖者曰："凡吾辈之所以能摄人者，以其心怖而魂先出也。此人盖有道之士，心不怖，魂不离体，故仓猝不易得。"群鬼方彷徨四顾，叶乃起坐席上，以手自表曰："我在此。"群鬼惊悸，齐跪地下，叶——讯之。妇人指三鬼曰："此死于水者，此死于火者，此盗杀人而被刑者，我则缢死此室者也。"叶曰："若辈服我乎？"皆曰："然。"曰："然则各自投生，勿在此作祟。"各罗拜去。

迨晓，为主人道其事，嗣后此室宴然。

【注释】

①彳亍（chì chù）：慢步行走。形容小步慢走或时走时停。

苏耽老饮疫神

杭州苏耽老，性滑稽，善嘲人。人恶之，元旦，画疫神一纸厌其门。耽老晨出开门，见而大笑，迎疫神归，延之上座，与共饮酒而烧化之。是年大疫，四邻病者争祀疫神。其病人辄作神语曰："我元旦受苏耽老礼敬，愧无以报；欲禳①我者，必请苏君陪我，我方去。"于是祀疫神者，争先请苏，苏逐日奔忙，困于酒食。其家大小十余口，无一病者。

【注释】

①禳：向鬼神祈祷消除灾。

赵李二生

广东赵、李二生，读书番禺山中。端阳节日，赵氏父母馈酒殽为两生庆节，两生同饮甚乐。至二鼓，闻叩门声，启之，亦书生也，衣冠楚楚，自云相离十里许，慕两生高义，愿来纳交。邀入坐，言论风生。先论举业，后及古文、词赋，元元本本，两生自以为弗及。最后论及仙佛，赵素不乐闻，而李颇信之。书生因力辨其有，且曰："欲见佛乎？此顷刻事也。"李欣然欲试之。书生取案几叠高五尺许，身踞其上，登时有旃檀①之气氤氲四至。随取身上绢带作圈，谓二生曰："从圈入，即佛地也，可以见佛。"李信之既笃，见圈中观音、韦驮，香烟飘渺，即欲以头入圈；而赵望之，则獠牙青面、吐舌丈余者在圈中矣。遂大呼，家人共进。李如梦醒者，虽挣脱，而颈已有伤。书生杳然，不复可见。两生家俱以此山有邪，不可读书，各令还家。明年，李举孝廉，会试连捷，出授庐江知县。卒以被劾，自缢而亡。

【注释】

①旃檀（zhān tán）：檀香。

山东林秀才

山东林秀才长康，四十不第。一日有改业之想，闻旁有呼者曰："莫灰心！"林惊问："何人？"曰："我鬼也。守公而行，并为公护驾者数年矣。"林欲见其形，鬼不可。再四言，鬼曰："公必欲见我，无怖而后可。"林许之，遂跪于前，丧面流血，曰："某蓝城县市布者也，为掖县张某谋害，以尸压东城门石磨盘之下。公异日当宰掖县，故常侍公，求为申冤。"且言公某年举乡试，某年成进士，言毕不复见。至期，果举孝廉，惟进士之期爽焉。林叹曰："世间功名之事，鬼亦有不知者乎？"言未毕，空中又呼曰："公自行有亏耳，非我误报也。公于某月日私通孀妇某，幸不成胎，无人知觉，阴司记其恶而宽其罪，罚迟二科。"林悚然①，谨身修善。逾二科而成进士，授官掖县。抵任进城，见一石磨，启之，果得尸。立拘张某，讯之，尽吐杀人情实，置之于法。

①悚然：形容害怕的样子。

秦中墓道

秦中土地极厚，有掘三五丈而未及泉者。凤翔以西，其俗人死不即葬，多暴露之，俟其血肉化尽，然后葬埋，否则有"发凶"之说。尸未消化而葬者，一得地气，三月之后遍体生毛，白者号"白凶"，黑者号"黑凶"，便入人家为孽。刘刺史之邻孙姓者，掘沟得一石门，开之，隧道宛然，陈设鸡犬罍尊①，皆瓦为之。中悬二棺，旁列男女数人，钉身于墙，盖古之为殉者。惧其仆，故钉之也。衣冠状貌，约略可睹。稍逼视之，风起于穴，悉化为灰，并骨如白尘矣。其钉犹在左右墙上，不知何王之墓。亦有掘得土人作卧形者，有头角四肢，而无耳目，疑皆古尸之所化也。

【注释】

①罍（léi）尊：泛指酒樽。

关神断狱

溧阳马孝廉丰，未第时，馆于邑之西村李家。邻有王某，性凶恶，素捶其妻。妻饥饿，无以自存，窃李家鸡烹食之。李知之，告其夫。夫方被酒，大怒，持刀牵妻至，审问得实，将杀之。妻大惧，诬鸡为孝廉所窃，孝廉与争，无以自明，曰："村有关神庙，请往掷环珓①卜之，卦阴者妇人窃，卦阳者男子窃。"如其言，三掷皆阳，王投刀放妻归。而孝廉以窃鸡故，为村人所薄，失馆数年。

他日有扶乩者，方登坛，自称关神。孝廉记前事，大骂神之不灵，乩书灰盘曰："马孝廉，汝将来有临民之职，亦知事有缓急重轻耶？汝窃鸡，不过失馆，某妻窃鸡，立死刀下矣。我宁受不灵之名，以救生人之命。上帝念我能识政体，故超升三级，汝乃怨我耶？"孝廉曰："关神既封帝矣，何级之升？"乩神曰："今四海九州，皆有关神庙，焉得有许多关神分享血食？凡村乡所立关庙，皆奉上帝命，择里中鬼平生正直者，代司其事。真关神在帝左右，何能降凡耶？"孝廉乃服。

【注释】

①环玟：用以占卜吉凶的器具。

紫清烟语

苏州杨大瓢讳宾者，工书法。年六十时，病死而苏，曰："天上书府唤我赴试耳。近日玉帝制《紫清烟语》一部，缮写者少，故召试诸善书人。我未知中式否，如中式，则不能复生矣。"越三日，空中有鸾鹤之声，杨愀然曰："吾不能学王僧虔①，以秃笔自累，致损其生。"瞑目而逝。或问天府书家姓名，曰："索靖一等第一人，右军一等第十人。"

【注释】

①王僧虔：南朝宋书法家，秉承二王书风，擅长楷书、行书。

顾尧年

乾隆十五年，余寓苏州江雨峰家。其子宝臣，赴金陵乡试，归家病剧。雨峰遍召名医，均有难色。知余与薛徵君一瓢交好，强余作札邀之。未至，余与雨峰候于门，病者在室呼曰："顾尧年来矣！"连称"顾叟请坐"。顾尧年者，苏市布衣，先以请平米价，倡众殴官，为苏抚安公所诛者也。坐定，语江曰："江相公，你已中乡试三十八名矣。病亦无恙，可自宽解，赐我酒肉，我便去。"雨峰闻之，急入房相慰曰："顾叟速去，当即祭叟。"病者曰："外有钱塘袁某官，喧聒[1]于门，我怖之，不能去。"又喈[2]曰："薛先生到门矣。其人良医也，我当避之。"雨峰急出，拉余让路，而一瓢果自外入。即告以故。一瓢大笑，曰："鬼既避我二人，请与公同入逐之。"遂入房，薛按脉，余帚扫床前，一药而愈。其年宝臣登第，果如所报之名次。

【注释】

①喧聒：闹声刺耳。

②喈（jiè）：嗟叹，赞叹。

尸行诉冤

常州西乡有顾姓者，日暮郊行，借宿古庙。庙僧曰："今晚为某家送殡，生徒尽行，庙中无人，君为我看庙。"顾允之，为闭庙门，吹灯卧。至三鼓，有人撞门，声甚厉，顾喝问："何人？"外应曰："沈定兰也。"沈定兰者，顾之旧交，已死十年之人也。顾大怖，不肯开门，外大呼曰："尔无怖，我有事托君。若迟迟不开，我既为鬼，独不能冲门而进乎？所以唤尔开门者，正以照常行事，存故人之情耳。"顾不得已，为启其钥，砉然有声，如人坠地。顾手忙眼颤，意欲举烛。忽地上又大呼曰："我非沈定兰也。我乃东家新死李某，被奸妇毒死，故托名沈定兰，求汝伸冤。"顾曰："我非官府，冤何能申？"鬼曰："尸伤可验。"问："尸在何处？"曰："灯至即见，但见灯，我便不能言矣。"

正匆遽①间，外扣门者人声甚众。顾迎出，则群僧归庙，各有骇色，曰："正诵经送尸，尸隐不见，故各自罢归。"顾告以故，同举火，照尸有七窍流血者，奄然在地。次日，同报有司，为理其冤。

【注释】

①匆遽：匆忙。

沭阳洪氏狱

乾隆甲子，余宰沭阳。有淮安吴秀才者，馆于洪氏。洪故村民，饶于财。吴挈一妻一子，居其外舍。洪氏主人偶馔先生并其子，妻独居于室。夜二更返，妻被杀死，刀掷墙外，即先生家切菜刀也。余往验尸，见妇人颈上三创，粥流喉外，为之惨然。根究凶手，无可踪迹。洪家有奴洪安者，素以左手持物，而刀痕左重右轻，遂刑讯之。初即承认，既而诉："为家主洪生某指使，为奸师母不遂，故杀之。生即吴之学徒也。"及讯洪生，则又以奴曾被笞，故仇诬耳。狱未具，余调江宁。后任魏公廷会，竟坐洪安，以状上。臬司①翁公藻嫌供情未确，均释之，别缉正凶，十二年来未得也。

丙子六月，余从弟凤仪自沭阳来，道有洪某者，系武生员，去年病死，尸枢未出，见梦于其妻曰："某年月日，奸杀吴先生妇者，我也。漏网十余载，今被冤魂诉于天，明午雷来击棺，可速为我迁棺避之。"其妻惊觉，方议引轜之事，而棺前失火，并骨为灰烬矣，其余草屋木器，俱完好也。余方愧身为县令，妇冤不能雪，又加刑于无罪之人，深为作吏之累。然天报必迟至十年后，又不于其身，而于其无知之骸骨，何耶？此等凶徒，其身已死，其鬼不灵，何以尚存精爽于梦寐，而又自惜其躯壳者，何耶？

【注释】

①臬司：元代肃政廉访使司、明清提刑按察使司的别称，主管司法。

雷公被绐

南丰征士赵黎村言：其祖某，为一乡豪士。明季乱时，有匪类某，武断乡曲，惯为纠钱作社之事，穷氓苦之。赵为告官，逐散其党。诸匪无所得，积怨者众，赵有膂力，群匪不敢私报。每天阴雷起，则聚其妻孥，具豚蹄祷曰："何不击恶人赵某耶？"一日，赵方采花园中，见尖嘴毛人从空而下，响轰然，有硫黄气。赵知雷公为匪所绐①，手溺器掷之曰："雷公，雷公，吾生五十年，从未见公之击虎，而屡见公之击牛也，欺善怕恶，何至于此！公能答我，虽枉死不恨。"雷噤不发声，怒目闪闪，如有惭色。又为溺所污，竟坠田中，苦吼三日。其群匪喈②曰："吾累雷公，吾累雷公。"为设醮超度之，始去。

【注释】

①绐（dài）：欺诈，哄骗。

②喈（jiè）：赞叹，叹息。

鬼冒名索祭

某侍卫，好驰射，逐兔东直门，有翁蹲而汲水，马逸不止，挤翁于井。某大惧，急奔归家。是夜即见此翁排闼①入，骂云："尔虽无心杀我，然见我落井，唤人救我，尚有活理。何乃忍心潜逃，竟归家耶？"某无以答。翁即毁器坏户，作祟不已。举家跪求，为设斋醮，鬼曰："无益也。欲我安宁，须刻木为主，写我姓名于上，每日以豚蹄享我，当作祖宗待，我方饶汝。"如其言，祟为之止。自此过东直门，必纡道②而避此井。

后扈从圣驾，当过东直门，仍欲纡道走。其总管斥之曰："倘上问汝何在，将何词以对？况青天白日，千乘万骑，何畏鬼耶？"某不得已，仍过井所，则见老翁宛然立井边，奔前牵衣，骂曰："我今日寻着汝矣。汝前年马冲我而不救，何忍心耶？"且詈且殴之，某惊遽哀恳曰："我罪何辞，但翁已在我家受祭数年，曾面许宽我，何以又改前言？"翁更怒曰："吾未死，何需汝祭！我虽为马所冲，失脚落井，后有过者，闻我呼救，登时曳出，尔何得疑我为鬼？"某大骇，即拉翁同至其家，共观木主，所书者非其姓名。翁攘臂骂，取木主掷之，撒所供物于地，举家惶愕，不解其故。闻空中有声，大笑而去。

【注释】

①排闼：推开门。

②纡道：绕道而行。

鬼畏人拼命

介侍郎有族兄某，强悍，憎人言鬼神事，每所居，喜择其素号不祥者而居之。过山东一旅店，人言西厢有怪，介大喜，开户直入。坐至二鼓①，瓦坠于梁，介骂曰："若鬼耶，须择吾屋上所无者而掷焉，吾方畏汝。"果坠一磨石。介又骂曰："若厉鬼耶，须能碎吾之几，吾方畏汝。"则坠一巨石，碎几之半。介大怒，骂曰："鬼狗奴！敢碎吾之首，吾方服汝！"起立，掷冠于地，昂首而待。自此，寂然无声，怪亦永断矣。

【注释】

①二鼓：二更。古代夜晚用鼓打更。

天壳

浑天之说：天地如鸡卵，卵中之黄白未分，是混沌也；卵中之黄白既分，是开辟也。人不能游于卵壳之外，则道家三十三天之说，终属渺茫。秦中地厚，往往崩裂，全村皆陷。有冲起黑水者，有冒出烟火者，有裂而仍合者，惟所陷之人民家室，从无再出土者，亦不知何往矣。

顺治三年，武威地陷。有董遇者，学炼形之术，能伏气沉海中不死。全家遭此劫，九日后，竟一身自地下起，云："初陷时，沉沉然，一日一夜，坠至于泉。其坠下之势，似飞非飞，似晕非晕，颇为顺适。犹与家人答问，一至于泉，则家口尽溺死。"董伏气入水底千余丈，乃复干燥，觉四面纯黄色。已而渐明，下视苍苍然，有天在下。细听之，人民鸡犬之声因风而至。"我意此是天壳之外天也，得落第二层天宫固佳，即落在人家瓦上，岂不敬我为天上人耶？"因极力将身挣坠，为罡风①所勒，兜卷空中，终不得下。俄而有古衣冠人，长二丈余，叱曰："此两天分界处，万古神圣不破此关，汝何人，作此妄想？速趁地未合时，仍归汝世界。否则大地一合，百万丈，汝能穿水，不能穿土，死矣。"语未毕，忽金光万道，自远而来，热不可耐。古衣冠者抚其背曰："速行，速行，日轮至矣！我且避去，汝血肉之身，不走将炽为飞灰。"董闻之悚然，即运气腾身而上，面目为水土所蚀，黑如焦炭，衣服肌肤粘结一片，逾月始复人形，自称劫外叟。余按《淮南子》曰："温带之下，无血气之伦。"日轮所近，即温带矣。

【注释】

①罡风：天空极高处的风。

三头人

康熙时，吴逆为乱，道路断绝。有湖州客张氏兄弟三人，在云南逃归，从蒙乐山之东步行十昼夜，遂迷失道，采木叶草根食之。晨行旷野，忽大风西来，如海潮江涛之声。三人惧，登高丘望之。见一黑牛，身大于象，踉蹡而过，草木为之披靡。暮无投宿所，望前大树下，若有屋宇者，趋之。屋甚宏敞，中一丈夫走出，身长丈余，颈上三头，每作语，则三口齐响，清亮可辨，似中州人音。问三人何来，俱以实告。三头人曰："汝步行迷道，得毋饥乎？"三人拜谢。随呼其妹，为客煮饭，意颇殷勤。妹应声来，亦三头女子也。视张兄弟而笑，语其兄曰："此三君，其长者可长寿，其两弟虑不免于难。"张兄弟饭毕，三头丈夫折树枝与之，曰："以此映日影而行，可当指南车也。但此去所过庙宇，可住宿，不可撞其钟鼓，须紧记之。"三人遂行。

次日入乱山中，有古庙可憩，三人坐檐下，乌鸦群飞，来啄其顶。张怒，取石子击之，误触庙中钟，铿然作声。两夜叉跳出，取其两弟，擘①而食之。又将及张，忽闻风涛声，有大黑牛漓然而至，与两夜叉角斗。移时，夜叉败走。张乃脱逃，行数十日，始得归里。

【注释】

①擘：同"掰"。

水鬼祟

表弟张鸿业，寓秦淮潘姓河房。夏夜如厕，漏下三鼓，人声已绝，月色大明。张爱月凭栏，闻水中砉然①有声，一人头从水中出。张疑此时安得有泅水者，谛视之，眉目无有，黑身僵立，颈不能动，如木偶然。以石掷之，仍入于水。次日午后，有一男子溺死，方知现形者水鬼也。以此告同寓人。

有米客因言水鬼索命之奇：客少时，贩米嘉兴，过黄泥沟，因淤泥太深，故骑水牛而过。行至半沟，有黑手出泥中，拉其脚。其人将脚缩上，黑手即拉牛脚，牛不得动。客大骇，呼路人共牵牛，牛不起，乃以火灸牛尾，牛不胜痛，尽力拔泥而起。腹下有敝祟紧系不解，腥秽难近，以杖击之，声啾啾然②，滴下水皆黑血也。众人用刀截祟下，取柴火焚之，臭经月才散。自此黄泥沟不复溺人矣。米客有诗纪其事，云："本欲牵人误扯牛，何须懊悔哭啾啾。与君一把桑柴火，暗处阴谋明处休。"

【注释】

①砉（huā）然：象声词。

②啾啾然：凄切尖细的声音。

罗刹鸟

　　雍正间，内城某为子娶媳，女家亦巨族，住沙河门外。新娘登轿后，骑从簇拥，过一古墓，有飙风①风从冢间出，绕花轿者数次，飞沙眯目，行人皆辟易，移时方定。顷之，至婿家，轿停大厅上。嫔者揭帘，扶新娘出，不料轿中复有一新娘，掀帏自出，与先出者并肩立。众惊视之，衣妆彩色，无一异者，莫辨真伪。扶入内室，翁姑相顾而骇，无可奈何。且行夫妇之礼，凡参天、祭祖，谒见诸亲，俱令新郎中立，两新人左右之。新郎私念，娶一得双，大喜过望。夜阑，携两美同床，仆妇、侍女辈各归寝室，翁姑亦就枕。忽闻新妇房中惨叫，披衣起，童仆妇女辈排闼入，则血淋漓满地，新郎跌卧床外，床上一新娘仰卧血泊中，其一不知何往。张灯四照，梁上栖一大鸟，色灰黑，而钩喙巨爪如雪。众喧呼奋击，短兵不及，方议取弓矢长矛，鸟鼓翅作磔磔②声，目光如青燐，夺门飞去。新郎昏晕在地，云："并坐移时，正思解衣就枕，忽左边妇举袖一挥，两目睛被抉去矣，痛剧而绝，不知若何化鸟也。"再询新妇，云："郎叫绝时，儿惊问所以，渠已作怪鸟来啄儿目，儿亦顿时昏绝。"后疗治数月，俱无恙。伉俪甚笃，而两盲比目，可悲也。

　　正黄旗张君广基为予述之如此。相传墟墓间太阴，积尸之气久，化为罗刹鸟，如灰鹤而大，能变幻作祟，好食人眼，亦药叉、修罗、薜荔类也。

【注释】

　　①飙风：狂风，强劲的风。

　　②磔磔（zhé）：鸟鸣声。

卷三

裘秀才

南昌裘秀才某，夏日乘凉，裸卧社公庙，归家大病。其妻以为得罪社公，即具酒食，烧香纸，为秀才请罪，病果愈。妻命秀才往谢社公，秀才怒，反作牒呈烧向城隍庙，告社公诈渠酒食，凭势为妖。烧十日后寂然，秀才更怒，又烧催呈，并责城隍神纵属员贪赃，难享血食。是夜，梦城隍庙墙上贴一批条，云："社公诈人酒食，有玷官箴①，着革职。裘某不敬鬼神，多事好讼，发新建县责三十板。"秀才醒，心怀狐疑，以为己乃南昌县人，纵有责罚，不得在新建地方，梦未必验。

未几，天雨，雷击社公庙，秀才心始忧之，不敢出门。月余，江西巡抚阿公，方入庙行香，为仇人持斧斫额。众官齐集，查拿凶人。秀才以为奇事，急往观探。新建令见其神色诧异，喝问何人，秀才口吃吃不能道一字，身着长衫，又无顶带。令怒，当街责三十板毕，始称："我是秀才，且系裘司农本家。"令亦大悔，为荐丰城县掌教。

【注释】

①官箴：做官的戒规。

摸龙阿太

杭州少宰姚公三辰，以外科医术世其家。相传少宰之祖，半夜采药归，过西溪，醉坠于涧，以手据石，滑软有涎，旋即蠕蠕而动，惊以为蛇。少顷，负姚而上，两目如灯，照见头有须角，委姚地上，腾空去。始知乃龙也。两手触涎处，香数月不散，以之撮药，应手^①而愈。子孙相传呼为"摸龙阿太"，又号曰"姚篮儿"，以其采药持篮故也。每愈人病，不受谢，故孙位至二品，人以为阴德之报。

【注释】

①应手：随手而就。

水仙殿

杭州学院临考，诸廪生会集明伦堂，互保应试童生，号曰"保结"。廪生程某，在家侵晨^①起，肃衣冠出门，行二三里，仍还家，闭户坐，嗫嚅若与人语。家人怪之，不敢问。少顷又出，良久不归。明伦堂待保童生到其家问信，家人愕然。方惊疑间，有箍桶匠扶之而归，则衣服沾湿，面上涂抹青泥，目瞪不语。灌以姜汁，涂以砵砂，始作声曰："我初出门，街上有黑衣人，向我拱手，我便昏迷，随之而行。其人云：'你到家收拾行李，与我同游水仙殿，何如？'我遂拉渠到家，将随身钥匙系腰，同出涌金门，到西湖边。见水面宫殿，金碧辉煌，中有数美女，艳妆歌舞。黑衣人指向余曰：'此水仙殿也。在此殿看美女，与到明伦堂保童生，二事孰乐？'余曰：'此间乐。'遂挺身赴水。忽见白头翁在后，喝曰：'恶鬼迷人，勿往勿往！'谛视之，乃亡父也。黑衣人遂与亡父互相殴击，亡父几不胜矣。适箍桶匠走来，如有热风吹入水中者。黑衣人逃，水仙殿与亡父亦不见，故得回家。"

家人厚谢箍桶匠，兼问所以救之之故。匠曰："是日也，涌金门内杨姓家唤我箍桶，行过西湖，天气炎热，望见地上遗伞一柄，欲往取之遮日。至伞边，闻水中有屑索声，方知有人陷水，扶之使起，而君家相公，埋头欲沉，坚持许久，才得脱归。"其妻曰："人乃未死之鬼也，鬼乃已死之人也。人不强鬼以为人，而鬼好强人以为鬼，何耶？"忽空中应声曰："我亦生员，读书者也。书云：'夫仁者，己欲立而立人，己欲达而达人。'我等为鬼者，己欲溺而溺人，己欲缢而缢人，有何不可耶？"言毕，大笑而去。

【注释】

①侵晨：黎明。

年子

盐城东北乡草堰口小关营村民孙自成妻谢氏，除夕生子，因名年子。年十八，挑鸡入城，半途有旋风一阵，将笼内鸡尽吹出，腾空飞去。年子大惊，从此回家卧病，危急中，会其母将产，举家守生，无人看护。年子昏沉，身随风荡，忽从朱门之内堕于万丈深潭，恰无痛楚。只觉身子短小，不似平时，两目蔽涩难开，耳中所闻，仍似父母声音，以为梦中幻境，安心待之。其时孙见谢氏产儿安稳，偷暇趋视年子，则已死矣，不觉大哭。年子惊醒，不解其故，只闻母泣而数曰："生此血泡，反将我成人长大的年子死了。"悲号不已。年子始知身已转生，恐母急坏，遂大声曰："我即年子也，年子未死。"谢闻小儿言语，顿时惊风，数日而死。孙忧小儿无乳，哺以粥食，三月生齿，五月能履①，取名"再生"，今年十六矣。此事盐城令阎公云。

【注释】

①履：走路。

狐撞钟

陈公树著，任汀漳道时，海上忽浮一钟至，大可容百石。人以为瑞，告之官，遂于城西建高楼，悬此钟焉。撞之声闻十里外，选里中老民李某掌守此楼。亡何①，海水屡啸，陈公以为金水相应，海啸者，钟声所召也。命知县用印封闭此楼，并严谕李叟，不许人再撞。

有美少年常来楼中，与李闲谈，偶需食物之类，往往凭空而至。李知为狐仙，忽起贪心，跪曰："君为仙人，何不赐我银物，徒以酒食来耶？"少年晓之曰："财有定数，尔命穷薄，不可得也。得且有灾，将生懊悔。"李固请不已，少年笑而应曰："诺。"少顷，见几上置大元宝一锭。嗣后②，少年不至矣。李大喜，收藏衣箱中。一日，邑宰路过，闻撞钟声，怒李守护不谨，召而责之，笞十五板。李无以自明，归视印封，完好如故，然业已受笞，闷闷而已。未几，邑宰又过，楼上钟声乱鸣，遣役视之，并无一人。邑宰悟曰："楼上得毋有妖乎？"李无奈何，具以实告。命取元宝视之，即其库物也。持归旧所，钟不复鸣。

【注释】

①亡何：不久。

②嗣后：以后。

土地神告状

洞庭山棠里徐氏，家世富饶，起造花园，不足于地。东边有土地庙，香火久废，私向寺僧买归，建造亭台，已年余矣。一日，其妻韩氏，方梳头，忽仆于地，小婢扶之，亦与俱仆。少顷，婢起取大椅置堂上，扶韩氏南向坐，大言曰："我苏州城隍神也。奉都城隍神差委，来审汝家私买土地神庙事。"语毕，婢跪启太湖水神参见，又启棠里巡拦神参见。韩氏一一首颔之，最后曰："原告土地神来。"韩氏命徐家子弟奴婢听点名，分东西班侍立，有不听命者，持杖击之。唤买地人姓名，即其夫也。问价若干，中证①何人，口音绝非平素吴音，乃燕赵间男子声。其夫惊骇伏地，愿退地基，建还原庙。

韩氏素不识字，忽索纸笔，判云："人夺神地，理原不应，况土地神既老且贫，露宿年余，殊为可怜。屡控城隍，未蒙准理，不得已越诉都城隍。今汝既有悔心，许还庙宇，可以牲牢香火供奉之。中证某某，本应治罪，姑念所得无多，罚演戏赎罪。寺僧某，于事未发时业已身死，可毋庸议。"判毕，掷笔而卧。少顷起立，仍作女音，梳头如故。问其原委，茫然不知。其夫一一如所判而行。从此棠里土地神香火转盛。

【注释】

①中证：证人。

鄱阳湖黑鱼精

鄱阳湖有黑鱼精作祟。有许客舟过，忽黑风一阵，水立数丈，上有鱼，口如臼①大，向天吐浪，许客死焉。其子某，誓杀鱼以报父仇。贸易数年，资颇丰，诣龙虎山，具盛礼请于天师。时天师老矣，谓许曰："凡除怪斩妖，全仗纯气真煞。我老病且死，不能为汝用，然感汝孝心，我虽死，嘱吾子代治之。"已而天师果死。

小天师传位一年，许又往请。小天师曰："诚然，父有遗命，我不敢忘。然此妖者，黑鱼也，据鄱阳湖五百年，神通甚大。我虽有符咒法术，亦必须有根气仙官助我，方能成事。"箧中出小铜镜，付许曰："汝持此照人，凡一人而有三影者，速来告我。"许如其言，遍照江西，皆一人一影。密搜月余，忽照乡村杨家童子有三影，告天师。天师遣人至乡，厚赠其父母，诡言②慕神童名，请到府中试其所学。童故贫家，欣然而来。

天师供养数日，随携许及童子同往鄱阳湖，建坛诵咒。一日者，衣童子衮袍，剑缚背上，出其不意，直投湖中。众人大骇，其父母号哭，向天师索命。天师笑曰："无妨也。"俄而霹雳一声，童子手提大黑鱼头，立高浪之上。天师遣人抱至舟中，衣不沾湿，湖中水十里内，皆成血色。

童子归，人争问所见。童子曰："我酣睡片时，并无所苦，但见金甲将军提鱼头放我手中，抱我立水上而已。其他我不知。"自此鄱阳湖无黑鱼之患。或云：童子者，即总漕杨清恪公也。

【注释】
①臼：舂米的器具，用石头制成。
②诡言：假称，谎称。

鄱阳小神

　　江西新建县张某，生二女，同日出嫁。天大风，送亲及舁轿者，一时迷惑，将妹嫁其姊家，将姊嫁其妹家。成婚后一日，方知错误。两家父母以为天缘，亦各相安无异言。

　　其小妹所嫁夫金某，买货过鄱阳湖，舟中忽谓其火伴曰："我将作官，即日到任。"火伴咸笑之，以为戏语。行又数里，金欣然曰："胥役轿马都来迎我，我不可以久留。"言毕，跃入水中死。是夕，近湖村人见一男子，昂然来立村前曰："我鄱阳小神也。应血食①汝地方，可塑像祀我。"言毕不见。村人迟疑，未为立庙。已而头痛发热，口称小神为祟。众大骇，纠钱立庙祀之。凡有祈求，神应如响。未几，小神又至，曰："岂可神明而无妃偶乎？汝等再塑立一娘娘像配我，不可缓也。"村人如其言塑之。

　　金家闻水死之信，捞尸殡殓②，举家成服。忽一日，其妻脱衰麻，换盛服，敷脂抹粉，扬扬得意。公姑怒责曰："此非孀妇所宜。"曰："我夫并未死，现在鄱阳外湖作官，差胥役夫轿迎我上任，都已在外伺候，我何为不吉服耶？"言毕，作上轿状，随瞑目矣。嗣后，鄱阳小神之名颇著，远近烧香者争赴焉。

【注释】

　　①血食：受享祭品。

　　②殡殓：为死者更衣下棺，准备埋葬。

囊囊

桐城南门外章云士，性好神佛。偶过古庙，见有雕木神像，颇尊严，迎归作家堂神，奉祀甚虔。夜梦有神，如所奉像，曰："我灵钧法师也。修炼有年，蒙汝敬我，以香火祀我，倘有所求，可焚牒招我，我即于梦中相见。"章自此倍加敬信。

邻有女，为怪所缠，怪貌狞恶，遍体蒙茸，似毛非毛。每交媾，则下体痛楚难忍，女哀求见饶。怪曰："我非害汝者，不过爱汝姿色耳。"女曰："某家女比我更美，汝何不往缠之，而独苦我乎？"怪曰："某家女正气，我不敢犯。"女子怒，骂曰："彼正气，偏我不正气耶？"怪曰："汝某月日，烧香城隍庙，路有男子方走，汝在轿帘中暗窥，见其貌美，心窃慕之，此得为正气乎？"女面赤不能答。

女母告章，章为求家堂神。是夜梦神曰："此怪未知何物，宽三日限，当为查办。"过期，神果至曰："怪名囊囊，神通甚大，非我自往剪除不可。然鬼神力量，终需恃人而行。汝择一除日，备轿一乘、夫四名、快手四名、绳索刀斧八物，剪纸为之，悉陈于厅。汝在旁喝曰'上轿！'曰：'抬到女家！'更喝曰'斩！'如此则怪除矣。"

两家如其言。临期，扶纸轿者果觉重于平日，至女家，大喝"斩"字，纸刀盘旋如风，飒飒有声，一物掷墙而过。女身霍然如释重负。家人追视之，乃一蓑衣虫①，长三尺许，细脚千条，如耀丝闪闪，自腰斫为三段。烧之，臭闻数里。桐城人不解囊囊之名，后考《庶物异名疏》，方知蓑衣虫一名囊囊。

【注释】

①蓑衣虫：蚰蜒（yóu yán），百足虫的一种，像蜈蚣而略小，体色黄褐，有脚十五对细长，生活在阴湿之地。山东农村称之为草鞋底。

两神相殴

孝廉钟悟，常州人，一生行善，晚年无子，且衣食不周，意郁郁不乐。病临危，谓其妻曰："我死，慎毋置我棺中。我有不平事，将诉冥王，或有灵应，亦未可知。"随即气绝，而中心尚温。妻如其言，横尸以待。

死三日后果苏，曰："我死后到阴间，所见人民往来与阳世一般。闻有李大王者，司赏善罚恶之事。我求人指引到他衙门，思量具诉。果到一处，宫殿巍峨，中坐尊官。我进见，自陈姓名，将生平修善不报之事一一诉知，且责神无灵。神笑曰：'汝行善行恶，我所知也。汝穷困无子，非我所知，亦非我所司。'问何神所司，曰：'素大王。'我心知李者，理也；素者，数也。因求神送至素王处一问，神曰：'素王尊严，非如我处无人拦门者。我正有事，要与素王商办，汝可随行。'少顷，闻呼驺①声，所从吏役，皆整齐严肃。

"行至半途，见相随有沥血者，曰受冤未报；有嚼齿者，曰逆党未除；有美妇人而拉丑男者，曰夫妇错配。最后有一人，衮冕玉带，状若帝王，貌伟然，而衣履尽湿，曰：'我周昭王也。我家祖宗自后稷、公刘，积德累仁，我祖父文、武、成、康，圣贤相继，何以一传至我，而依例南征，无故为楚人溺死？幸有勇士辛游靡，长臂多力，曳我尸起，归葬成周，否则徒为江鱼所吞矣。后虽有齐侯小白借端一问，亦不过虚应故事，草草完结。如此奇冤，二千年来绝无报应，望神替一查。'李王唯唯。余鬼闻之，纷纷然俱有怒色。钟方悟世事不平者，尚有许大冤抑，如我贫困，固是小事，气为之平。

"行少顷，闻途中唱道而至曰：'素王来。'李王迎上，各在舆中交谈。始而絮语，继而忿争，哓哓不可辨，再后两神下车，挥拳相殴。李渐不胜，群鬼从而助之，我亦奋身相救，终不能胜。李神怒云：'汝等从我上奏玉皇，听候处分！'随即腾云而起，二神俱不见。

"少顷俱下，云中有霞帔而宫装者二仙女相随来，手持金尊玉杯，传诏曰：'玉帝管三十六天事，无暇听些些小讼。今赠二神天酒一尊，共十杯，有能多饮者，便直其事。'李神大喜，自称我量素佳，踊跃持饮，至三杯便捧腹欲吐。素神饮毕七杯，尚无醉色。仙女曰：'汝等勿行，且俟我复命后再行。'

"须臾又下，颁玉帝诏曰：'理不胜数，自古皆然。观此酒量，汝等便该明晓，要知世上凡一切神鬼、圣贤、英雄、才子、时花、美女、珠玉、锦绣、名画、法书，或得宠逢时，或遭凶受劫。素王掌管七分，李王掌管三分。素王因量大，故往往饮醉，颠倒乱行。我三十六天日食、星陨，尚被素王把持擅权，我不能作主，而况李王乎？然毕竟李王能饮三杯，则人心天理、美恶是非，终有三分公道；直到万古千秋，绵绵不断。钟某阳数虽绝，而此中消息非到世间晓谕一番，则以后告状者愈多，姑且开恩增寿一纪，放他还阳。此后永不为例。'"钟听毕还魂，又十二年乃死。常语人云："李王貌清雅，如世所塑文昌神。素王貌陋，团团浑浑，望去耳目口鼻不甚分明。从者诸人，大概相似。千百人中亦颇有美秀可爱者，其党亦不甚推尊也。"钟本名护，自此乃改名悟。

【注释】

①驺：养马的人，骑马的侍从。

赌钱神号迷龙

李某，官缙云令，以赌博被参。然性好之，不能一日离。病危时，犹拍肘床上，作呼卢声。其妻泣谏曰："气喘劳神，何苦如是！"李曰："赌非一人所能，我有朋类数人，在床前同掷骰盆，汝等特未之见耳。"已而气绝。忽又苏醒，伸手向家人云："速烧纸锞①，替还赌钱。"妻问与何人决胜，曰："阴司赌神，号称迷龙，其门下有赌鬼数千，皆受驱使，探人将托生时，便请迷龙作一花押，纳入天灵盖中。此人一落母胎，性便好赌，虽严父贤妻，万不能救。《汉书·公卿表》以博揜②失侯者十余人，可见此神从古有之。或且一心贪赌，有美食而让他人食，有美妻而让他人眠，皆迷龙作祟也。但阴间赌法与世间不同，其法：聚十余鬼，同掷十三颗骰子，每子下盆，有五采金色光者，便是全胜。群鬼以所畜纸锞，全行献上。迷龙高坐抽头，以致大富。群鬼赌败穷极，便到阳间作瘟疫，诈人酒食。汝等此时烧纸钱一万，可以放我生还。"家人信之，如其言烧与之，而李竟瞑目长逝。或曰：渠又哄得赌本，可以放心大掷，故不返也。

【注释】

①纸锞：纸钱，用纸箔制成的冥币。

②博揜（yǎn）：赌博。

羊骨怪

杭人李元珪，馆于沛县韩公署中，司书禀事。偶有乡亲回杭，李托带家信，命馆童调面糊封信。家童调盛碗中，李用毕，以其余置几上。夜闻窸窣①声，以为鼠来偷食也。揭帐伺之，见灯下一小羊，高二寸许，浑身白毛，食糊尽，乃去。李疑眼花，次日特作糊待之。夜间小羊又至，因留心细观其去之所在，到窗外树下而没。次日，告知主人，发掘树下，有朽羊骨一条，骨窍内浆糊犹在。取而烧之，此后怪绝。

【注释】

①窸窣：形容轻微细碎的声音。

夜叉偷酒

直隶永平府滦州河下，每年龙王造宫，有黄、白二龙，从古北口拔木运来。每木百枝，一夜叉管守之。其木在水中，皆直立而行，上挂一红灯为号。关外贩木商人，每年待龙发水，然后依附运行。偶失一枝，龙怒遣夜叉寻取，风雨大作，山石皆飞。村中民造酒八缸，一夜被夜叉偷饮立尽。惧其为患，为伐一木置水中，夜始平静。此石埭令郑公首瀛为余言。郑，滦州人。

披麻煞

新安曹媪有孙登官，定婚某氏。将娶有日，先期扫除楼房，待新娘居。房与媪卧阁相去十步许。日向夕，媪独坐楼下，闻楼上履声橐橐①，意是丫鬟，不之诘也。久而声渐厉，稍觉不类，疑是偷儿。疾趋而掩执之。起推楼门，门开，举首见一人，麻冠麻鞋，手扶桐杖，立梯上层。见媪至，返身退走，媪素有胆，不计其为人为鬼，奋前相捉。其人狂奔新房，有窸窣之声，如烟一缕而没，始悟为鬼。急下楼，欲以语人，念明日婚期已届，舍此无从觅他室，隐忍不言。

次夕，新妇入门，张灯设乐。散后，媪以前事在心，不能成寐。且觇新妇，则已靓妆坐床，琴瑟之好甚笃。媪意大安，易宅之念渐差，然终以前事，故常不欲新妇独登楼。

一日者，妇欲登楼，问其故，以如厕对。劝其秉烛，以熟径辞。食顷不下，媪唤之不应，遣小鬟持灯上楼，亦不见妇。媪大惊，婢曰："是或往厨下乎？"媪谓："我坐梯次，未见他下来。"无可奈何，乃召婿，告以失妇状，举家大骇。婢忽在楼呼曰："娘在是。"众亟视之，则新妇团伏一小漆椅下，四肢如有捆扎之状。扶出，白沫满口，气息奄然，以水浆灌之，逾时甫醒。问之，云："遇一披麻人为祟。"媪乃哭曰："咎在我。"因备述前事，且告以不言之故。时夜漏将残，不能移宅，拥妇偃息在床，婿秉烛坐，双鬟立左右。至五更，侍者睡去，婿亦劳倦。稍一交睫，觉灯前有披麻人破户入，直奔床前，以指掐妇颈三五下。婿奔前救护，披麻人耸身从窗櫺中去，疾于飞鸟。呼妇不应，持火视之，气已绝矣。

或曰：此选日家不良于术，婚期犯披麻煞故也。

【注释】

①橐橐：硬物连续碰击声。

瓜棚下二鬼

海阳邑中刘氏女，夏日在瓜棚下刺绣。薄暮，家人铺蒲席招凉，女忽于座间顾影絮语，众怪其诞，呵之，乃大声曰："唉！我岂若女耶？我为某村某妇，气忿缢死多年，欲得替人，故在此。"语毕大笑，举带自勒其颈。阖室尽惊，取米豆厌胜之，不退，乃哀求曰："我女年年为他人压金线，取钱易米，家贫可怜，与汝素无冤，幸相舍。不然天师将至，我当往诉。"鬼惧曰："吓人，吓人。虽然，我不可以虚返，当思所以送我。"众曰："供香楮①何如？"不应。曰："加斗酒只鸡何如？"乃有喜色，且颔之。如其言，女果醒。

未三日，家人方相庆，女衣袖忽又翩舞，愤语曰："汝等如此薄待我，回想不肯甘休，仍须讨替。"更作恶状，以带套颈。众察其音，不类前鬼。正惊疑间，俄闻瓜棚下窣窣履响，仍在女口叱曰："鬼婢冒我姓名，来诈钱镪②，辱没煞人，亟去，亟去！不然，我将讼汝于城隍神。"又劳问女家："勿怕此无赖鬼。我在此，他不敢为厉。"言毕，其女颊晕红潮，状若羞缩者。食顷，两鬼寂然皆退。次日，其女依旧临镜。询其事，杳然如梦。

老人李某，海阳人，薄暮。自邑中还家，觉腰缠重物，解视无有，勉荷而归，时已月上。家人闻叩扉声，走相问安，老人瞪目无言，为设酒脯，亦不食，愈益怪之。既而取布幅许悬梁间，作缢状，曰："余缢死鬼也。今与汝翁作交代。"众惊，诘以前因，曰："余为李氏，栖泊城中，曾至某家，祟其女于瓜棚下。因其家中哀求，我亦念伊女婉弱，是以舍去，别寻替代。奔及城门，有二大人司管甚严，不敢走过，以此日日受苦，一言难尽。"众家人曰："城门大人既然拦阻，汝今日何能复来？"乃嘻嘻笑曰："此实大巧事。今早乡人以粪桶寄门侧，大人者恶其臭也，两相谓曰：'昨宵雨歇，城头山色当佳，盍一凭眺乎？'遂约伴登山去矣。余得乘间出城，遇汝翁归，附他腰带间，蒙其负荷，急于得生，故仍欲相借重耳。"

众闻其言软，似可以情动者，乃哀求曰："翁年老，墓木已拱，你不忍于弱女，宁独甘心于秃翁？如蒙哀怜，当为延名僧修法事，令你生天人境界，何如？"鬼拍手喜曰："我前在瓜棚下，原欲挽彼作此功德，视其家贫，是以勿言。今众居士既能发大愿力，余又何求？虽然，世人惯作哄鬼伎俩，惟求居士勿忘此言。"众唯唯，鬼即作顶礼状。食顷，老人已起，索水浆饮矣。

翌日，广延僧众，作七日道场，瓜棚下从此清净。

【注释】

①楮：祭神鬼用的香和纸钱。

②钱镪：钱贯。

介溪坟

严介溪为其妻欧阳氏卜葬，召门下风水客数十人，嘱曰："吾富贵已极，尚何他望？只望诸君择地，生子孙能再如我者而甘心焉。"诸客唯唯。未一月，有客来云："某山有穴，葬之，子孙贵寿与公相埒①。"介溪命群客视之。一客独曰："若葬此，子孙虽贵，但气脉大迟，恐在六七世后耳。"俱以为然。介溪买成，开穴，中有古坟墓志，摩视之，即严氏之七世祖也。介溪大骇，急加封识。然自此严氏大衰，且籍没矣。

此事严后裔名秉琏者所言。

【注释】

①埒：相等。

李半仙

甘肃参将李璇，自称"李半仙"，能视人一物，便知休咎①。彭芸楣少詹与沈云椒翰林同往占卜。彭指一砚问之，曰："石质厚重，形有八角，此八座象也。惜是文房之需，非封疆之料。"沈将所挂手巾问之，曰："绢素清白，自是玉堂高品，惜边幅小耳。"正笑语间，云南同知某亦来占卜，取烟管问之，曰："管有三截，镶合而成，居官亦三起三倒，然否？"曰："然。"曰："君此后为人亦须改过，不可再如烟管。"问何故，曰："烟管是最势利之物，用得着他，浑身火热；用不着他，顷刻冰冷。"其人大笑，惭沮而去。逾三年，彭学差任满回京，李亦入都引见。彭故意再取烟管问之，曰："君又放学差矣。"问何故，曰："烟非吃得饱之物，学院试差非做得富之官。且烟管终日替人呼吸，督学终年为寒士吹嘘，将必复任。"已而果然。

【注释】

①休咎：吉与凶，善与恶。

李香君荐卷

吾友杨潮观，字宏度，无锡人，以孝廉授河南固始县知县。乾隆壬申乡试，杨为同考官。阅卷毕，将发榜矣，搜落卷为加批焉。倦而假寐。梦有女子年三十许，淡妆，面目疏秀，短身，青绀裙，乌巾束额，如江南人仪态。揭帐低语曰："拜托使君，'桂花香'一卷，千万留心相助。"杨惊醒，告同考官。皆笑曰："此噩梦也。焉有榜将发而可以荐卷者乎？"杨亦以为然。

偶阅一落卷，表联有"杏花时节桂花香"之句，盖壬申二月表题，即谢开科事也。杨大惊，加意翻阅。表颇华赡①，五策尤详明，真饱学者，以时艺不甚佳，故置之孙山外。杨既感梦兆，又难直告主司，欲荐未荐，方徘徊间，适正主试钱少司农东麓先生，嫌进呈策通场未得佳者，命各房搜索。杨喜，即以"桂花香"卷荐上。钱公如得至宝，取中八十三名，拆卷填榜，乃商丘老贡生侯元标，其祖侯朝宗也。方疑女子来托者，即李香君。杨自以得见香君，夸于人前，以为奇事。

【注释】

①华赡：华美富丽，多用以形容文辞。

道士取葫芦

秀水祝宣臣，名维诰，余戊午同年也。其尊人某，饶于财。一日，有长髯道士叩门求见，主人问："法师何为来？"曰："我有一友，现住君家，故来相访。"祝曰："此间并无道人，谁为君友？"道士曰："现在观稼书房之第三间。如不信，烦主人同往寻之。"

祝与同往，则书房挂吕纯阳像，道士指笑曰："此吾师兄也。偷我葫芦，久不见还，故我来索债。"言毕，伸手向画上作取状，吕仙亦笑以葫芦掷还之。主人视画上，果无葫芦矣。大惊，问："取葫芦何用？"道士曰："此间一府四县，夏间将有大疫，鸡犬不留。我取葫芦炼仙丹，救此方人，能行善者，以千金买药备用，不特自活，兼可救世，立大功德。"因出囊中药数丸示主人，芬芳扑鼻，且曰："今年八月中秋月色大明时，我仍来汝家，可设瓜果待我。此间人民恐少一半矣。"祝心动，曰："如弟子者，可行功德乎？"曰："可。"乃命家僮以千金与之。道士束负腰间，如匹布然，不觉其重，留药十丸，拱手别去。祝举家敬若神明，早晚礼拜。

是年夏间无疫，中秋无月，且风雨交加，道士亦杳[1]不至。

【注释】

①杳：无影无声。

火焚人不当水死

泾县叶某，与人贸易[1]安庆。江行遇风，同船十余人，半溺死矣。独叶坠水中，见红袍人抱而起之，因以得免。自以为获神人之助，后必大贵。亡何，家居不戒于火，竟烧死。

【注释】

①贸易：买卖的通称。

卷四

郑细九

扬州名奴多以细称。细九者，商人郑氏奴也。郑家主母病革，忽苏，瞿然^①而起曰："事太可笑！我死何妨，不应托生于细九家为儿。以故我魂已出户，到半途得此消息，将送我者打脱而返。"言毕，道口渴，索青菜汤。家人煮与之。咽少许，仍仆于床，瞑目而逝。须臾，郑细九来，报家中产一儿，口含菜叶，啼声甚厉。嗣后郑氏颇加恩养，不敢以奴产子待也。

【注释】

①瞿然：惊惧貌。

替鬼做媒

江浦南乡有女张氏，嫁陈某，七年而寡，日食不周，改适张姓。张亦丧妻七年，作媒者以为天缘巧合。婚甫半月，张之前夫附魂妻身曰："汝太无良，竟不替我守节，转嫁庸奴。"以手自批其颊，张家人为烧纸钱，再三劝慰，作厉如故。未几，张之前妻又附魂于其夫之身，骂曰："汝太薄情，但知有新人，不知有旧人。"亦以手自击撞，举家惊惶。

适其时，原作媒者秦某在旁，戏曰："我从前既替活人作媒，我今日何妨替死鬼作媒。陈某既在此索妻，汝又在此索夫，何不彼此交配而退，则阴间不寂寞，而两家活夫妻亦平安矣。何必在此吵闹耶？"张面作羞缩状，曰："我亦有此意，但我貌丑，未知陈某肯要我否。我不便自言，先生既有此好意，即求先生一说，何如？"秦乃向两处通陈，俱唯唯。忽又笑曰："此事极好，但我辈虽鬼，不可野合，为群鬼所轻。必须媒人替我剪纸人作舆从①，具锣鼓音乐，摆酒席，送合欢杯，使男女二人成礼而退，我辈才去。"张家如其言，从此两人之身安然无恙。乡邻哄传某村替鬼做媒，替鬼做亲。

【注释】

①舆从：车马随从。

鬼有三技，过此鬼道乃穷

蔡魏公孝廉常言："鬼有三技，一迷、二遮、三吓。"或问："三技云何？"曰："我表弟吕某，松江廪生①，性豪放，自号'豁达先生'。尝过泖湖西乡，天渐黑，见妇人面施粉黛，贸贸然持绳索而奔，望见吕，走避大树下，而所持绳则遗坠地上。吕取观，乃一条草索，嗅之，有阴霾之气，心知为缢死鬼，取藏怀中，径向前行。其女出树中，往前遮拦，左行则左拦，右行则右拦。吕心知俗所称'鬼打墙'是也，直冲而行。鬼无奈何，长啸一声，变作披发流血状，伸舌尺许，向之跳跃。吕曰：'汝前之涂眉画粉，迷我也；向前阻拒，遮我也；今作此恶状，吓我也。三技毕矣，我总不怕，想无他技可施。尔亦知我素名豁达先生乎？'鬼仍复原形，跪地曰：'我城中施姓女子，与夫口角，一时短见自缢。今闻泖东某家妇，亦与其夫不睦，故我往取替代。不料半路被先生截住，又将我绳夺去，我实在计穷，只求先生超生。'吕问作何超法，曰：'替我告知城中施家，作道场，请高僧，多念《往生咒》，我便可托生。'吕笑曰：'我即高僧也。我有《往生咒》，为汝一诵。'即高唱曰：'好大世界，无遮无碍，死去生来，有何替代！要走便走，岂不爽快！'鬼听毕，恍然大悟，伏地再拜，奔趋而去。后土人云：此处向不平静，自豁达先生过后，永无为祟者。"

【注释】

①廪生：明清两代称由公家供给膳食的生员。

鬼多变苍蝇

徽州状元戴有祺，与友夜醉玩月，出城步回龙桥上。有蓝衣人持伞，从西乡来，见戴公，欲前不前，疑为窃贼，直前擒问，曰："我差役也。奉本官拘人。"戴曰："汝太说谎，世上只有城里差人向地外拘人者，断无城外差人向城里拘人之理。"蓝衣者不得已，跪曰："我非人，乃鬼也。奉阴官命，就城里拘人是实。"问："有牌票乎？"曰："有。"取而视之，其第三名，即戴之表兄某也。戴欲救表兄，心疑所言不实，乃放之行，而坚坐桥上待之。四鼓，蓝衣者果至，戴问："人可拘齐乎？"曰："齐矣。"问何在，曰："在我所持伞上。"戴视之，有线缚五苍蝇在焉，嘶嘶有声。戴大笑，取而放之。其人惶急，踉跄走去。天色渐明，戴入城至表兄处探问，其家人云："家主病久，三更已死，四更复活，天明则又死矣。"

江宁刘某，年七岁，肾囊红肿，医药罔效①。邻有饶氏妇，当阴司差役之事。到期，便与夫异床而寝，不饮不食，若痴迷者。刘母托往阴司一查，去三日，来报曰："无妨也。二郎前世好食田鸡，剥杀太多，故今世群鸡来啮，相与报仇。然天生田鸡，原系供人食者，虫鱼皆八蜡神所管，只须向刘猛将军处烧香求祷，便可无恙。"如其言，予疾果痊。

一日者，饶氏睡两日夜方醒，醒后满身流汗，口呿喘②不已。其嫂问故，曰："邻妇某氏，凶恶难捉，冥王差我拘拿。不料他临死尚强有力，与我格斗多时，幸亏我解下缠足布，捆缚其手，裁得牵来。"嫂曰："现在何处？"曰："在窗外梧桐树上。"嫂往视之，见无别物，只头发拴一苍蝇，嫂戏取蝇，夹入针线箱中。未几，闻饶氏在床上有呼号声，良久乃苏，曰："嫂为戏大虐！阴司因我拿某妇不到，重责三十板，勒限再拿，嫂速还我苍蝇，以免再责。"嫂视其臀，果有杖痕，始大悔，取苍蝇付之。饶氏取含口中睡去，遂亦平静。自此不肯替人间查阴司事矣。

【注释】

①罔效：没有效果。

②呿喘：喘气。

严秉珎

严秉珎作云南禄劝县。县署东偏有屋三间，封锁甚严，相传狐仙所居，官到必祭，严循例致祭。其妻某，必欲观之，屡伺门侧，不得见。一日，见美妇人倚窗梳头，妻素悍妒，虑惑其夫，率奴婢持棒冲入乱殴。美妇化作白鹅，绕地哀鸣。秉珎取印印其背，遂现原形，委地堕胎而死。胎中两小狐也，严取硃笔点其额，两小狐亦死。取大小狐投之火中。自此署中无狐，而严氏亦无恙。又一年，其妻怀孕，生双胞，头上各有一点红，如硃笔所点。妻大惊而陨^①，严以痛妻故，未几亦病亡，小儿终不育。

【注释】

①陨：同"殒"，死亡。

奉新奇事

江西奉新村民李氏妇，生产三日，胎不下。其姑率三女守之，以倦故，又请邻妇三人轮流守护。一妇姓孙，有儿尚襁褓，不能同往，乃交托外婆家，而率长子名钟者同往。钟已弱冠入学，虑夜间寂寞，乃持书一卷往。次日将午，其门内绝无人声，戚里疑之。打门入，则产妇死于床，七人死于地。七人中，六人衣服面目无他异，惟气绝而已。独孙秀才身尚端坐，右手执书如故。其左臂自肩以下，全身烧毁，直至脚底，黑如煤炭。合村大噪，鸣于官。急相验，命且掩埋，亦无从申报也。此事彭芸楣少司马为余言。

智恒僧

苏州陈国鸿，彭芸楣先生丁酉乡试所取孝廉，性好古玩。家园内有种荷花缸，年久不起，陈命扛起，阅其款识。缸下又得一坛，黄碧色，花纹甚古，中有淤泥，朽骨数片。陈投骨于水，携坛入室。夜，梦一僧来曰："我唐时僧智恒也。汝所取磁坛，乃我埋骨坛，速还我骨而土掩焉。"陈素豪，晓告友朋，不以为意。又三日，其母梦一长眉僧挟一恶状僧至，曰："汝子无礼，贪我磁坛，抛撒我骨，我诉之不理，欺我老耳。我师兄大千闻之不平，故同来索汝子之命。"母惊醒，命家人遍寻所弃之骨，仅存一片。问孝廉，则已迷闷，不省人事矣。未十日而病亡。

三斗汉

三斗汉者，粤之鄙人也，其饭须三斗粟乃饱，人故呼为"三斗汉"。身长一丈，围抱不周，须虬面黑，乞食于市，所得莫能果腹。一日，之惠州，戏于提督军门外，双手挈①二石狮去。提督召之，则仍双挈石狮而来。提督命五牛曳横木于前，三斗汉挽其后，用鞭鞭牛，牛奋欲奔，终不能移尺寸。提督奇其力，赏食马粮，使入伍学武。乃跪求云："小人食需三斗粟，愿倍其粮。"提督许之。习武有年，驰马辄坠，箭发不中，乃改步卒，郁郁不得志而归。游于潮州，值潮之东门修湘子桥，桥梁石长三丈余，宽厚皆尺五。众工构天架，数十人挽之，莫能上。三斗汉从旁笑曰："如许众人，颒面汗背，犹不能升一条石块耶？"众怒其妄，命试之。遂登架，独挽而上，众股栗。桥洞故有百数，辛卯年圮②其三，郡丞范公捐俸倡修，见此人能独挽巨石，费省工速，遂命尽挽其余，赏钱数十千。不一月，食尽去，莫知所之。或云饿死于澄江。

【注释】

①挈：用手提着。

②圮：毁坏。

叶生妻

桐城邑西牛栏铺界叶生，笔耕糊口，父兄业农。乾隆癸卯春，佃其族人田于牌门庄，阖室移居于是。其妻年十八，素端重寡言，忽发颠谩骂，其音不一，惟骂李某："丧绝天良，毁我辈十人冢，盖造房屋，好生受用，将我等骸骨践踏污秽。"叶生不解，询邻老，始知房主李某于康熙时平坟架屋，事实有之。乃诘其妻云："平坟做屋，实李某事，于我何干？"妻答云："当时李某气焰甚高，我等忍气不言，多出游避之。今看尔家运低，故在此泄忿。"骂音中惟此厉声者最恶，其九音偶尔相间，亦略平和。

生许以拆屋培冢，答云："屋有主人，尔不能擅拆，盍往商量？"生奔请李姓来，其妻引至堂西两正屋内，指示曰："此二椁也，此四坟也，其偏旁乃二女坟，我坟在床后墙下。"李问："尔何人？"答云："我阮姓孚名，年二十二，前明正德间儒生，读书白鹤观，戏习道教，竟成羽士。偶为贪色，逾墙被辱，自缢葬此。十人中，惟我受践踏污秽更苦，故我纠合伊等同来。"李云："汝骨在何处？"答曰："正中一冢，掘下三尺，见棺黑色者，是我也。"李踌躇不敢掘，鬼骂不息。远近观者，络绎而至。有问必答，或烧纸钱求之，其九鬼亦从旁劝解，音皆自其妻口中出。缢鬼骂曰："汝等九个赌贼，得受叶家纸钱，彼此赶老羊快活，便来劝我么？"自是九鬼无声，惟缢鬼独闹。生请羽士禳解，属塾师陈某作荐送文。鬼大笑曰："不通之极，某故事用错，某处文词鄙俗，况送我文当求我，不应以威胁我。"塾师惭报，唯唯而已。道士诵经略错，必加切责。

生之戚有程氏者，家素丰，方到门，鬼曰："富翁来矣，当备好茶。"章孝廉甫与生有姻，将到，鬼曰："文星至矣，求为我作墓志。"章口占一律赠之，曰："当年底事竟投缳，遗体飘零瘗^①此间。茅屋妄成将拆去，高封误毁已培还。从兹独乐安黄壤，还望垂怜放翠鬟。他日超升藉法力，直排阊阖列仙班。"鬼谢曰："蒙奖太过，孚有风流罪过，安能排阊阖②列仙班乎？惟五、六二语，见教极是，吾遵命去矣。"临去，呼叶生字，告之曰："吾不受道士忏悔，受文人忏悔，亦未忘结习故也。尔盍镌诗墓石，以光泉壤？"生妻瞑目无言，越一日，乃醒。

【注释】

①瘗（yì）：埋葬。

②阊阖：传说天宫的南门。

七盗索命

杭州汤秀才世坤，年三十余，馆于范家。一日晚坐，生徒四散，时冬月畏风，书斋窗户尽闭。夜交三鼓，一灯荧然，汤方看书，窗外有无头人跳入，随其后者六人，皆无头，其头悉用带挂腰间，围汤而各以头血滴之，涔涔冷湿。汤惊迷，不能声。适馆僮持溺器来，一冲而散，汤陨地不醒。僮告主人，急来救起，灌姜汤数瓯，醒，具道所以，因乞回家，主人唤肩舆送之。天已大明，家住城隍山脚下，将近山，汤告舆夫，不肯归家，愿仍至馆，云未至山脚下，望见夜中七断头鬼昂然高坐，似有相待之意。主人无奈何，仍延馆中。遂大病，身热如焚。

主人素贤，为迎其妻来侍汤药。未三日卒，已而苏，谓妻曰："吾不活矣，所以复苏者，冥府宽恩，许来相诀故也。昨病重时，见青衣四人拉吾同行，云有人告发索命事。所到黄沙茫茫，心知阴界，因问吾何罪，青衣曰：'相公请自观其容便晓矣。'吾云：'人不能自见其容，作何观法？'四青衣各赠有柄小镜，曰：'请相公照。'如其言，便觉庞然魁梧，须长七八寸，非今生清瘦面貌。前生姓吴，名锵，乃明季娄县知县。七人者，七盗也，埋四万金于某所，被获后，谋以此金贿官免死，托娄县典史许某转请于我。许匿取二万，以二万说我。我彼时明知盗罪难逭，拒之。许典史引《左氏》'杀汝，璧将焉往'之说，请掘取其金而仍杀之。我一时心贪，竟从许计，此时悔之无及。乃随四人，行至一处，宫阙壮丽，中坐衮袍阴官，色颇和。吾拜伏阶下，七鬼者捧头于肩，若有所诉，诉毕，仍挂头腰间。吾哀乞阴官。官曰：'我无成见，汝自向七鬼求情。'吾因转向七鬼叩头，云：'请高僧超度，多烧纸钱。'鬼俱不肯，其头摇于腰间，狞恶殊甚，开口露牙，就近来咬我颈。阴官喝曰：'盗休无礼！汝等罪应死，非某枉法。某之不良在取尔等财耳。但起意者典史，非吴令，似可缓索渠命。'七鬼者又各以头装颈，哭曰：'我等向伊索债，非索命也。彼食朝廷俸而贪盗财，是亦一盗也。许典史久已被我等咀嚼矣。困吴令初转世为美女，嫁宋尚书牧仲为妾，宋贵人有文名，某等不敢近。今又托生汤家，汤祖宗素积德，家中应有科目。今年除夕，渠之姓名将被文昌君送上天榜，一入天榜则邪魔不敢近，我等又休矣。千载一时，寻捉非易，愿官勿行妇人之仁。'阴官听毕，蹙额曰：'盗亦有道，吾无如何。汝姑回阳间，一别妻孥①可也。'以此，我得暂苏。"语毕，不复开口。妻为焚烧黄白纸钱千百万，竟无言而卒。

汤氏别房讳世昌者，次年乡试及第，中进士，入词林，人皆以为填天榜者所抽换矣。

【注释】

①妻孥：妻子和儿女。

陈清恪公吹气退鬼

陈公鹏年未遇时，与乡人李孚相善。秋夕，乘月色过李闲话。李故寒士，谓陈曰："与妇谋酒不得，子少坐，我外出沽酒，与子赏月。"陈持其诗卷，坐观待之。门外有妇人，蓝衣蓬首，开户入见陈，便却去。陈疑李氏戚也，避客故不入，乃侧坐避妇人。妇人袖物来，藏门槛下，身走入内。陈心疑何物，就槛视之，一绳也，臭，有血痕。陈悟此乃缢鬼，取其绳置靴中，坐如故。

少顷，蓬首妇出探藏处，失绳，怒，直奔陈前，呼曰："还我物！"陈曰："何物？"妇不答，但耸立张口吹陈，冷风一阵如冰，毛发噤龀①，灯荧荧青色将灭。陈私念："鬼尚有气，我独无气乎？"乃亦鼓气吹妇。妇当公吹处，成一空洞，始而腹穿，继而胸穿，终乃头灭，顷刻如轻烟散尽，不复见矣。

少顷，李持酒入，大呼妇缢于床。陈笑曰："无伤也，鬼绳尚在我靴。"告之故，乃共入解救，灌以姜汤，苏。问何故寻死，其妻曰："家贫甚，夫君好客不已。头止一钗，拔去沽酒。心闷甚，客又在外，未便声张。旁忽有蓬首妇人，自称左邻，告我以夫非为客拔钗也，将赴赌钱场耳。我愈郁恨，且念夜深，夫不归，客不去，无面目辞客。蓬首妇手作圈曰：'从此入，即佛国，欢喜无量。'余从此圈入，而手套不紧，圈屡散。妇人曰：'取吾佛带来，则成佛矣。'走出取带，良久不来。余方冥然若梦，而君来救我矣。"访之邻，数月前果缢死一村妇。

【注释】

①噤龄（jìn xiè）：毛发森森竖立貌。龄，牙齿相磨。

陈圣涛遇狐

绍兴陈圣涛者，贫士也，丧偶。游扬州，寓天宁寺侧一小庙，庙僧遇之甚薄。陈见庙有小楼扃闭，问僧何故。僧曰："楼有怪。"陈必欲登，乃开户入，见几上无丝毫尘，有镜架梳箧等物，大疑，以为僧藏妇人，不语，出。过数日，望见美妇倚楼窥，陈亦目挑之。妇腾身下，已至陈所。陈始惊，以为非人。其妇曰："我仙也。汝毋怖，为有夙缘故耳。"款接甚殷，竟成夫妇。

每月朔，妇告假七日，云："往泰山娘娘处听差。"陈乘妇去，启其箱，金珠烂然。陈一丝不取，代扃锁如初。妇归，陈私谓曰："我贫甚，而君颇有余资，盍假我屯货为生业乎？"妇曰："君骨相贫，不能富，虽作商贾无益。且喜君行义甚高，开我之箱，分文不取，亦足敬也。请资君衣食。"自后，陈不起炊，中馈之事，妇主之。

居年余，妇谓陈曰："妾所蓄金已为君捐纳飞班通判，赴京投供，即可选也。妾请先入京师，置屋待君。"陈曰："娘子去，我从何处访寻？"曰："君第入都，到彰义门，妾自遣人相迎。"陈如其言，后妇人两月入都，至彰义门，果有苍头跪曰："主君到迟，娘娘相待久矣。"引至米市胡同，则崇垣大厦，奴婢数十人皆跪迎叩头，如旧曾服侍者。陈亦不解其故。登堂，妇人盛服出迎，携手入房。陈问："诸奴婢何以识我？"曰："勿声张。妾假君形貌赴部投捐，又假君形貌买宅立契，诸奴婢投身时，亦假君形貌以临之，故皆认识君。"因私教陈曰："若何姓，若何名，唤遣时须如我所嘱，毋为若辈所疑。"陈喜甚，因通书于家。

明年，陈之长子来，知父已续娶后母，入房拜见。母慈恤倍至如所生。子亦孝敬不违。妇人曰："闻儿有妇，何不偕来？明年可同至别驾任所。"长子唯唯。妇人赠舟车费，迎其妻入京同居。忽一日，门外有少年求见，陈问何人，少年曰："吾母在此。"陈问妇人，妇人曰："是吾儿，妾前夫所生也。"唤入拜陈，并拜陈之长子，呼为兄。

居亡何，妇假日也，不在家，长子亦外出，妻王氏方梳妆，少年窥嫂有色，排窗入，拥抱求欢。王不可，少年强之，弛下衣以阴示嫂。王愈畏恶，大呼乞命。少年惧，奔出，王之裙褶已毁裂矣。长子夜归，被酒，见妻容色有异，问之，具道所以。长子不胜忿，拔几上刀，寻少年，少年已卧，就帐中斫之。烛照，一狐断首而毙。陈知其事，惊骇，惧妇人假满归，必索其子命，乃即夜父子逃归绍兴。官不赴选，一钱不得着身，贫如故。

西园女怪

杭郡周姓者，与友陈某游邗上，住某绅家。时初秋，尚有余暑，所居屋颇隘。主人西园精舍数间，颇幽静，面山临池。二人移榻其中，数夜安然。

一夕步月，至二鼓，入室将寝，闻庭外步屧声，徐徐吟曰："春花成往事，秋月又今宵。回首巫山远，空将两鬓凋。"两人初疑主人出游，既而语气不类，披衣窃视，见一美女背栏干立。两人私语，未闻主人家有此人，且装束殊不似近时，得毋世所谓鬼魅者此乎？陈少年，情动，曰："有此丽质，魅亦何妨！"因呼曰："美女何不入室一谈？"庭外应声曰："妾可入，君独不可出耶？"陈拉周启户出，不复见人，呼之，随呼随应，而人不可得。寻声以往，若在树间，审视之，则柳枝下倒悬一妇人首。二人骇极，大呼。首坠地，跳跃而来。二人急奔避入室，首已随至；两人关门，尽力抵之；首啮①门限，咋咋有声。俄闻鸡鸣，首跳跃去，至池而投。两人迨天明，急移住旧所，各病疟数十日。

【注释】

①啮：咬。

雷诛营卒

乾隆三年二月间，雷震死一营卒。卒素无恶迹，人咸怪之。有同营老卒，告于众曰："某顷已改行为善。二十年前披甲时，曾有一事，我因同为班卒，稔知之。某将军猎皋亭山下，某立帐房于路旁。薄暮，有小尼过帐外。见前后无人，拉入行奸。尼再四抵拦，遗其裤而逸。某追半里许，尼避入一田家，某怅怅而返。尼所避之家，仅一少妇，一小儿，其夫外出佣工。见尼入，拒之。尼语之故，哀求假宿。妇怜而许之，借以己裤，尼约以三日后当来归还，未明即去。夫归，脱垢衣欲换。妇启箧，求之不得，而己裤故在，因悟前仓卒中误以夫裤借去。方自咎未言，而小儿在旁曰：'昨夜和尚来穿去耳。'夫疑之，细叩踪迹。儿具告：和尚夜来哀求阿娘，如何留宿，如何借裤，如何带黑出门。妇力辩是尼非僧，夫不信，始以詈骂，继加捶楚。妇遍告邻佑。邻佑以事在昏夜，各推不知。妇不胜其冤，竟缢死。次早，其夫启门，见女尼持裤来还，并篮贮糕饵为谢。其子指以告父曰：'此即前夜借宿之和尚也。'夫悔，痛杖其子，毙于妇柩前，己亦自缢。邻里以经官不无多累，相与殡殓，寝其事。

"次冬，将军又猎其地，土人有言之者。余虽心识为某卒，而事既寝息，遂不复言。曾密语某，某亦心动，自是改行为善，冀以盖愆^①，而不虞天诛之必不可逭^②也。"

【注释】

①愆：罪过，过失。

②逭（huàn）：逃避。

青龙党

杭州旧有恶少，歃血结盟，刺背为小青龙，号"青龙党"，横行闾里。雍正末年，臬司^①范国瑄擒治之，死者十之八九。首恶董超，竟以逃免。乾隆某年冬，梦其党数十人走告曰："子为党首，虽幸逃免，明年当伏天诛。"董惶恐求计，众曰："计惟投保叔塔草庵僧为徒，力持戒行，或可幸免。"董梦觉，访之塔下，果有老僧，结草棚趺坐诵经。董长跪泣涕，自陈罪戾，愿度为弟子。老僧初犹逊谢，既见其情真，乃与剪发为头陀，令日间诵经，夜沿山敲木鱼，念佛号。自冬至春，修持颇力。

四月某日，从市上化斋归，小憩土地祠，朦胧睡去，见其党来促曰："速归，速归，今夕雷至矣！"董惊觉，踉跄归棚，天已昏黑，果有雷声。董以梦告僧。僧令跪己膝下，两袖蒙其顶而诵经如故。不数刻，电光绕棚，霹雳连下，或中棚左石，或中棚右树，如是者七八击，皆不得中。少顷，风雷俱止，云开见月。老僧谓难已过，掖以起曰："从此当无事矣。"董惊魂少定，拜谢老僧。出棚外，忽电光烁然，震霆一声，已毙石上。

【注释】

①臬司：明清提刑按察使司的别称。

符离楚客

康熙十二年冬，有楚客贸易山东，由徐州至符离。约二鼓，北风劲甚，见道旁酒肆灯火方盛，入饮即假宿①焉。店中人似有难色，有老者怜其仓迫，谓曰："方设馔以待远归之士，无余酒饮君。右有耳房，可以暂宿。"引客进。

客饥渴甚，不能成寐，闻外间人马喧声，心疑之，起从门隙窥。见店中匝地皆军士，据地饮食，谈说兵间事，皆不甚晓。少顷，众相呼曰："主将来矣！"远远有呵殿声，咸趋出迎候。见纸灯数十，错落而来。一雄壮长髯者，下马入店，上坐。众人伺立门外，店主人具酒食上，铺啜有声。毕，呼军士入曰："尔辈远出久矣，各且归队，吾亦少憩，俟文书至，再行未迟。"众诺而退。随呼曰："阿七，来！"有少年军士，从店左门出，店中人闭门避去。阿七引长髯者入左门，门隙有灯射出。客从右耳房潜至左门隙窥之，见门内有竹床，无睡具，灯置地上。长髯者引手撼其头，头即坠下，放置床上。阿七代捉其左右臂，亦皆坠下，分置床内外，然后倒身卧于床。阿七摇其身，自腰下对裂作两段，倒于地，灯亦旋灭。客悸甚，飞趋耳房，以袖掩面卧，辗转不能寐。

遥闻鸡鸣一二次，渐觉身冷，启袖，见天色微明，身乃卧乱树中，旷野无屋，亦无坟堆。冒寒行三里许，始有店。店主人方开门，迓问客来何早，客告以所遇，并问所宿为何地。曰："此间皆旧战场也。"

【注释】

①假宿：借宿。

徐氏疫亡

雍正壬子冬，杭城徐姓嫁女某家。杭俗：弥月①行双回门礼。是日，婿饮于徐，徐为设榻厅楼下。婿就帐，未寝，闻楼梯有行步声，见四人下楼，立灯前：一纱帽朱衣，一方巾道服，余二人皆暖帽皮袍，相与叹息。少顷，有女装者五人亦来，掩泣于灯前。有高年妇人指帐中曰："可托此人？"纱帽者摇手曰："无济。"且泣曰："吾当求张先生存吾门一线耳。"互相劝慰，或坐或行。婿悸极，不能出声。迨五鼓，方相扶上楼。桌下忽走出一黑面人，急上梯，挽红衣者曰："独不能为我留一线耶！"红衣者唯唯。时鸡已鸣，黑面人奔桌下去。婿候窗微亮，披衣入内，叩楼上何人所居，曰："新年供祖先神像，无人住也。"婿上楼观像，衣饰状貌与所见同，心不解所以，秘而不言。

先是，徐家三子皆受业于张有虔先生。是年张馆松江，五月中以母病归，乞其弟子往权馆。徐故富家，皆不欲出。张强之，主人命第三子往。有阿寿者，奴产子也，向事张谨，因命同往。主仆出门，未二十日，杭州虾蟆瘟大作，徐一家上下十二口，死者十人，惟第三子与阿寿以外出故免。闻丧归，婿以所见语之。徐愕然曰："阿寿之父名阿黑，以面黑故也。君所见从桌下出者是矣。"

【注释】

①弥月：新婚满一月。

猎户除狐

海昌元化镇，有富家，卧房三间，在楼上，日间人俱下楼理家务。一日，其妇上楼取衣，楼门内闭，加楲焉。因思：家中人皆在下，谁为此者？板隙窥之，见男子坐于床，疑为偷儿，呼家人齐上。其人大声曰："我当移家此楼，我先来，家眷行且至矣。假尔床桌一用，余物还汝。"自窗间掷其箧箱、零星之物于地。少顷，闻楼上聚语声，三间房内，老幼杂沓，敲盘而唱曰："主人翁，主人翁。千里客来，酒无一钟。"其家畏之，具酒四桌置庭中。其桌即凭空取上，食毕，复从空掷下。此后亦不甚作恶。

富家延道士为驱除，方在外定议归，楼上人又唱曰："狗道，狗道，何人敢到！"明日，道士至，方布坛，若有物捶之，踉跄奔出，一切神像法器，皆撒门外。自此，日夜不宁。乃至江西求张天师，天师命法官某来。其怪又唱曰："天师，天师，无法可施。法官，法官，来亦枉然。"俄而，法官至，若有人捽[1]其首而掷之，面破衣裂。法官大惭，曰："此怪力量大，须请谢法官来才可。"谢住长安镇某观中。主人迎谢来，立坛施法，怪竟不唱。富家喜甚。忽红光一道，有白须者从空中至楼，呼曰："毋畏谢道士。谢所行法，我能破之！"谢坐厅前诵咒，掷钵于地，走如飞，周厅盘旋，欲飞上楼者屡矣，而终不得上。须臾，楼上摇铜铃，琅琅声响，钵遂委地，不复转动。谢惊曰："吾力竭，不能除此怪。"即取钵走，而楼上欢呼之声彻墙外。自是作祟，无所不至。如是者又半年。

冬暮大雪，有猎户十余人来借宿。其家告以"借宿不难，恐有扰累"。猎户曰："此狐也，我辈猎狐者也，但求烧酒饮醉，当有以报君。"其家即沽酒具殽馔，彻内外燃巨烛。猎户轰饮大醉，各出鸟枪，装火药，向空点放，烟尘障天，竟夕震动。迨天明雪止，始去。其家方虑惊骇之，当更作祟，乃竟夕悄然。又数日，了无所闻。上楼察之，则群毛委地，窗槅尽开，而其怪迁矣。

【注释】

①捽（zuó）：揪，抓。

卷五

城隍替人训妻

杭州望仙桥周生，业儒，妇凶悍，数忤其姑。每岁逢佳节，着麻衣拜姑于堂，诅其死也。周孝而懦，不能制妻，惟日具疏祷城隍神，愿殛妇以安母。章凡九焚，不应，乃更为忿语，责神无灵。

是夕，梦一卒来，曰："城隍召汝。"周随往，入跪庙中。城隍曰："尔妇忤逆状，吾岂不知？但查汝命只一妻，无继妻，恰有子二人。尔孝子，胡可无后？故暂宽汝妇。汝何哓哓！"周曰："妇恶如是，奈堂上何？且某与妇恩义既绝，又安得有嗣？"城隍曰："尔昔何媒？"曰："范、陈二姓。"乃命拘二人至，责曰："某女不良，而汝为媒，嫁于孝子，害皆由汝。"呼杖之。二人不服，曰："某无罪。女处闺中，其贤否某等无由知。"周亦代为祈免，曰："二人不过要好作媒，非贪媒钱作诳语者，与伊何罪？据某愚见，妇人虽悍，未有不畏鬼神念经拜佛者。但求城隍神呼妇至，示之惩警，或得改逆为孝，事未可定。"城隍曰："甚是。但尔辈皆善类，故以好面目相向。妇凶悍，非吾变相，不足以威，尔辈毋恐。"命蓝面鬼持大锁往擒其妻，而以袍袖拂面，顷刻变成青靛色，朱发睁眼。召两旁兵卒执刀锯者，皆狞狰凶猛，油铛肉磨，置列庭下。须臾，鬼牵妇至，觳觫[1]跪阶前。城隍厉声数其罪状，取登注册示之，命夜叉拉下，剥皮放油锅中。妇哀号伏罪，请后不敢。周及两媒代为之请。城隍曰："念汝夫孝，姑宥汝；再犯者，有如此刑！"乃各放归。

次日，夫妇证此梦皆同。妇自此善视其姑，后果生二子。

【注释】

①觳觫（hú sù）：因恐惧而发抖。

文信王

湖州同征友沈炳震，尝昼寝书堂。梦青衣者引至一院，深竹蒙密，中设木床素几，几上镜高丈许。青衣曰："公照前生。"沈自照，方巾朱履，非本朝衣冠矣。方错愕间，青衣曰："公照三生。"沈又自照，则乌纱红袍，玉带皂靴，非儒者衣冠矣。

有苍头闯然入跪，叩头曰："公犹识老奴乎？奴曾从公赴大同兵备道任者也，今二百余年矣。"言毕泣，手文卷一册献沈。沈问故，苍头曰："公前身在明嘉靖间，姓王名秀，为大同兵备道。今日青衣召公，为地府文信王处有五百鬼诉冤，请公质问。老奴记杀此五百人，非公本意。起意者，乃总兵某也。五百人，本刘七案内败卒，降后又反，故总兵杀之，以杜后患。公曾有手书劝阻，总兵不从。老奴恐公忘记此书，难以辨雪，故袖此稿奉公。"沈亦恍然记前世事，与慰劳者再。

青衣请曰："公步行乎？乘轿乎？"老仆呵曰："安有监司大员而步行者！"呼一舆二夫，甚华，掖沈行数里许。前有宫阙巍峨，中坐王者，冕旒白须，旁吏绛衣乌纱，持文簿呼："兵备道王某进。"王曰："且止，此总兵事也，先唤总兵。"

有戎装金甲者，从东厢入，沈视之，果某总兵，旧同官也。王与问答良久，语不可辨。随唤沈，沈至，揖王而立。王曰："杀刘七党五百人，总兵业已承认，公有书劝止之，与公无干。然明朝法，总兵亦受兵备道节制。公令之不从，则平日懦恶可知。"沈唯唯谢过。

总兵争曰："此五百人，非杀不可者也。曾诈降复反，不杀则又将反。总兵为国杀之，非为私杀也。"言未已，阶下黑风如墨，声啾啾远来，血臭不可耐。五百头拉杂如滚球，齐张口露牙，来啮总兵，兼睨沈。沈大惧，向王拜不已，且以袖中文书呈上。王拍案厉声曰："断头奴！诈降复反事有之乎？"群鬼曰："有之。"王曰："然则总兵杀汝诚当，尚何哓哓①！"群鬼曰："当时诈降者，渠魁数人；复反者，亦渠魁数人。余皆胁从者也。何可尽杀？且总兵意欲迎合嘉靖皇帝严刻之心，非真为国为民也。"王笑曰："说总兵不为民，可也；说总兵不为国，不可也。"因谕五百鬼曰："此事沉搁二百余年，总为事属因公，阴官不能断。今总兵心迹未明，不能成神去；汝等怨气未散，又不能托生为人。我将以此事状上奏玉皇，听候处置。惟兵备道某所犯甚小，且有劝阻手书为据，可放还阳，他生罚作富家女子，以惩其柔懦之过。"五百鬼皆手持头叩阶，哒哒有声，曰："惟大王命。"王命青衣者引沈出，行数里，仍至竹密书斋。老仆迎出，惊喜曰："主人案结矣。"跪送再拜。青衣人呼至镜所，曰："公视前生。"果仍巾履，一前朝老诸生也。青衣人又呼曰："公视今生。"不觉惊醒，汗出如雨，仍在书堂。家人环哭，道："晕去一昼夜，惟胸间微温。"

文信王宫阙扁对甚多，不能记忆，只记宫门外金镌一联云："阴间律例全无，那有法重情轻之案件；天上算盘最大，只等水落石出的时辰。"

【注释】

①哓哓（xiāo）：吵嚷。

吴三复

苏州吴三复者，其父某，饶于财，晚年中落，所存只万金，而负人者众。一日，谓三复曰："我死则人望绝，汝辈犹得以所遗资生。"遂缢死。三复实未防救。其友顾心怡者，探知其事，伪设乩仙位，而召三复请仙。三复往，焚香叩头。乩盘大书曰："余，尔父也。尔明知父将缢死，而汝竟不防于事先，又不救于事后，汝罪重，不日伏冥诛矣。"三复大惧，跪泣求忏悔。乩盘又书曰："余舐犊情深，为汝想，无他法，惟捐三千金交顾心怡，立斗姥阁，一以超度我之亡魂，一以忏汝之罪孽，方可免死。"三复深信之，即以三千金与顾，立收券为凭。顾伪辞让，若不得已而后受者。少顷，饮三复酒，乘其醉，遣奴窃其券焚之。三复归家，券已遗失，遣人促顾立阁，顾曰："某未受金，何能立阁？"三复心悟其奸，然其时家尚有余，亦不与校。

又数年，三复窘甚，求贷于顾。顾以三千金营运，颇有赢余，意欲以三百金周给之。其叔某止之曰："若与三百，则三千之说遂真矣，是小不忍而乱大谋也。"心怡以为然，卒不与。三复控官，俱以无券不准。三复怨甚，作牒词诉于城隍。焚牒三日，卒。再三日，顾心怡及其叔某偕亡。其夜，顾之邻人见苏州城隍司灯笼满巷。时乾隆二十九年四月事。

影光书楼事

　　苏州史家巷蒋申吉，余年家子也。有子娶徐氏，年十九，琴瑟颇调。生产弥月，忽置酒，唤郎君共饮，曰："此别酒也。予与君缘满将去，昨日宿冤已到，势难挽回。谚曰：'夫妻本是同林鸟，大难来时各自飞。'我死后，君亦勿复相念。"言毕大恸。蒋愕然，犹慰以好语。氏忽掷杯起立，竖眉瞑目，非复平日容颜，卧床上，向西大呼曰："汝记万历十二年影光书楼上事乎？两人设计杀我，我死何惨！"呼毕，以手批颊，血出。未几，又以剪刀自刺。察其音，山东人语也。蒋家人环跪哀求，卒不解。如是者三日。

　　有某和尚者，素有道行，申吉将遣人召之。徐氏厉声曰："余，汝家祖宗也，汝敢召僧驱我乎？"即作蒋氏之祖父语，口吻宛然；呼奴婢名，一一无爽；责子孙不肖事某某，亦复似是而非，有中有不中。和尚至门，徐氏喈曰："秃奴可怖，且去，且去！"和尚甫出，则又詈①曰："汝家媳妇房中，能朝夕使和尚居乎？"和尚谓申吉曰："此前世冤业，已二百余年，才得寻着。积愈久者报愈深，老僧无能为。"走出不肯复来，徐氏遂死。死时面如裂帛，竟不知是何冤。此乾隆二十九年二月事。

【注释】

　　①詈（lì）：骂。

洗紫河车

　　四川酆都县皂隶丁恺，持文书往夔州投递。过鬼门关，见前有石碑，上书"阴阳界"三字。丁走至碑下，摩观良久，不觉已出界外。欲返，迷路，不得已，任足而行。至一古庙，神像剥落，其旁牛头鬼蒙灰丝蛛网而立。丁怜庙中之无僧也，以袖拂去其尘网。

又行二里许，闻水声潺潺，中隔长河。一妇人临水洗菜，菜色甚紫，枝叶环结如芙蓉。谛视渐近，乃其亡妻。妻见丁，大惊曰："君何至此！此非人间。"丁告之故，问妻："所居何处？所洗何菜？"妻曰："妾亡后为阎罗王隶卒牛头鬼所娶，家住河西槐树下。所洗者，即世上胞胎，俗名'紫河车'是也。洗十次者，儿生清秀而贵；洗两三次者，中常之人；不洗者，昏愚秽浊之人。阎王以此事分派诸牛头管领，故我代夫洗之。"丁问妻："可能使我还阳否？"妻曰："待吾夫归商之。但妾既为君妇，又为鬼妻，新夫旧夫，殊觉启齿为羞。"语毕，邀至其家，谈家常，讯亲故近状。

少顷，外有敲门者，丁惧，伏床下。妻开门，牛头鬼入，取牛头掷于几上，一假面具也。既去面具，眉目言笑，宛若平人，谓其妻曰："惫甚！今日侍阎王审大案数十，脚跟立久酸痛，须斟酒饮我。"徐惊曰："有生人气！"且嗅且寻。妻度不可隐，拉丁出，叩头告之故，代为哀求。牛头曰："是人非独为妻故将救之，是实于我有德。我在庙中蒙灰满面，此人为我拭净，是一长者，但未知阳数何如。我明日往判官处，偷查其簿，便当了然。"命丁坐，三人共饮。有肴馔至，丁将举箸，牛头与妻急夺之，曰："鬼酒无妨，鬼肉不可食，食则常留此间矣。"

次日，牛头出，及暮归，欣欣然贺曰："昨查阴司簿册，汝阳数未终，且喜我有出关之差，正可送汝出界。"手持肉一块，红色臭腐，曰："以赠汝，可发大财。"丁问故，曰："此河南富人张某之背上肉也。张有恶行，阎王擒而钩其背于铁锥山，半夜肉溃，脱逃去。现在阳间，患发背疮，千医不愈。汝往，以此肉研碎敷之即愈，彼必重酬汝。"丁拜谢，以纸裹而藏之。遂与同出关，牛头即不见。

丁至河南，果有张姓患背疮。医之痊，获五百金。

石门尸怪

浙江石门县里书李念先，催租下乡，夜入荒村，无旅店。遥望远处茅舍有灯，向光而行。稍近，见破篱拦门，中有呻吟声。李大呼："里书某催粮求宿，可速开门！"竟不应。李从篱外望，见遍地稻草，草中有人，枯瘠如用灰纸糊其面者。面长五寸许，阔三寸许，奄奄然卧而宛转。李知为病重人，再三呼，始低声应曰："客自推门。"李如其言入。病人告以"染疫垂危，举家死尽"，言甚惨。强其外出买酒，辞不能。许谢钱二百，乃勉强爬起，持钱而行。

壁间灯灭，李倦甚，倒卧草中，闻草中飒然有声，如人起立者。李疑之，取火石击火，照见一蓬发人，枯瘦更甚，面亦阔三寸许，眼闭血流，形同僵尸，倚草直立，问之不应。李惊，乃益击火石，每火光一亮，则僵尸之面一现。李思遁出，坐而倒退，退一步，则僵尸进一步。李愈骇，抉篱而奔，尸追之，践草上簌簌有声。狂奔里许，闯入酒店，大喊而仆，尸亦仆。

酒家灌以姜汤，苏，具道其故。方知合村瘟疫，追人之尸，即病者之妻，死未棺殓，感阳气而走魄也。村人共往寻沽酒者，亦持钱倒于桥侧，离酒家尚五十余步。

空心鬼

杭州周豹先，家住东青巷。屋之大厅上，每夜立一人，红袍乌纱，长髯方面。旁侍二人，琐小猥鄙①，衣青衣，听其使唤。其胸以下至肚腹，皆空透如水晶，人视之，虽隔肚腹，犹望见厅上所挂画也。

周氏郎年十四，卧病，见乌纱者呼从者谋曰："若何而害之？"从者曰："明日渠将服卢浩亭之药，我二人变作药渣伏碗中，俾渠②吞入，便可抽其肺肠。"次日，卢浩亭来，诊脉毕，周氏郎不肯服药，告家人以鬼语如此。家人买一钟馗挂堂上，鬼笑曰："此近视眼钟先生，目昏昏然，人鬼不辨，何足惧哉！"盖画者戏为小鬼替钟馗取耳，钟馗忍痒，微合其目故也。

居月余，鬼又言曰："是家气运未衰，闹之无益，不如他去。"乌纱者曰："若如此，空过一家，将来成例，何以得血食乎？"抢其指曰："今已周年，可索一属猪者去。"未几，果一奴属猪者死，而主人愈。周氏家人至今呼为"空心鬼"。

【注释】

①猥鄙：卑劣，低劣。

②俾渠：使他。

画工画僵尸

杭州刘以贤，善写照。邻人有一子一父而居室者。其父死，子孙外出买棺，嘱邻人代请以贤为其父传形。以贤往，入其室，虚无人焉。意死者必居楼上，乃蹑梯登楼，就死人之床，坐而抽笔。尸忽蹶然起，以贤知为走尸，坐而不动，尸亦不动，但闭目张口翕翕然，眉撑肉皱而已。以贤念：身走则尸必追，不如竟画。乃取笔申纸，依尸样描摹，每臂动指运，尸亦如之。以贤大呼，无人答应。俄而其子上楼，见父尸起，惊而仆。又一邻上楼，见尸起，亦惊滚落楼下。以贤窘甚，强忍待之。俄而，抬棺者来。以贤徐记尸走畏苕帚，乃呼曰："汝等持苕帚来！"抬棺者心知有走尸之孽，持帚上楼，拂之，倒。乃取姜汤灌醒仆者，而纳尸入棺。

莺娇

扬州妓莺娇，年二十四，矢志从良。有柴姓者，娶为妾，婚期已定。太学生朱某慕之，以十金求欢。妓受其金，绐曰："某夕来，当与郎同寝。"朱临期往，则花烛盈门，莺娇已登车矣。朱知为所绐，怅然反。逾年，莺娇病瘵①卒。朱忽梦见莺娇披黑衫直入朱门，曰："我来还债。"惊而醒。明日，家产一黑牛，向朱依依，若相识者。卖之，竟得十金。狎邪之费，尚且不可苟得也如此。

【注释】

①瘵（zhài）：病，多指痨病。

旁观因果

常州马秀才士麟自言：幼时从父读书北楼，窗开处，与卖菊叟王某露台相近。一日早起，倚窗望，天色微明，见王叟登台，浇菊毕，将下台，有担粪者，荷二桶升台，意欲助浇。叟色不悦，拒之。而担粪者必欲上，遂相挤于台坡。天雨台滑，坡仄且高，叟以手推担粪者，上下势不敌，遂失足陨台下。叟急趋扶之，未起，而双桶压其胸，两足蹶然直矣。叟大骇，噤不发声，曳担粪者足，开后门，置之河干；复举其桶，置尸傍，归，闭门复卧。马时年幼，念此关人命事，不可妄谈，掩窗而已。日渐高，闻外哄传河干有死人，里保报官。日午，武进知县鸣锣至，仵作跪启："尸无伤，系失足跌死。"官询邻人，邻人齐称不知，乃命棺殓加封焉，出示招尸亲而去。

事隔九年，马年二十一，入学为生员。父亡家贫，即于幼时读书所招徒授经。督学使者刘吴龙将临岁考，马早起温经，开窗，见远巷有人肩两桶冉冉来。谛视之，担粪者也。大骇，以为来报叟仇。俄而过叟门不入，别行数十步，入一李姓家。李颇富，亦近邻而居相望者也。马愈疑，起尾之。至李门，其家苍头踉跄出，曰："吾家娘子分娩甚急，将往招收生婆。"问："有担桶者入乎？"曰："无。"言未毕，门内又一婢出曰："不必招收生婆，娘子已产一官人矣。"马方悟担粪者来托生，非报仇也。但窃怪李家颇富，担粪者何修得此？自此，留心访李家儿作何举止。

又七年，李氏儿渐长，不喜读书，好畜禽鸟。而王叟康健如故，年八十余，爱菊之性，老而弥笃。一日者，马又早起倚窗，叟上台灌菊，李氏儿亦登楼放鸽。忽十余鸽飞集叟花台栏杆上，儿惧飞去，再三呼鸽，不动。儿不得已，寻取石子掷之，误中王叟。叟惊，失足陨于台下，良久不起，两足蹶然直矣。儿大骇，噤不发声，嘿嘿掩窗去。日渐高，叟之子孙咸来寻翁，知是失足跌死，哭殓而已。

此事闻于刘绳庵相公。相公曰："一担粪人，一叟，报复之巧如此，公平如此。而在局中者彼此不知，赖马姓人冷观历历。然则天下事吉凶祸福，各有来因，当无丝毫舛错^①，而惜乎从旁冷观者之无人也。"

【注释】

①舛错：差错。

徐四葬女子

摆牙喇^①徐四，居京城金鱼胡同，家贫，屋内外五间，兄嫂二人同居。兄外出直宿，嫂素贤，谓徐四曰："北风甚大，室惟一暖炕，吾与叔俱畏寒，而又不便同炕宿。我今夜归宿母家，以炕让叔。"叔唯唯，嫂遂归宁。

夜二鼓，月色微明，有叩门者。走入，美少年。貂帽狐裘，手挈一囊，坐炕上泣曰："君救我！我非男子，君亦不必问我所由来。但许我一宿，我以貂裘为赠。"解其囊示徐，金珠首饰，约直万金。徐年少，见其貌美怀宝，意不能无动。然终不知何家女，留之惧祸，拒之不忍，乃曰："奶奶姑坐，我与邻人商量即归。"女曰："诺。"徐自外掩门，奔往善觉寺，告方丈僧圆智。圆智者，高年有道，徐素所敬也。圆智闻之，亦大骇曰："此必大家贵妾，有故奔出。留之有祸，拒之不忍，子不如在我庵中坐以待旦，俟天明归家未迟。"徐以为然。

圆智之弟子某，素无赖，闻之，乃伪作徐还家状。开门灭灯入，遽上炕抱女子卧矣。是夜，其兄值宿苦寒，以取皮衣，故四更还家。持灯照炕下，有男子履，大怒，以为妻与叔奸，拔腰间刀，连断两头，奔告岳家。入门大呼，妻自内走出，其兄惊仆地，以为鬼也。正喧嚷间，而徐四与圆智亦来，方知误杀之。因相与报官，刑部以为杀奸，律本勿论，但悬女头招尸亲，竟无认者。徐四怜女子之送死，鬻^②其金珠，为收葬焉。

【注释】

①摆牙喇：护军。

②鬻：卖。

羊践前缘

康熙五十九年，山东巡抚李公树德生日，司、道各具羊酒为寿。连日演戏，诸幕客互相娱宴，彻夜不卧。有刑名张先生，酒酣逃席，入房将就寝。闻纱帐内嗳嗳有声，若男女交媾状。怒，以为他幕客昵优童，借其床为淫所。大呼揭帐，则两白羊跪而人淫，即群官送礼之羊也。见人惊散，张笑以为奇，遍告同人。

少顷，张昏迷仆地，以手自批其颊，骂曰："老奴可恶！我与谢郎生死因缘，隔四百七十年方得一聚，谈何容易！又被汝惊散。破人婚姻，罪不可饶。"言毕，又自批颊。抚军闻之来视，笑慰之曰："谢家娘子，何必如此。吾生日本意放生行善，今将尔等数百只尽行放生，听汝配偶，以了凤缘，何如？"张听毕，叩首曰："谢大人。"跃然起矣。此事梁瑶峰相公言。

藏魂坛

云、贵妖符邪术最盛。贵州臬使费元龙赴滇，家奴张姓骑马上，忽大呼坠马，左腿失矣。费知妖人所为，张示云："能补张某腿者，赏若干。"随有老人至，曰："是某所为。张在省时，倚主人势，威福太过，故与为恶戏。"张亦哀求。老人解荷苞，出一腿，小若虾蟆，呵气持咒，向张掷之，两足如初，竟领赏去。或问费公："何不威以法？"曰："无益也。在黔时，有恶棍某，案如山积。官杖杀之，投尸于河。三日还魂，五日作恶。如是者数次，诉之抚军，抚军怒，请王命斩之，身首异处。三日后又活，身首交合，颈边隐隐然红丝一条，作恶如初。后殴其母，母来控官，手一坛，曰：'此逆子藏魂坛也。逆子自知罪大恶极，故居家先将魂提出，炼藏坛内。官府所刑杀者，其血肉之体，非其魂也。以久炼之魂，治新伤之体，三日即能平复。今恶贯满盈，殴及老妇，老妇不能容。求官府先毁其坛，取风轮扇，扇散其魂，再加刑于其体，庶几恶子乃真死矣。'官如其言，杖毙之，而验其尸，不浃旬①已臭腐。"

【注释】

①浃旬：一旬，十天。

老妪为妖

乾隆二十年，京师人家生儿辄患惊风，不周岁便亡。儿病时，有一黑物，如鸺鹠①，盘旋灯下，飞愈疾，则小儿喘声愈急，待儿气绝，黑物乃去。

未几，某家儿又惊风。有侍卫鄂某者，素勇，闻之怒，挟弓矢相待。见黑物至，射之，中弦而飞，有呼痛声，血滂滂洒地。追之，逾两重墙，至李大司马家之灶下乃灭。鄂挟矢来灶下，李府惊，争来问讯。鄂与李素有戚，道其故。大司马命往灶下觅之。见旁屋内一绿眼妪，插箭于腰，血犹淋漉，形若猕猴，乃大司马官云南时带归苗女，最笃老，自云不记年岁。疑其为妖，拷问之，云："有咒语，念之便能身化异鸟，专待二更后出，食小儿脑，所伤者不下数百矣。"李公大怒，捆缚置薪活焚之。嗣后，长安小儿病惊风竟断。

【注释】

①鹡鸰：小型鸦类。

署雷公

婺源董某，弱冠时，暑月昼卧，忽梦奇鬼数辈审视其面，相谓曰："雷公患病，此人嘴尖，可替代也。"授以斧，纳其袖中。引至一处，壮丽如王者居。立良久，召入，冠冕旒者坐殿上，谓曰："乐平某村妇朱氏，不孝于姑，合遭天殛。适雷部两将军俱为行雨过劳，现在患病，一时不得其人。功曹辈荐汝充此任，汝可领符前往。"董拜命出，自视足下云生，闪电环绕，公然一雷公矣。顷刻至乐平界，即有社公导往。董立空中，见妇方诟谇①其姑，观者如堵。董取袖中斧，一击毙之，声轰然，万众骇跪。

归复命，王者欲留供职，以老母辞，王亦不强。问董何业，曰："应童子试。"王顾左右，取郡县册阅之，曰："汝今岁可游庠。"遂醒，急语所亲，诣乐平县验之，果然震死一妇，时日悉合。方阅籍时，董窃睨邑试一名为程隽仙，二名为王佩葵，次年皆验。

【注释】

①诟谇（gòu suì）：辱骂。

捉鬼

婺源汪启明，迁居上河之进士第，其族汪进士波故宅也。乾隆甲午四月一日夜，梦魇，良久寤，见一鬼逼帷立，高与屋齐。汪素勇，突起搏之。鬼急夺门走，而误触墙，状甚狼狈。汪追及之，抱其腰。忽阴风起，残灯灭，不见鬼面目，但觉手甚冷，腰粗如瓮。欲喊集家人，而声噤不能出。久之，极力大叫，家人齐应。鬼形缩小如婴儿。各持炬来照，则所握者坏丝绵一团也。窗外瓦砾乱掷如雨，家人咸怖，劝释之。汪笑曰："鬼党虚吓人耳，奚能为？倘释之，将助为祟，不如杀一鬼以惩百鬼！"因左手握鬼，右手取家人火炬烧之。膈膊有声，鲜血迸射，臭气不可闻。迨①晓，四邻惊集，闻其臭，无不掩鼻者。地上血厚寸许，腥腻如胶，竟不知何鬼也。王葑亭舍人为作《捉鬼行》纪其事。

【注释】

①迨：等到。

某侍郎异梦

乾隆二十年，某侍郎督视黄河，驻扎陶庄。岁除夕矣，侍郎素勤，骑匹马，跟从者四人，持悬火巡河，行冰潦中。一望黄茅白苇，自觉凄然。见草中有支布帐而露烛光者，召问，则主簿某也。侍郎爱其勤，大加夸奖。主簿请曰："大人除夕至此，夜已三鼓，天寒风紧，回馆尚远。某有度岁酒肴，献上一醉何如？"侍郎笑而受之。饮数觞，仍归公馆，倦，解衣卧。

梦中依旧骑马看河，觉所行处便非前境，最后黄沙茫茫。行二里许，有火光出庐舍间，就之，老妪迎门，细视，即其亡母太夫人也。见侍郎，惊曰："汝何至此？"侍郎告以奉命看河之故。太夫人曰："此非人间，汝既来，如何能归？"侍郎方悟太夫人已亡，己身已死，遂大哭。太夫人曰："河西有老和尚，法力甚大，吾带汝往求之。"侍郎随行。

　　至一庙，庄严如王者居，南面坐一老僧，闭目无言。侍郎跪阶下，再拜，僧不为礼。侍郎问："我奉天子命看河，因何至此？"僧又无言。侍郎怒曰："我为天子大臣，纵有罪当死，亦须示我，使我心服，何嘿嘿如哑羊耶？"老僧笑曰："汝杀人多矣，禄折尽矣，尚何问为？"侍郎曰："我杀人虽多，皆国法应诛之人，非我罪也。"僧曰："汝当日办案时，果只知有国法乎？抑贪图迎合、固宠迁官乎？"取案上如意，直指其心。侍郎觉冷气一条，直逼五脏，心趈趈然①跳不止，汗如雨下，惶悚不能言。良久，曰："某知罪矣，嗣后改过，何如？"僧曰："汝非改过之人，今日恰非汝寿尽之日。"顾左右沙弥云："领他出，放他归！"沙弥同行，昏黑中开其拳，出一小珠，光照黄河，工次一段直至陶庄公馆，历历如白昼。太夫人迎来，泣曰："儿虽归，不久即来，无多时别也。"遂依原路归，及门下马而醒，日已午矣。

　　众河员贺节盈门，疑侍郎最勤，何以元旦不起。侍郎亦不肯明言其故。是年四月，病呕血，竟以不起。此事裴文达公为余言。

【注释】

　　①趈趈（jié）然：跳动貌。

卷六

徐先生

宿松石赞臣家饶于财，兄弟数人，资各数万。宿俗：富饶之家，每日必设一家常饭，置外厅堂，不拘来客，皆就食焉，号曰"燕坐"。忽有徐姓者，清瘦微须，亦来就食，指门外青山曰："君等曾见过山跳乎？"曰："未也。"徐以手指三撮，山果三跃。众人大奇之，呼为先生。

先生谓赞臣曰："君等家资虽富，能炼丹，可加十倍。"群兄弟惑其言，置炉设灶，各出银母数千，以求子金。二房弟妇某氏，素黠，暗置铜于银母中，不与先生见。亡何炭炽，风雷起于屋上，劈碎瓦数片。先生骂曰："此必有假银搀杂，至干鬼神怒。"询之果然，合家骇服。先生置铜盘于空中，呼曰："丹来！"盘中铿然，一锭坠下。连呼之，铿铿之声不已，大锭小锭齐落于盘。先生曰："炼大丹，在深山中人迹不到之所，可致千万。盍随我往江西庐山乎？"石氏兄弟愈喜，即载银数万，随先生往。未半途，先生上岸去矣。夜率大盗数十，明火执杖，来劫取银，曰："毋怖！我虽盗魁，然颇有良心，念汝等供养我甚诚，当留下千金，俾汝等还乡。"于是，石氏兄弟以全数与之，惘惘然归。

十年后，安庆按察使衙门役吏差人来召赞臣，曰："狱有大盗徐某，请君相见。"赞臣不得已，往，果见先生。先生曰："我劫数已尽，死亦何辞。但念我数年交谊，为葬其遗骸。"脱手上金钏四只，与赞臣为棺费，且曰："我大限在七月一日未时，汝可来送。"至期，赞臣往市曹①，见先生反接待斩。忽胯下出一小儿，作先生音曰："看杀我！看杀我！"须臾头落，小儿亦不见。其时臬使为祖廷圭，满洲正蓝旗人。

【注释】

①市曹：市中商业集中处。古代常于此处决人犯。

秦毛人

湖广郧阳房县有房山，高险幽远，四面石洞如房。多毛人，长丈余，遍体生毛，往往出山食人鸡犬，拒之者必遭攫搏。以枪炮击之，铅子皆落地，不能伤。相传制之之法，只须以手合拍，叫曰："筑长城！筑长城！"则毛人仓皇逃去。余有世好张君名敔①者，曾官其地，试之果然。土人曰："秦时筑长城人，避入山中，岁久不死，遂成此怪。见人必问：'城修完否？'以故知其所怯而吓之。"数千年后犹畏秦法，可想见始皇之威。

【注释】

①敔（yǔ）：古乐器名，又称楬，形如伏虎。雅乐将终时击以止乐。此处用作人名。

貘

房山有貘兽，好食铜铁，而不伤人。凡民间犁锄刀斧之类，见则涎流，食之如腐。城门上所包铁皮，尽为所啖。

人虾

国初，有前明逸老某，欲殉难，而不肯死于刀绳水火。念乐死莫如信陵君，以醇酒妇人自戕，仿而为之。多娶姬妾，终日荒淫。如是数年，卒不得死。但督脉断矣，头弯背驼，伛偻如熟虾，匍匐而行。人戏呼之曰"人虾"。如是者二十余年，八十四岁方死。王子坚先生言幼时犹见此翁。

屃赑精

无锡华生，美风姿，家居水沟头，密迩圣庙。庙前有桥甚阔，多为游人憩息。夏日，生上桥纳凉，日将夕，步入学宫，见间道侧一小门，有女徘徊户下。生心动，试前乞火。女笑而与之，亦以目相注。生更欲进词，而女已阖扉，遂记门径而出。次日再往，女已在门相待。生叩姓氏，知为学中门斗女，且曰："妾舍逼隘，不避耳目。卿家咫尺，但得静僻一室，妾当夜分相就，卿明夕可待我于门。"生喜，急归，诳妇以畏暑宜独寝，洒扫外室，潜候于门。女果夜来，携手入室，生喜过望。自是每夕必至。

数月后，生渐羸弱。父母潜窥寝处，见生与女并坐嬉笑，亟排闼入，寂然无人。乃严诘生，生备道始末，父母大骇，偕生赴学宫踪迹，绝无向时门径。遍访门斗中，亦并无有女者，共知为妖。乃广延僧道，请符箓，一无所效。其父研硃砂与生曰："俟其来时，潜印女身，便可踪迹。"生俟女睡，以硃砂散置发上，而女不知。次日，父母偕人入圣庙遍寻，绝无影响。忽闻邻妇诟小儿曰："甫换新裤，又染猩红，从何处染来耶?"其父闻而异之,往视,小儿裤上尽硃砂,因究儿所自,曰:"适骑学宫前负碑龟首,不觉染此。"往视赑屃①之首,硃砂在焉。乃启学宫,碎碑下龟首,石片片有血丝,腹中得小石如卵,坚光若镜,锤之不碎,远投太湖。自是女不复来。

阅半月,女忽直入寝所,詈生曰:"我何负卿,竟碎我身体!然我亦不恼也。卿父母所虑者,为卿病耳。今已乞得仙宫灵药,服之当无恙。"出草叶数茎,强生食。其味香甘,且云:"前者居处相近,可朝夕往返;今稍远,便当长住此矣。"自是白昼见形,惟不饮食,家人大小咸得见之。生妻大骂,女笑而不答。每夕,生妻拥生坐床,不令女上,女亦不强。但一就枕,妻即惛惛长睡,不知所为,而女独与生寝。生服灵药后,精神顿好,绝不似曩时孱弱。父母无奈,姑听之。如是年余。

一日,生偶行街市,有一疥道人,熟视生曰:"君妖气过重,不实言,死期近矣!"生以实告。疥道人邀入茶肆,取背上葫芦,倾酒饮之,出黄纸二符,授生曰:"汝持归,一贴寝门,一贴床上,毋令女知。彼缘尚未绝,俟八月十五夜,君当来相见。"时六月中旬也。生归,如约贴符。女至门惊却,大诟曰:"何又薄情若此?然吾岂惧此哉!"词甚厉,而终不敢入。良久,大笑曰:"我有要语告君,凭君自择,君且启符。"如其言,乃入,告生曰:"郎君貌美,妾爱君,道人亦爱君。妾爱君,想君为夫;道人爱君,想君为龙阳耳。二者,郎君择焉。"生大悟,遂相爱如初。

至中秋望夕,生方与女并坐看月,忽闻唤名声,见一人露半身于短墙外,迫视之,疥道人也。拉生告曰:"妖缘将尽,特来为汝驱除。"生意不欲,道人曰:"妖以秽言谤我,我亦知之，以此愈不饶他。"书二符曰："速去擒来。"生方逡巡，适家人出，遽将符送至妻所。妻大喜，持符向女，女战栗作噤，乃缚女手，拥之以行。女泣谓生曰："早知缘尽当去，因一点痴情，淹留受祸。但数年恩爱，卿所深知。今当永诀，乞置我于墙阴，勿令月光照我，或冀须臾缓死。卿能见怜否？"生固不忍绝之也，乃拥女至墙阴，手解其缚。女奋身跃起，化一片黑云，平地飞升。道人亦长啸一声，向东南腾空追去，不知所往。

【注释】

①贔屃（xì bì）：传说中的一种动物，像龟。

阴间中秋，官不办事

罗之芳，湖北荆州府监利县举人。辛未会试，有福建浦城县李姓者来拜，曰："足下今科必中，但恐未能馆选。"罗询其故，李不肯说，云俟验后再说。榜发，果中进士，竟未馆选。乃往问之，据云："前得一梦，梦足下将为浦城县老父台，故来相访。"罗还家，选期尚早，乃就馆某氏，自道将来选官，必得浦城矣。不料处馆三年，一病而殁，家中亦不知李所说梦中事也。

又一年后八月十五日，家中请仙，乩盘大书："我系罗之芳，今回来了。"合家不信，乩上书："你等若不信，有螺蛳湾田契一纸，我当年因殁于馆中，未得清付家中，尚记得夹在《礼记》某篇内。尔等现在与田邻构讼，可查出呈验，则四至分明，讼事可息。"家人当即检查，果得此契，于是合家痛哭。乩上亦写数十"哭"字。问："现在何处？"乩写："做浦城县城隍。"且云："阴间比阳间公事更忙，一刻不暇，惟中秋一日，例不办事。然必月朗风清，英魂方能行远。今适逢此夕，故得闲回家一走。若平常日子，便不得暇回来了。"又吩咐家人："庭外草木，不得摇动，我带回鬼吏、鬼卒，有十余人，皆依草附木而栖。鬼性畏风，若无所凭藉，被风一吹，便不知飘泊何处，岂不是我做城隍的反害了他们么！"乩盘书毕，又做长赋一篇乃去。

缚山魈

湖州孙叶飞先生，掌教云南，素豪于饮。中秋夕，招诸生饮于乐志堂，月色大明，忽几上有声，如大石崩压之状。正愕视间，门外有怪，头戴红纬帽，黑瘦如猴，颈下绿毛茸茸然，以一足跳跃而至。见诸客方饮，大笑去，声如裂竹。人皆指为山魈[1]，不敢近前。伺其所往，则闯入右首厨房。厨者醉卧床上，山魈揭帐视之，又笑不止。众大呼，厨人惊醒见怪，即持木棍殴击，山魈亦伸臂作攫搏状。厨夫素勇，手抱怪腰，同滚地上。众人各持刀棍来助，斫之不入，棍击良久，渐渐缩小，面目模糊，变一肉团。乃以绳捆于柱，拟天明将投之江。

至鸡鸣时，又复几上有极大声响，急往视之，怪已不见。地上遗纬帽一顶，乃书院生徒朱某之物。方知院中秀才往往失帽，皆此怪所窃。而此怪好戴纬帽，亦不可解。

【注释】

①山魈：山中精怪，形如小儿，独足向后，夜喜犯人，名曰魈。

门夹鬼腿

尹月恒住杭州艮山门外，自沙河滩归，怀菱半斤。路经钵盂潭，人稀地旷，有义冢数堆，觉怀内轻松，探所买菱，已失去矣。因转身寻至义冢，见菱肉剖碎，并聚冢尖。尹复拾至怀内，踉跄归家，食未竟而病大作，喊云："吾等不尝菱肉久矣，欲借以解宿馋。汝必尽数取回，何吝啬若是！今吾等至汝家，非饱食不去。"其家惧，即供饭，为主人赎罪。杭俗例：凡送鬼者，前人送出门，后人把门闭。其家循此例，闭门过急，尹复大声云："汝请客当恭敬。今吾等犹未走，而汝门骤闭，夹坏我腿，痛苦难禁。非再大烹请我，则吾永不出汝门矣。"因复祈禳[1]，尹病稍安。然旋好旋发不脱体，卒以此亡。

【注释】

①祈禳：祈祷以求福除灾。

祭雷文

黄湘舟云：渠田邻某有子，生十五岁被雷震死。其父作文祭雷云："雷之神，谁敢侮？雷之击，谁敢阻？虽然，我有一言问雷祖：说是我儿今生孽，我儿今才十五。说是我儿前生孽，何不使他今生不出土？雷公雷公作何语！"祭毕，写其文于黄纸焚之，忽又霹雳一声，其子活矣。

王介眉侍读是习凿齿后身

吾乡孝廉王介眉，名延年，同荐博学鸿词。少尝梦至一室，秘书古器，盎然横陈。榻坐一叟，短身白须，见客不起，亦不言。又有一人，顾而黑，揖介眉而言曰："余，汉之陈寿也。作《三国志》，黜刘帝魏，实出无心，不料后人以为口实。"指榻上人曰："赖此彦威先生，以《汉晋春秋》正之。汝乃先生之后身，闻方撰《历代编年纪事》，凤根在此，须勉而成之！"言讫，手授一卷书，俾题六绝句而寤。寤后仅记二句，曰："惭无《汉晋春秋》笔，敢道前生是彦威？"后介眉年八十余，进呈所撰《编年纪事》，得赐翰林侍读。

周若虚

慈溪周若虚，久困场屋，在城外谢家店教读四十余年，凡村内长幼，靡不受业。一日晚膳后，在馆独坐。有学生冯某，向前作揖，邀若虚至家，有要事相恳。言毕告别，辞色之间，甚觉惨惋。若虚忆冯某已死，所见者系鬼，不觉大惊，即诣其家。

冯某之父梦兰，在门外伫立，见即挽留小饮。若虚亦不道其所以，闲话家常，不觉漏下三鼓，不能回家。梦兰留宿楼上，在中间设榻，间壁即冯某之妻王氏住房，隐隐似有哭声。若虚秉烛不寐，见楼梯上有青衣妇人，屡屡伸头窥探，始露半面，继现全身。若虚呵问："何人？"其妇厉声曰："周先生，此时应该睡矣！"若虚曰："我睡与不睡，与汝何干！"妇曰："我是何人，与先生何干！"即披发沥血，持绳奔犯。若虚惊骇欲倒，忽背后有人用手扶持，曰："先生休怕，学生在此保护。"谛视之，即已故之冯生也，随亦不见。

若虚喊叫其父，梦兰持烛上楼，若虚具道所见。梦兰即叫媳妇王氏开门，杳无声息；抉门入，则身已悬梁上矣。若虚协同解救，逾时始苏。因午前王氏与小姑争闹，被翁责骂，短见轻生，恶鬼乘机而至。其夫在泉下知之，故求援于若虚。

葛道人以风洗手

葛道人者，杭州仁和人，家素小康，性好道。年五十外分家资半以与子，而挟其半以游。过钱塘江，将取道入天台山，路遇一叟，拱手曰："子有道骨，盍学道？"葛与谈，甚悦。叟曰："某福建人也，明习天文，曾官于钦天监，辞官归二十年矣。子如不弃，明春当候子于家。"写居址与之。

葛次年如期往访，不遇，怅怅欲回。晚入旅店，又见一道士，貌伟神清，终夕不发一语。葛就而与谈，自陈为访仙故来。道士曰："子果有志，吾荐子入庐山，见吾师兄云林先生，可以为子师。"葛求荐书而往，行深山中十余日，不见踪迹，心窃疑之。

一日，见山洞中坐一老人，以手招风作盥沐状。葛异之，因陈道人书，拜于座下。老人曰："汝来太早矣，尚有人间未了缘三十年。吾且与汝经一卷、法宝一件，汝出山诵经守宝，以济世人。三十年后再入山，吾传汝道可也。"葛问："以手招风何为？"曰："修神仙术成者，食不用火，沐不用水，招风所以洗手也。"因导葛出山，行未半日，已至南昌大路矣。

至家，葛道人学其术，能治鬼服妖。所谓法宝者，乃一鹅子石，有缝，颇似人眼，有光芒，能自动闪闪如交睫①，然葛亦不轻以示人也。

【注释】

①交睫：上下睫毛相交。

沈姓妻

杭城有沈姓者，住运司署前，与葛道人善。其长子旭初，妻有娠，询道人说男女。道人命取水一碗来，沈与水，置几上。道人默念咒语数通，侧耳听片时，蹙额曰："奈何！奈何！"沈惊问故，曰："汝妻不久有难，恐伤性命，不暇问男女也。"沈虽素知道人灵异，然其妻甚健，疑信参半。

未几，沈妻持灯上楼，忽大声呼痛。其翁姑与其夫急走视之，已卧床颠扑，面作笑容，曰："今日乃泄我恨。"其声若绍兴人。沈夫妻环叩之，答曰："我自报冤，不干汝事！"沈急命次子某往求道人。道人至，取米一碗，口作咒语，手撮米击病者。病者作畏惧状，曰："我奉符命报冤，道人勿打！"道人曰："汝有何冤？"病者答曰："予山阴人也，此女前生乃予邻家妇。予时四岁，偶戏其家，碎其碗。伊詈我母与私夫某往来，故生此恶儿。予诉之母，母恐我泄其事，挞予至死。是致予死者，此妇也。我仇之久矣，今始寻着。"道人告沈曰："报冤索命事，都是东岳掌管，必须诉于岳帝。允救，方可以法治，否则难救。"沈清晨赴法华山岳帝庙，默诉其事，占得上上签，归告道人。其时妇胎已堕，道人嫌不洁，不肯入房。沈合家哭求，道人乃诣榻前，书召彩云符一纸，问："好看否？"病妇答曰："好。"道人曰："何不出观？"应曰："诺。"道人即捏诀向空一捉，曰："得矣。"驰下楼去，病人昏迷若醒，曰："我为何遍身痛极，腹甚饥！"左右与之食。

安未半刻，又作哭声曰："汝携我孙去，我在此，亦能索汝命！"言毕，颠狂如故，口中作声甚杂，皆杭音。内有一鬼云："我辈皆张老头儿邀来，你家若肯斋荐，我等即去。"沈邀僧作道场，众声称谢不已。忽又作张老者声云："我是正客，如何反轻我？诸人馒头皆是菜心，我独豆沙多而菜心少？"沈视所设张老位前，果如所言，乃换与之。求其去，终不肯，复请道人来。道人授桃枝一束，曰："吵则打之。"沈持入，向病人作欲打势。妇哀鸣曰："勿打，我去，我去！"道人立门外，预设一瓮，向空骂曰："速入此中！"用符一纸封其口，携去，沈妇从此愈矣。

半年后，有人遇道人于理安寺，见众僧扛道人行空室中，七昼夜不着土木，口吐黑汁数升，污沾衣，色如血。告人曰："我以童真之身，污产妇秽气，幸众长老超度，不然，几堕落矣。"

喀雄

喀雄者，姓杨，父作守备，早亡。表叔周某，作副将，镇河州，怜其孤，抚养之。周有女，年相若，见雄少年聪秀，颇爱之，时与饮食。周家法甚严，卒无他事。

有务子者，亦周戚也，直宿书斋。夏月，雄苦热，徘徊月下，见周女冉冉而至，遂与成欢。次日入内，见女晓妆，雄目之而笑，女亦笑迎之。自后无日不至。务子闻其房中笑语，疑而窥之，见雄与周女相狎，而心大妒，密白周公。周入宅让其夫人，夫人曰："女儿夜夜与我同床，焉有此事！"

周终以为疑，借他事杖雄而遣之。雄无所依，栖身兰州古寺中。

一日者，女忽至，带来辎重甚富。雄惊且喜，问从何来，曰："与我叔父同来。"盖周公之弟名锴者，亦武官也，方升兰州守备。雄深信不疑，与女居半月，扬扬如富人。叔到任后，遇诸涂，喜曰："侄在此乎？"曰："然。"叔策马登其堂，侄妇出拜，乃周女也，大惊问故，雄具言之。锴曰："予来时，不闻署中失女事，岂吾兄讳之耶？"居数日，借公事回河州，备述其事。周大骇，曰："吾女宛然在室，顷且同饭，那有此事？或者其狐仙所冒托耶？"夫人曰："与其使狐狸冒托我女之名，玷我闺门，不如竟以真女妻之，看渠如何？"周兄弟二人大以为然，即招雄归成亲。

合卺之夕，西宁之女先已在房，雄茫然不知所措。女笑而谓之曰："何事张皇？儿狐也，实为报德而来。令祖作将军时，尝猎于土门关。儿贯矢被擒，令祖拔矢纵之。屡欲报恩，无从下手。近知郎爱周女而不得，故来作冰人[1]，以偿汝愿。亦因子与周女有夙缘，不然，儿亦不能为力也。今媒已成，儿去矣。"倏然不见。

【注释】

①冰人：旧时称媒人。

怪风

凉州大靖营有松山者，在沙碛①中，古战场也。将军塔思哈因公领兵过其处，白草黄云，一望无际。忽见一山高千仞，中有火星万点，蔽日而来，声若雷霆，人马失色。哈大惊，谓是山移。俄而渐近，不及回避，乃同下马，闭目据地，互相抱持。顷之，天地如墨，人人滚地，马亦翻倒。良久始定。麾下三十六人，满面皆血，石子嵌入面皮，深者半寸。回望高山，已在数十里之外。日暮，抵大靖营，告总兵马成龙。马笑曰："此风怪，非山移也。若山移，公等死矣。此等风，塞外至冬常常有之，不伤性命。但公等为沙石所击，从此尽成麻面，年貌册又须另造矣。"

【注释】

①沙碛：沙滩，沙漠。

孝女

　　京师崇文门外花儿市居民，皆以制通草花为业。有幼女奉老父居，亦以制花生活。父久病不起，女忘啜废寝，明慰暗忧。适有邻媪纠众妇女往丫髻山进香者，女因问："进香可能疗父病否？"媪曰："诚心祈祷，灵应如响。"女曰："此间去山，道里几何？"曰："百余里。"曰："一里几何？"媪曰："二百五十步。"女谨记之。每夜静父寝，持香一炷，自计步数里数，绕院叩头，默祝身为女子不能朝山之故。如是者半月有余。向例，丫髻山奉祀碧霞元君，凡王公搢绅，每至四月，无不进香，以鸡鸣时即上殿拈香者为头香。头香必待大富贵家，庶人无敢僭越①。时有太监张某往进头香，甫辟殿门，已有香在炉中。张怒，责庙主，庙主曰："殿不曾开，不识此香何由得上。"张曰："既往不咎。明日当来上头香，汝可待我，毋许别人先入。"庙主唯唯。

　　次日，始四更，张已至，至则炉中香已宛然，一女子方礼拜伏地，闻人声，倏不见。张曰："岂有神圣之前，鬼怪敢公然出现者？此必有因。"坐二山门外，聚香客而告之，并详述所见容态服饰。一媪听良久，曰："据君所见，乃吾邻女某也。"因说其在家救父礼拜之事。张叹曰："此孝女，神感也。"进香毕，即策马至女家，厚赐之，认为义女，父病旋愈。因太监周恤，故家渐温饱。女嫁大兴张氏，为富商妻。

【注释】

①僭越：超越本分行事。

老妪变狼

广东厓州农民孙姓者，家有母，年七十余。忽两臂生毛，渐至腹背，再至手掌，皆长寸余，身渐伛偻，尻后尾生。一日，仆地化作白狼，冲门而去。家人无奈何，听其所之。每隔一月，或半月，必还家视其子孙，照常饮啖。邻里恶之，欲持刀箭杀之。其子妇乃买豚蹄，俟其再至，嘱曰："婆婆享此，以后不必再来。我辈儿孙深知婆婆思家，无恶意，彼邻居人那能知道？倘以刀箭相伤，则做儿媳者心上如何忍得？"言毕，狼哀号良久，环视各处，然后走出。自后竟不来矣。

白虹精

浙江塘西镇丁水桥篙工马南箴，撑小舟夜行，有老妇携女呼渡，舟中客拒之。篙工曰："黑夜妇女无归，渡之亦阴德事。"老妇携女应声上，坐舱中，嘿无言。时当孟秋，斗柄西指，老妇指而顾其女笑曰："猪郎又手指西方矣，好趋风气若是乎？"女曰："非也，七郎君有所不得已也。若不随时为转移，虑世间人不识春秋耳。"舟客怪其语，瞪愕相顾。妇与女夷然，绝不介意。舟近北关门，天已明，老妇出囊中黄豆升许谢篙工，并解麻布一方与之包豆，曰："我姓白，住西天门。汝他日欲见我，但以足踏麻布上，便升天而行，至我家矣。"言讫不见。篙工以为妖，撒豆于野。

归至家，卷其袖，犹存数豆，皆黄金也。悔曰："得毋仙乎？"急奔至弃豆处迹之，豆不见而麻布犹存。以足蹑之，冉冉云生，便觉轻举，见人民村郭，历历从脚下经过。至一处，琼宫绛宇，小青衣侍户外曰："郎果至矣。"入，扶老妇人出，曰："吾与汝有宿缘，小女欲侍君子。"篙工谦让非耦。妇人曰："耦亦何常之有？缘之所在，即耦也。我呼渡时，缘从我生；汝肯渡时，缘从汝起。"言未毕，笙歌酒肴，婚礼已备。篙工居月余，虽恩好甚隆，而未免思家。谋之女，女教仍以足蹑布，可乘云归。篙工如其言，竟归丁水桥。乡亲聚观，不信其从天而下也。

嗣后屡往屡还，俱以一布为车马。篙工之父母恶之，私焚其布，异香累月不散。然往来从此绝矣。或曰："姓白者，白虹精也。"

冷秋江

乾隆十年，镇江程姓者，抱布为业，夜从象山归。过山脚，荒冢累累，有小儿从草中出，牵其衣。程知为鬼，呵之，不去。未几，又一小儿出，执其手。前小儿牵往西，西皆墙也，墙上簇簇然黑影成群，以泥掷之。后小儿牵往东，东亦墙也，墙上啾啾然鬼声成群，以沙撒之。程无可奈何，听其牵曳。东鬼西鬼，始而嘲笑，既而喧争。程不胜其苦，仆于泥中，自分必死。忽群鬼呼曰："冷相公至矣！此人读书，迂腐可憎，须避之。"果见一丈夫，魋肩昂背，高步阔视，持大扇击手作拍板，口唱《大江东》，于于然①来。群鬼尽散。其人俯视程，笑曰："汝为邪鬼弄耶？吾救汝。汝可随吾而行。"程起从之。其人高唱不绝，行数里，天渐明，谓程曰："近汝家矣，吾去矣。"程叩谢，问姓名，曰："吾冷秋江也。住东门十字街。"

程还家，口鼻窍青泥俱满。家人为熏沐毕，即往东门谢冷姓者，杳无其人。至十字街，问左右邻，曰："冷姓有祠堂，其中供一木主，名嵋，乃顺治初年秀才。秋江者，其号也。"

【注释】

①于于然：自得貌。

钉鬼脱逃

句容捕者殷乾，捕贼有名，每夜伺人于阴僻处。将往一村，有持绳索者贸贸然急奔，冲突其背。殷私忆此必盗也，尾之。至一家，则逾垣①入矣。殷又私忆捕之不如伺之：捕之不过献官，未必获赏；伺其出而劫之，必得重利。

俄闻隐隐然有妇女哭声，殷疑之，亦逾垣入。见一妇梳妆对镜，梁上有蓬头者以绳钩之。殷知此乃缢死鬼求代耳，大呼破窗入。邻右惊集，殷具道所以，果见妇悬于梁，乃救起之。妇之公姑咸来致谢，具酒为款。散后，从原路归，天犹未明。背簌簌有声，回顾则持绳鬼也，骂曰："我自取妇，干汝何事？而破我法！"以双手搏之。殷胆素壮，与之对搏，拳所着处，冷且腥。天渐明，持绳者力渐惫，殷愈奋勇，抱持不释。路有过者，见殷抱一朽木，口喃喃大骂，上前谛视，殷恍如梦醒，而朽木亦坠地矣。殷怒曰："鬼附此木，我不赦木！"取钉钉之庭柱，每夜闻哀泣声，不胜痛楚。

过数夕，有来共语者、慰唁者、代乞恩者，啾啾然声如小儿，殷皆不理。中有一鬼曰："幸主人以钉钉汝，若以绳缚汝，则汝愈苦矣。"群鬼噪曰："勿言，勿言！恐泄漏机关，被殷学乖。"次日，殷以绳易钉如其法。至夕，不闻鬼泣声。明旦视朽木，竟遁去。

【注释】

①垣：矮墙。

樱桃鬼

熊太史本僦居京师之半截胡同，与庄编修令舆居相邻。每夜置酒，互相过从。

八月十二日夜，庄具酒饮熊，宾主共坐，忽桐城相公遣人来招庄去。熊知其即归，独酌待之。自斟一杯，置几上，未及饮，杯已空矣。初犹疑己之忘之也，又斟一杯，伺之，见有巨手蓝色从几下伸出探杯。熊起立，蓝手者亦起立。其人头、目、面、发，无一不蓝。熊大呼，两家奴悉至，烛照，无一物。庄归闻之，戏熊曰："君敢宿此乎？"熊年少气豪，即命僮取被枕置榻上，而麾僮出，独持一剑坐。剑者，大将军年羹尧所赠，平青海血人无算者也。时秋风怒号，斜月冷照，榻施绿纱帐，空明澄澈。街鼓鸣三更，心怯此怪，终不能寐。忽几上铿然掷一酒杯，再铿然掷一酒杯，熊笑曰："偷酒者来矣！"俄而一腿自东窗进，一目、一耳、一手、半鼻、半口；一腿自西窗进，一目、一耳、一手、半鼻、半口，似将人身当中分锯作两半者，皆作蓝色。俄合为一，睒睒然怒睨帐中，冷气渐逼，帐忽自开。熊起，拔剑斫之，中鬼臂，如着敝絮，了无声响，奔窗逃去。熊追至樱桃树下而灭。

次早，主人起，见窗外有血痕，急来询问，熊告所以。乃斩樱桃树，焚之，尚带酒气。窗外有司阍①奴，老矣，既聋且瞀，所卧窗榻乃鬼出入经过处，杳无闻见，鼾声如雷。

熊后年登八旬，长子巡抚浙江，次子监司湖北。常笑谓人曰："余以胆气、福气胜妖，终不如司阍奴之聋且瞀尤胜妖也。"

【注释】

①司阍：看门的人。

鼠啮林西仲

福建耿藩之变，厦门司马林西仲不降，被缚入狱。西仲平素画一小像，忽被鼠啮断其头，环颈一线如刀截者。家人号哭，以为不祥。未几，王师破耿，出西仲于狱，复其官，加迁三级。西仲还家，家人置酒庆再生。是夕，闻群鼠声啾啾甚忙，扛一物置几上去。视之，所衔去小像之头，共持来还西仲也。

卷七

霹雳脯

海州朱先生，康熙间人，貌三四十岁，或出或隐，不知寒暑。常曰："海州气象好，惜读书者少耳。"出游数年，归语人曰："吾家竹垞子殊博雅，可与谈；山阳阎百诗，亦后来之秀，惜其俱未闻道耳。"居亡何，又语人曰："我何罪于天，而今日有雷击我！我不得不相抗，但恐惊诸君，诸君须避之。"至期，云雨晦冥，见大蜘蛛脚自空中下，雷乍响而哑矣。旷野有血肉一团，大如车轮，朱指示人曰："此斗败霹雳脯也。"以酒烹之，独坐而啖。又一日，雷雨复集，朱张口空中，吐白丝数百丈，盘密如网。有火龙腾空而至，奋鬣①舒爪于网外，终不能入，良久入云去。朱叹曰："海滨多怪物，不可久居，吾将逝矣。"竟去，不知所终。人疑为蜘蛛精也。

【注释】

①鬣：兽类颈上的长毛。

瘟鬼

乾隆丙子，湖州徐翼伸之叔岳刘民牧，作长洲主簿，居前宗伯孙公岳颁赐第。翼伸归湖之便访焉。天暑，浴于书斋，月色微明，觉窗外有气喷入，如晓行臭雾中，几上鸡毛帚盘旋不已。徐拍床喝之，见床上所挂浴布与茶杯飞出窗棂外。窗外有黄杨树，杯触树碎，声铿然。徐大骇，唤家奴出视，见黑影一团，绕瓦有声，良久始息。

徐坐床上，片时帚又动。徐起，以手握帚，非平时故物，湿软如妇人乱发，恶臭不可近，冷气自手贯臂，直达于肩。徐强忍持之。墙角有声，如出瓮中者，初似鹦鹉学语，继似小儿啼音，称："我姓吴，名中，从洪泽湖来，被雷惊，故匿于此，求恩人放归。"徐问："现在吴门大瘟，汝得非瘟鬼否？"曰："是也。"徐曰："是瘟鬼则我愈不放汝，以免汝去害人。"鬼曰："避瘟有方，敢献方以乞恩。"徐令数药名而手录之。录毕，不胜其臭，且臂冷不可耐，欲放之又惧为祟①。家奴在旁，各持坛罐，请纳帚而封焉。徐从之，封投太湖。

所载方：雷丸四两，飞金三十张，硃砂三钱，明矾一两，大黄四两，水法为丸，每服三钱。苏州太守赵文山求其方以济人，无不活者。

【注释】

①祟：鬼神给人带来的灾祸。

夏太史说三事

高邮夏醴谷先生督学湖南，舟过洞庭，值大风浪，诸船数千，泊岸未发。夏性急，欲赶到任日期，命舵工逆风而行，诸船随之扬帆。至湖心，风愈大，天地昏冥，白浪如山。见水面二短人，长尺许，面目微黑，掠舟指橹，似巡逻者，诸船中人俱见之。风定日出，渐隐去矣。

公居督学衙门，家丁子弟白日见怪，见者必病。公夫人扃闭子弟，午后不许至园，嘱公致祭。公不信。是夜，阅卷灯下，闻哭声自西来，殷殷田田，群响杂沓，飞沙打窗，如雨而下。公厉声曰："吾已悉尔意，明日祭汝可也！"其声渐远而灭。公诘朝寻其声来之处，有破屋一间，木主数十，皆前任学臣阅卷幕友卒于署者。因为文，具牲牢祭之，此后怪绝。

公门生朱士琇，从福建入部。至山东茌平道中，日暮投宿，风雨交至，遣家人先行觅店，停车于三叉路口待之。夜二更，天地昏黑，见远树中火光忽上忽下，疑为家人持火至矣。少顷，火光渐近，大如车轮，错落数十，高者至苍天，低者及马足。大骇，以为必非人灯。近视之，火光中有三人掠车而过，其中行者当额闪闪有眼，朱衣博带，须眉伟然；旁侍儿锦衣玉貌，扶之而行；最前一白须老翁，伛偻先驱，背有穴孔如碗大，火光从此孔出，如灶突泄烟者然。见人了无惊异，徐步入远村而没。少顷，家人与店家至，云共见之，相与诧骇而已。

鬼差贪酒

杭州袁观澜，年四十，未婚。邻人女有色，袁慕之，两情属矣。女之父嫌袁贫，拒之。女思慕成瘵①，卒。袁愈悲悼，月夜无以自解，持酒尊独酌。见墙角有蓬首人手持绳，若有所牵，睨而微笑。袁疑为邻之差役，招曰："公欲饮乎？"其人点头，斟一杯与之，嗅而不饮。曰："嫌寒乎？"其人再点头。热一杯奉之，亦嗅而不饮。然屡嗅则面渐赤，口大张不能复合。袁以酒浇入其口，每酒一滴，则面一缩，尽一壶而身面俱小，若婴儿然，痴迷不动。牵其绳所缚者，邻氏女也。袁大喜，具酒罂，取蓬首人投而封之，画八卦镇厌之。解女子缚，与入室为夫妇。夜有形交接，昼则闻声而已。

逾年，女子喜告曰："吾可以生矣！且为君作美妻矣。明日某村女气数已尽，吾借其尸可活，君以为功，兼可得资财作奁费②。"袁翌日往访某村，果有女气绝方殒，父母号哭。袁呼曰："许为吾妻，吾有药能使还魂！"其家大喜，许之。袁附女耳低语片时，女即跃起，合村惊以为神，遂为合卺。女所记忆，皆非本家之事，逾年渐能晓悉，貌较美于前女。

【注释】

①瘵（zhài）：病。

②奁费：嫁妆。

李倬

李倬者，福建人，乾隆庚午贡生，赴京乡试，路过仪征。有并舟行者，自称姓王名经，河南洛阳县人，赴试京师，资费不足，求李挈带，李许之。同舟言笑甚欢，出所作制艺，亦颇清雅，惟篇幅稍短耳。与共食，必撒饭于地，每举碗，但嗅其气，无一粒纳喉者。李疑而憎之。王似解意，谢曰："某染膈症，致有此累，幸毋相恶。"既至京师，将赁寓所。王长跪请曰："公毋畏，我非人也。乃河南洛阳生员，有才学，当拔贡，为督学某受赃黜落，愤激而亡。今将报仇于京师，非公不能带往。入京城时，恐城门神阻我，需公低声三呼我名，方能入。"其所称督学某，即李之座师。李大骇，拒之。鬼曰："公党师拒我，我行且祟公。"李无奈何，如其言。

舍馆定，即往谒座主。其家方环泣，声达户外。座主出曰："老夫有爱子，生十九年矣，聪明美貌，为吾宗之秀。前夜忽得疯疾，疾尤奇，持刀不杀他人，专杀老夫。医者莫名其病，奈何？"李心知其故，请曰："待门生入视郎君。"言未毕，其子在内笑曰："吾恩人至矣，吾当谢之，然亦不能解我事也。"李入室，握郎君手，语移时。旁人不解，更骇愕，都来问李，李告之故。于是举家跪李前，求为关说。李谓其子曰："君过矣！君以被黜之故，气忿身死，毕竟非吾师杀君也。今若杀其郎君，绝其血食[①]，殊非以直报怨之道。况吾与君有香火情，独不为我地乎？"其子语塞，瞑目曰："公语诚是，然汝师当日得赃三千，岂能安享？吾败之而去足矣。"手指曰："某室有玉瓶，价值若干，为我取来！"至则掷而碎之。又手指曰："某箱内有貂裘数领，价值若干，为我取来！"至则举火焚之。事毕，大笑曰："吾无恨矣！为汝赦老奴。"拱手作去状，其子霍然病已。

李是年登第，行至德州，见王君复至，则前驱巍峨，冠带尊严，曰："上帝以我报仇甚直，命我为德州城隍。尚有求于吾子者，德州城隍为妖所凭，篡位血食垂二十年。我到任时，彼必抗拒，吾已选神兵三千，与妖决战。公今夜闻刀剑声，切勿谛视，恐有所伤。邪不胜正，彼自败去，但非公作一碑记晓谕居民，恐四方未必崇奉我也。公将来爵禄，亦自非凡，与公诀矣。"言毕拜谢，垂泪而去。

是夜，闻城内外兵马喧然，至五鼓始寂。李诘朝往城隍庙焚香作记，其道士已磨墨相待，云："昨夜大王到任，托梦贫道，教相迎也。"李为镌石立碑，今犹存德州大东门外。

【注释】

①血食：受享祭品。

王将军妾

苏州慕崇士，宰河南汲县。未遇时，馆京师任姓家，寓半截胡同。晚间独宿，灯下见物黑而毛，攫其书箧①。慕手剑逐之，无所得。次晚，月下如厕，有女子冉冉来。慕疑主人婢妾，蹲不敢起。女竟不去，而冷风凄然。慕始惊惧，投以瓦，了不复见。慕踉跄归至书斋，则女子在床矣，军妆持刀，容貌甚丽。呼之不应，驱之不去，召他人观之，皆不能见。慕遂病，呓语曰："我明朝王将军妾也，久不得祭，故遣儿辈取食，汝以剑伤之；我亲来谢过，汝又蹲厕辱我，我故来索命。"同寓宾客俱为哀祈，女曰："能以衣服车马送我归故乡，姑贷汝。"众如其言，慕苏醒。食粥未半晌，女又复来曰："吾为汝辈所给，衣服领袖并未裁缝，吾何以为衣耶？可速选缝人善治之。"众客愈骇，视所陈之衣，果未开摺也。整治再拜，慕竟病除。

三年，慕登进士，选河南汲县知县，路过开封，宿客店。店之西偏，扃室甚固。慕疑之，窥窗隙，见朱棺一口，横于中堂，凝尘数寸，棺之前和题曰："王将军亡妾张氏"。慕大惊且悔，心郁郁不乐。薄暮，女果至，妆束如前，曰"昔妾逼君，妾之罪也；今君窥妾，妾之缘也。妾在此数十年，非取人见代，不能自拔于幽冥，故今夜来伴君。"慕大惧，连夜呼驺入城，告开封同寅，将求道士驱之。开封守令留饮达旦，翌早与共至店中，一书僮自缢于床。守令怒，剖其棺，尸装束鲜浓，僵而不腐。焚之，竟无他怪。

【注释】

①书箧（ℓ）：藏书用的竹箱子。

仙鹤扛车

方绮亭明府作令江西，其同僚郭姓者，四川人，言少时曾上峨嵋山，意欲弃世学道。见老翁，长髯秀貌，戴羽巾，飘飘然导之前行。至一处，宫殿巍峨，似王者居。翁指示曰："汝欲学道，非王命不可。王外出未归，汝少待。"俄而仙乐嘹嘈，异香触鼻，两仙鹤扛水精车，车中坐王者，状如世上所画香孩儿，红衣文葆[1]，洁白如玉，口嬉嬉微笑，长不满尺许，诸神俯伏迎入宫。老翁奏曰："有真心学道人郭某求见。"王命传入，注视良久，曰："非仙才，速送回人间！"老翁掖郭下。郭问曰："王何以年少？"老翁笑曰："为仙为圣为佛，及其成功，皆婴儿也。汝不闻孔子亦儒童菩萨？孟子云'大人者，不失其赤子之心'乎？吾王已五万岁矣。"郭无奈何，仍自山下归家，犹记其殿门外朱书二对，云："胎生卵生湿生化生，生生不已；天道地道人道鬼道，道道无穷。"

【注释】

①文葆：同"文褓"，绣花的襁褓。

红花洞

溧水知县曹江，初官蜀时，夏日昼寝，见二隶卒牵马来，邀与俱行。约二十余里，复有一人乘骏马，约束如军官，持令箭呼曰："奉上帝命，烦君点放洞犯，幸勿辞劳！"曹愕然，莫知其故。再行二三里，至深山，有穴，榜曰"红花洞"。石门一双，封钥甚固。洞口胥吏①七八人，具公案文册，跪迎道左。军官以令箭付曹，嘱云："照册点放。"言毕，乘马去。

曹登座，一吏禀请启洞，向洞大呼开门者三，有阴气随呼而出，冷逼毛发。须臾，女鬼数千，蓬首垢面，纷然杂至，哀号困苦之声，不可言状。吏按册唱名，开锁具，驱向南行。诸鬼逡巡，若不得已而往者。最后三女鬼，向曹哀求免放，曹辞以奉帝命，不能为力。三鬼愤惋，骂曰："二十年后，会当相报！"放既毕，军官复来嘱隶曰："曹公劳矣，须好送还家。"隶卒仍以马送。至中途，经大河，马渡水，忽失前足而堕。惊寤，见家人环哭，方知已死一日，心秘其事，不敢言于人。

后二十年，长男妇病产卒。未期年，次媳当产亦病，忽作呓语，呼姑至前曰："红花洞事发矣！我房舍已定，当与李氏为邻。"笑指其小叔曰："继我者当在此君，可恨翁当时令箭在手，乐得作人情，何故不肯乎？"言毕，张目大呼，血流破面，腹溃肠出，死。姑与小叔奔告于曹，曹大骇，自忆此梦实未尝语人，不知乃媳何从知也。殡后，寄其枢于古寺，寺中旧有朱棺一口，询之，果为某家妻李氏棺也。曹后第三子娶妇，亦以产卒。三妇年岁虽各有大小，计其始生，皆与梦时相上下。后侧室生儿，皆无恙。

【注释】

①胥吏：小官吏。

狐仙冒充观音三年

杭州周生，从张天师过保定旅店，见美妇人跪阶下，若有所祈。生问天师，天师曰："此狐也，向我求人间香火耳。"生曰："盍许之？"天师曰："彼修炼有年，颇得灵气，若与香火，恐恣①威福，为人间祟。"生爱其美，代为祈请。天师曰："难却君情，但令受香火三年，毋得过期可也。"命法官批黄纸付之去。

三年后，生下第出都，过苏州，闻上方山某庵观音极著灵异，将往祷焉。至山下，同祷者教以步行，曰："此山观音甚灵，凡肩舆上山者，中道必仆。"生不信，肩舆上山。未十数武②，扛果折，生坠地，幸无所伤，遂下舆步行。入庙，见香烛极盛，所谓观音者，坐锦幔中，勿许人见。生问僧，僧曰："塑像太美，恐见者辄生邪念故也。"生必欲启视，果极妖冶，不类他处观音。谛视之，颇似曾相识者。良久恍然，是旅店中妇人。生大怒，指而数之曰："汝昔求我说情，故得此香火。汝乃不感我恩而坏我舆，何太没良心也！且天师只许汝受香火三年，今已过期，恋此不去，岂竟忘前约乎？"语未毕，像忽扑地碎。僧大骇，亦无可奈何。俟生去，为之纠金重塑，而灵响从此寂然。

【注释】

①恣：放纵，无拘束。

②武：半步，泛指脚步。

吴生手软

乾隆二十四年五月，丰县宰卢世昌修邑志，聘苏州吴生为誊录，与同事者同住一楼。忽具衣冠揖同事友曰："吾死矣，以后事累公。"友问故，吴愀然云："我初赴丰时，至沛县，道上遇一妇人，求与共载，我以车小不许。妇随车行二十里，心窃讶之。问舆夫，皆不见，始知为鬼。晚投旅店，人静后，妇来坐榻上，语我曰：'君与我年俱廿九，合为夫妇。'我大骇，以枕投之，随响而没，自此不复见形。时闻耳边嗫嗫作语，求作夫妇，呼我为'写字人'，噪聒①不已。问：'如何酬汝，汝方去？'曰：'与我钱二百，置楼板上，我即去。'如其言。既而钱仍在，妇来缠扰如初，奈何奈何？"友人咸相解慰，令二僮守之。

越数日，楼上大呼，众奔上，见吴倒地，腹右刀戳一洞，肠半溃出，喉下食颡已断。扶起之，绝无痛楚。卢公往视，吴手招之近前，作一"冤"字。卢曰："是何冤？"曰："欢喜冤家也。今早妇人来逼我死，以便作夫妻。我问：'作何死法？'妇指案上刀曰：'此物佳。'余取刺右腹，痛不可忍。妇人亟以手按摩之，曰：'此无济也。'所摩处遂不觉痛。我问：'然则如何？'妇人自摩其颈作刎势曰：'如此方可。'我复以刀断左喉，妇人跌足叹曰：'此亦无济，徒多痛苦耳。'又以手按摩之，亦不觉痛，指右喉下曰：'此处佳。'余曰：'我手软矣，无能为也，卿来刺之。'妇遂披发摇首，持刀直前，而楼下诸公已走上矣。彼闻人来，掷刀奔去。"卢公诧异，为延医纳其肠。吴始不能饮食，用药敷治，亦遂平复。妇人不复再至，吴生至今尚存。

【注释】

①噪聒：嘈杂刺耳。

狐祖师

盐城村戴家有女，为妖所凭，厌以符咒，终莫能止，诉于村北圣帝祠，怪遂绝。已而有金甲神托梦于其家曰："吾圣帝某部下邹将军也。前日汝家妖是狐精，吾已斩之。其党约明日来报仇，尔等于庙中击金鼓助我。"翌日，戴家集邻众往，闻空中甲马声，乃奋击金钲铙鼓，果有黑气坠于庭，村前后落狐狸头甚夥①。越数日，其家又梦邹将军来曰："我以灭狐太多，获罪于狐祖师。狐祖师诉于大帝。某日，大帝来庙按其事，诸父老盍为我祈之！"众如期往，伏于廊下。

至夜半，仙乐嘹嘈，有冕服乘辇者冉冉来，侍卫甚众。后随一道人，庞眉皓齿，两金字牌署曰"狐祖师"。圣帝迎谒甚恭。狐祖师曰："小狐扰世，罪当死，但部将歼我族类太酷，罪不可逭。"圣帝唯唯。村人自廊下出，跪而请命。有周秀才者骂曰："老狐狸！须白如此，纵子孙淫人妇女，反来向圣帝说情。何物'狐祖师'，罪当万斩！"祖师笑不怒，从容问："人间和奸何罪？"周曰："杖也。"祖师曰："可知奸非死罪矣。我子孙以非类奸人，罪当加等，要不过充军流配耳，何致被斩？况邹将军斩我一子，并斩我子孙数十，何耶？"周未及答，闻庙内传呼云："大帝有命：邹将军嫉恶太严，杀戮太重，念其事属因公，为民除害，可罚俸一年，调管海州地方。"村人欢呼，合掌向空念佛而散。

【注释】

①夥：多。

纣之值殿将军

天台僧智果好游，山行迷路，至大石洞。坐一道者，萝衣薜裳。僧跪而请曰："某幸遇仙人，愿受教！"道者曰："予人也，非仙也。子来胡为？"僧曰："某入山已数日，腹枵①甚，敢有云浆之请。"道者曰："子姑待，吾往后山觅之。"去有顷，携一物来，状轮囷而色鲜白。道者破之，自吸其浆，以其余授僧，曰："此千年茯苓也。"因令僧坐，问："岳飞将军安否？秦桧死否？"僧曰："此宋朝事也，今易代数百年，为大清矣。"因告以《宋史》所载岳事颠末。道者惨然曰："岳将军终不免乎！"遂大哭，曰："吾姓周，名通，岳将军麾下小将也。当秦桧以金牌召岳时，我知有难，遂逃于此，食灵草得不死。我师教勿出洞，出洞即死。汝宜速出，迟恐无及。"僧惧，拜辞而行。

路甚纡曲，备历险阻。忽望崖上坐一巨人，长丈余，遍体绿毛如翠锦。骇而奔，还告道者。道者曰："此予师商高，纣王之值殿将军也，为飞廉、恶来所谮①，避居此山。性好食野兽，故其状与人异。子往拜祈，兼可问商代事。"僧故蠢野，无所记忆，见巨人礼拜毕，便问纣宠妲己事。巨人曰："汝误矣，妲者，商宫女官之称；己、戊者，女官之行次。女官非止一人也，汝所问何妃？"僧不能答。又问文王受命事，曰："吾不知文王为何人，或是西方诸侯姬昌耶？其人事纣甚恭，并无称王之事。"因问："汝所问者，何人告汝？"曰："书上云云。"巨人问："何物为书？"僧手作书状示之。巨人笑曰："我当时尚无此物。"言毕，以一臂搂僧，行如飞，置之平地，拱手而别，已在天台郊外矣。

【注释】

①枵（xiāo）：空虚。

疟鬼

上元令陈齐东，少时与张某寓太平府关帝庙中。张病疟，陈与同房，因午倦，对卧床上。见户外一童子，面白皙，衣帽鞋袜皆深青色，探头视张。陈初意为庙中人，不之问，俄而张疟作。童子去，张疟亦止。又一日寝，忽闻张狂叫，痰如涌泉。陈惊寤，见童子立张榻前，舞手蹈足，欢笑顾盼，若甚得意者。陈知为疟鬼，直前扑之，着手冷不可耐。童走出，飒飒有声，追至中庭而没。张疾愈，而陈手有黑气，如烟熏色，数日始除。

误学武松

杭州马观澜家，每四时必祭其门。予问："古礼门为五祀之一，今此礼久不行，君家独行之，何也？"马曰："余家奴陈公祚好酒，每晚必醉，敲门归。一日，闻户外喧呶声，往视之，奴扑地曰：'奴归，见门外一男一妇，俱无头，头持在手。妇呼曰："吾汝嫂也。吾淫属实，吾夫杀我可也。汝为小叔，不当杀我。夫杀我时，心软手嗫龄①不下，汝夺刀代杀，此事岂汝所宜与耶？吾每来相寻，为汝主人家门神呵禁，今故伺汝于门外。"因大骂唾奴面。其男鬼掷头撞奴，奴倒地。闻人声，二鬼才散。'马氏众家人扶至床，自言少年曾有此事。当时看小说，慕武松之为人，不意遭此冤孽。或告之曰：'小说都无实事，何得妄学？且武松杀嫂，为嫂杀兄故也。若寻常犯奸，王法只杖决耳，汝何得代兄杀嫂？'言未终，奴张目作女声曰：'公道自在人心，何如，何如！'向言者三叩头而死。"马氏以鬼言故，祭门神甚敬，世其家。

【注释】

①嗫龄：切齿怒恨的样子。

孛星女身

山东有施道士者，善祈晴雨。乾隆十二年，东省大旱，抚军准泰祈雨不得，锁道士而逼之。道士曰："雨非不可得也，但须某日孛星下降。公捐锦被一条，白金百两，某捐阳寿十年，方可得雨。"抚军如其言。

至期，道士登坛，呼一童子近前，令其伸手，画三符于掌中，嘱曰："至某处田中，见白衣妇人，便掷此符；彼必追汝，汝以次符掷之；彼再追，汝以第三符掷之。速归上坛避匿可也。"童子往，果见白衣妇。如其言掷一符，妇人怒，弃裙追童。童掷次符，妇人益怒，解上衣露两乳奔前。童掷三符，忽霹雳一声，妇人亵衣全解，赤身狂追。童急趋至坛，而妇人亦至。道人敲令牌喝曰："雨！雨！雨！"妇人仰卧坛下，云气自其阴中出，弥漫蔽天，雨五日不止。道士覆以锦被。妇渐苏，大恚耻，曰："我某家妇，何为赤身卧此？"抚军备衣服令着，遣老妪送归，以百金酬其家。

事后问道士，道士曰："孛星①女身而性淫，能为云雨，居天上亦赤体，惟朝北斗之期始着衣裳。是日下降田间，吾以符摄入某妇之身，使替代而来；又激怒之，使雷雨齐下。然用法太恶，必遭阴遣矣。"不数年，道士暴亡。

【注释】

①孛（bèi）星：彗星，旧时指灾厄之星。

九夫坟

句容南门外有九夫坟。相传昔有妇人甚美，夫死，止一幼子，家资甚厚。乃招一夫，生一子，夫又死，即葬于前夫之侧。而又赘一夫，复死如前。凡嫁九夫，生九子，环列九坟。妇人死，葬于九坟之中。每日落时，其地即起阴风，夜有呼啸争斗之声，若相媚①而夺此妇者。行路不敢过，邻村为之不安，相率诉于邑令赵天爵。随至其地，排衙呼皂隶，于各坟头持大杖重责三十，自此寂然。

【注释】

①媢（mào）：嫉妒。

土地奶奶索诈

虎踞关名医涂彻儒，与余交好，其子妇吴氏，孝廉讳镇者之妹也。乾隆丙申六月，吴氏夜梦街坊总甲李某持簿化缘，口称"虎踞关将有火灾，纠费演戏以禳之"。簿上姓名，皆里中相识者。正徘徊间，有老妇人黄衫绛裙从门外入，谓吴曰："今年此处火灾是九月初三日，君家首被其祸，数不可逃。须烧纸钱、买牲牢还愿，庶不至烧伤人命。"吴氏梦醒，方悟总甲李某久已物故，乃往各邻家告以故，并问："此间可有衣黄衫妇人否？"皆曰："无之。"吴有戒心，往祷土地庙，见所塑土地奶奶，宛然梦中所见，惊惧异常。诸邻闻之，亦大骇。彼此演戏祭祷，费数百金。

将至九月，涂氏一门衣箱器具尽搬移戚里家，自初一日起，不复举炊矣。至期，四邻寂然，并无焚如之患，涂氏至今安好。

卷八

鬼闻鸡鸣则缩

予门生司马骧，馆溧水林姓家，其所住地名横山乡，僻处也。天盛暑，以其西厅宏敞，乃与群弟子洒扫，为晚间乘凉之处。挈书籍行李，移床就焉，秉烛而卧。至三鼓，门外啾啾有声，户枢拔矣。烛光渐小，阴风吹来，有矮鬼先入，脸似笑非笑，似哭非哭，绕地而趋。随后一纱帽红袍人，白须飘飘，摇摆而进，徐行数步，坐椅上，观司马所作诗文，屡点头，若领解者。俄顷起立，手携短鬼步至床前，司马亦起坐，与彼对视。忽鸡叫一声，两鬼缩短一尺，灯光为之一亮。鸡三四声，鬼三四缩，愈缩愈短，渐渐纱帽两翅擦地而没。

次日，问之土人，云："此屋是前明林御史父子同葬所也。"主人掘地，朱棺宛然，乃为文祭之，起棺迁葬。

蜈蚣吐丹

余舅氏章升扶，过温州雁荡山，日方午，独行涧中。忽东北有腥风扑鼻而至，一蟒蛇长数丈，腾空奔迅，其行如箭，若有所避者，后有五六尺长紫金色一蜈蚣逐之。蛇跃入溪中，蜈蚣不能入水，乃舞掉①其群脚，飒飒作声，以须钳掉水。良久，口吐一红丸如血色，落水中。少顷，水如沸汤，热气上冲。蛇在水中颠扑不已，未几死矣，横浮水面。蜈蚣乃飞上蛇头，啄其脑，仍向水吸取红丸，纳口中，腾空去。

【注释】

①掉：摇摆。

雷部三爷

杭州施姓者，家居忠清里，六月，雷雨后，小便树下。甫解裤，见有鸡爪尖面者蹲焉，大怖而返。夜即暴病，狂呼触犯雷神。家人环跪求赦。病者曰："沽酒饮我，杀羊食我，我贷其命！"如其言，三日而愈。适有天师法官过杭，施姓与有旧，以其事告之。法官笑曰："此雷部奴中奴也，小名阿三，惯倚势诈人酒食。如果雷神，其伎俩宁止此耶？"今长随中有称"三爷""四爷"者是矣。

鬼乖乖

金陵葛某，嗜酒而豪，逢人必狃侮之。清明，与友四五人游雨花台。台旁有败棺，露见红裙，同人戏曰："汝逢人必狃，敢狃此棺中物乎？"葛笑曰："何妨！"往棺前，以手招曰："乖乖吃酒！"如是者再，群客服其胆大，笑而散。

葛暮归家，背有黑影尾之，声啾啾曰："乖乖来吃酒。"葛知为鬼，虑避之则气先馁，乃向后招呼曰："鬼乖乖，随我来！"径往酒店，上楼，置一酒壶、两杯，向黑影酬劝。旁人无所见，疑有痴疾，听其所为。共饮良久，乃脱帽置几上，谓黑影曰："我下楼小便，即来奉陪。"黑影者首肯之，葛急趋出归家。

酒保见客去遗帽，遂窃取之，是夕为鬼缠绕，口喃喃不绝，天明自缢。店主人笑曰："认帽不认貌，乖乖不乖。"

凤凰山崩

同年沈永之任云南驿道时，奉制府璋公之命，开凤凰山八十里，通摆夷苗路。山径险峭，自汉、唐来人迹未到处也。每斫一树，有白气自其根出，如匹练升天。虾蟆大如车轮，见人辄瞪目怒视，当之者，登时扑地。土人醉烧酒，以雄黄塞鼻，持巨斧斫杀之，烹食可疗三日饥。忽一日，有美女艳装从山洞奔出，役夫数千人，皆出洞追而观之，老成者不动心，操作如故。俄而山崩，不出洞者压死矣。沈公为余述其事，且戏曰："人之不可不好色也，有如是夫！"

董金瓯

董金瓯者，湖州勇士，能负重，走京师，十日可到。尝为人腰千金入都，过山东开成庙，有盗尾后，将取其金。董知之，挂金树上，下马与搏。盗抵敌不胜，问："足下拳法，何人所授？"曰："僧耳。"盗曰："破僧耳拳，须我妹来，汝敢在此相待否？"董笑曰："避女子，非夫也！"坐以待之。少顷，一美女来，年十八九，貌甚和，相见即格斗，良久曰："汝拳法非僧耳授也，当别有人。"董以实告，曰："我初学于僧耳，后学于僧耳之师王征南。"女子曰："若然，须至我家，彼此一饭，再斗方决，汝敢往乎？"董恃其勇，径随女子行。

到其家，则其兄已先在家，张灯挂红，率妻欢迎，曰：

"妹夫来矣！"以红巾蒙其妹头，强之交拜。董骇然问故，曰："吾父某，亦为人保镖，路逢僧耳，与角斗，不胜而死。我与妹立志报仇，同习拳法，必须胜僧耳者，然后可以杀之。访得僧耳之师为王征南，苦相寻无路。汝是其弟子，则可以引见征南，再学拳法，报此仇矣！"董遂赘其家，别遣人赍腰间金赴京师，嗣后不知所终。

蒋厨

常州蒋用庵御史家厨李贵，取水灶下，忽中恶仆地。召巫视之，曰："此人夜行冲犯城隍仪仗，故被鬼卒擒去。须用三牲纸钱，祷求城隍庙中西廊之黑面皂隶，便可释放。"如其言，李果苏。家人问之，曰："我方汲水，忽被两个武进县黑面皂头来拿去，说我冲犯他老爷仪仗，缚我衙门外树上，听候发落。我实不知原委，今日听他二人私地说：'李某业已尽孝敬之礼，可以放他回去，不必禀官。'将我解去索子，推入水中，我便惊醒。"御史公闻之，笑曰："看此光景，拿时城隍不知，放时城隍不知，都是黑面皂隶诈钱作祟耳！谁谓阴间官清于阳间官乎？"

武后谢嵇先生

无锡嵇侍读受之，余授业弟子也。辛丑冬，过随园，余止而觞之。席间论史事，余极言《通鉴》载杨妃洗儿事之诬。嵇云："门生在史局时，派修《唐鉴》，立论颇合先生之意，将《旧唐书》所载武后淫秽事，大半删除，同局以为不然。亡何，夜卧书舍，有小黄门来，称：'则天皇太后请嵇先生。'因随之行。望前面宫殿外有四金柱插空，高数十丈，上书'天枢'二字。一宫女云鬟霞佩出，引向殿西角，云：'先生少坐，待我奏闻。'语毕便去。殿上门槛甚高，跨殊费力。绣帘中坐冕旒①者，相离远，仰视不甚分明。异香从殿上吹来，仿佛莲花气息。旁有虎皮交椅，坐白须人，手执牙笏，口奏事，琅琅数千言，亦不可辨。冕旒者似与驳诘良久，已而大笑，其齿皓然呈露，洁白如玉，面为旒珠所遮，终未见也。少顷，前宫女出，谓曰：'今天已暮，太后不及相见，请先生且回。所以奉屈者，谢先生驳删《唐书》之功，先生当自知之。'语毕，袖中出一玉秤，曰：'此我在长安以之称量天下才者，先生将往长安，敢以奉赠。'门生心知是上官婉儿，逡巡揖谢而醒。其年果有督学陕西之差。"

【注释】

①冕旒：古代帝王的礼冠和礼冠前后的玉串。

冒失鬼

相法：瞳神青者，能见妖；白者，能见鬼。杭州三元坊石牌楼旁居老妪沈氏，素能见鬼。常言十年前见一蓬头鬼，匿牌楼上石绣球中，手执纸钱为镖，长丈余，累累若贯珠。伺人过牌楼下，暗掷镖打其头。人辄作寒噤，毛孔森然，归家即病，必向空中祈祷，或设野祭方愈。蓬头鬼藉此伎俩，往往醉饱。一日，有长大男子，气昂昂然，背负钱镪而过，蓬头鬼掷以镖。男子头上忽发火焰，冲烧其镖线，层层裂断，蓬头鬼自牌楼上颠仆①，滚绣球而下，喷嘒不止，化为黑烟散去。负钱之男子全不知也。自此，三元坊石牌楼无复作祟矣。吾友方子云闻之笑曰："作鬼害人，亦须看风色。若蓬头鬼者，其即世所称之'冒失鬼'乎？"

【注释】

①颠仆：跌落。

史宫詹改命

溧阳宫詹史胄斯，未遇时，赴省乡试，遇南门外汤道士，谈命甚精，因以年庚求为推算。道士曰："照丑时算，你终身只一诸生，寿可八十三岁。若照寅时算，便可官登三品，今科便中。汝丑时乎？寅时乎？"曰："丑时也。"曰："若然，则今科不中矣。"史怆然不乐。道士曰："命可改也，但阴司寿算最重，君如肯减寿三十年，当为君改作寅时。"史公欣然愿改。道士曰："果情愿者，明日早来。"

次夜，史五鼓熏沐到寺，道士已启户待，曰："子诚信人，但日后官尊寿短，毋自悔也！"史唯唯，具香烛，对天自陈。道士披发仗剑，口中喃喃诵咒，良久，另书一庚帖与之。史公持归，置箧中，果于是年乡会联捷，官至宫詹①。

五十二岁，希图降级永年，而任内总无过失。商之吏部，笑而不信。至次年春，精神甚健。五月，偶染微疾。上命太医往视，为药所误，竟不起矣。此事公孙抑堂司马言。司马，余亲家也。

【注释】

①宫詹：太子詹事。

高相国种须

高文端公自言，年二十五作山东泗水县令时，吕道士为之相面，曰："君当贵极人臣，然须不生，官不迁。"相国自摩其颐，曰："根且未有，何况于须？"吕曰："我能种之。"是夕伺公睡熟，以笔蘸墨画颐下如星点。三日而须出矣。然笔所画，缕缕百十茎，终身不能多也。是年迁邠州牧，擢迁至总督而入相。

说官话鬼

河东运使吴云从，作刑部郎中。公馆外偶有社会，家人妇抱小公子出看，溺尿路旁。公子忽哭不止，家人抱归，不知何故。至夜，公子作北语云："怎么小孩子这般无礼，溺在我头上！我与你不得开交！"吵闹一夜。吴公怒，次晨作牒焚与本处城隍，云："我南方人也，无故小儿撞着说官话鬼，猖獗可恨，托为拿究。"是夜平定。

至第三日晚，公子又病，仍作北语云："你不过是个官儿罢了，竟这样糟挞我们的老四，咱们兄弟今日来替他报仇，要些烧酒喝喝。"夫人不得已，曰："与你喝，不要闹。"于是，一鬼喝毕，一鬼又要喝，兼讨前门外杨家血贯肠做下酒物，呶呶之声又复达旦。吴公上前批其颊，骂曰："狗奴强转舌根，学说官话，再说便打。"然打者自打，说者自说。吴又牒城隍，云："说官话鬼又来了，求神惩治。"是夕，宅中闻鞭挞声。鬼云："你不要打，咱们去就是了。"公子病随愈。

偷雷锥

杭州孩儿巷有万姓，甚富，高房大厦。一日，雷击怪，过产妇房，受污不能上天，蹲于园中高树之顶，鸡爪尖嘴，手持一锥。人初见，不知为何物，久而不去，知是雷公。万戏谕家人曰："有能偷得雷公手中锥者，赏银十两。"众奴嘿然，俱称不敢。一瓦匠某，应声去，先取高梯置墙侧，日西落，乘黑而上。雷公方睡，匠竟取其锥下。主人视之，非铁非石，光可照人，重五两，长七寸，锋棱甚利，刺石如泥。苦无所用，乃唤铁工至，命改一刀，以便佩带。方下火，化一阵青烟，杳然去矣。俗云："天火得人火而化。"信然。

土地受饿

杭州钱塘邑生张望龄，病疟。热重时，见已故同学顾某者踉跄而来，曰："兄寿算已绝，幸幼年曾救一女，益寿一纪。前兄所救之女，知兄病重，特来奉探，为地方鬼棍所诈，诬以平素有黯昧事。弟大加呵饬，方遣之去，特诣府奉贺。"张见故人为己事而来，衣裳蓝缕，面有菜色，因谢以金。顾辞不受，曰："我现为本处土地神，因官职小，地方清苦，我又素讲操守，不肯擅受鬼词，滥作威福，故终年无香火，虽作土地，往往受饿。然非分之财，虽故人见赠，我终不受。"张大笑。

次日，具牲牢祭之，又梦顾来谢曰："人得一饱，可耐三日；鬼得一饱，可耐一年。我受君恩，可挨到阴司大计，望荐卓异[1]矣。"张问："汝如此清官，何以不即升城隍？"曰："解应酬者，可望格外超升；做清官者，只好大计卓荐。"

【注释】

①卓异：清代考核官吏，才能出众的称为"卓异"。

批僵尸颊

桐城钱姓者，住仪凤门外。一夕回家，时已二鼓，同事劝以明日早行。钱不肯，提灯上马，乘醉而行。到扫家湾地方，荒坟丛密，见树林内有人跳跃而来，披发跣足，面如粉墙。马惊不前，灯色渐绿。钱倚醉胆壮，手批其颊，其头随披随转，少顷又回，如牵丝于木偶中，阴风袭人。幸后面人至，其物退走，仍至树林而灭。次日，钱手黑如墨，三四年后黑始退尽。询之土人，曰："此初做僵尸，未成材料者也。"

簸箕龟

乾隆辛卯春，山阴刘际云舟过镇江，见风覆客船，漂没货物甚多。江边有素谙水性人，俗名"水鬼"，专以打捞货物为生。是日，客舟有覆者，群水鬼皆至，言定价钱，一齐入水。及上岸，忽少一人，众疑其在水藏匿金银，复入水，遍寻不得。但见一龟，赤色，大过浴盆，形扁如簸箕，无头无尾无足。水鬼被其咬住，拉之不开，乃以大铁钩拽龟上岸。通体有小穴数百，皆其口也，人血已经吸尽，而口犹紧咬不放。刺以利刃，龟若不知。不得已，并人与龟烈火焚之，臭闻数里。或曰："此即锅盖鱼之极大者，严州江中尤多。"

命该薄棺

台州富户张姓家，有老仆某，六十无子。自备一棺，嫌材料太薄，访有贫家治丧仓卒不能办棺者，借与用之，还时但索加厚一寸，以为利息。如是数年，居然棺厚九寸矣，藏主人厢房内。一夕，邻家火起，合室仓皇。看火者见张氏宅上立一黑衣人，手执红旗，逆风而挥，挥到处，火头便转。张氏正宅无恙，惟厢房烧毁。老仆急入扛取棺，业已焚及，忙投水塘中。俟扑灭余火后拖起刨之，依然可用，但尺寸之薄，亦依然如前矣。

向狐仙学道

云南监生俞寿宁，习仙家符箓之学，仗一古剑，替人驱妖，颇有灵应。一日，其友张某下田收租，遇大风雨，过其门，将借宿焉。俞不可，张忿然而行，必欲探其所以见拒之故，仍往其门，穴墙窥焉。见俞张设酒肴，有两席，宾客欢呼，男女杂沓。张愈怒，斧碎其门，排闼入，则酒席具存，而群宾不见。俞惊出，蹋足曰："君误我！君误我！我好学仙，难得真师传道，不得已，广请狐仙指示。半年以来，所遇男女狐仙甚多，有相约为兄弟者、为夫妇者、为兄妹者，不一而足。今日众仙会议，将授长生要诀，故隆其礼文，备馔相延。尚未谈及玄关要旨，而被汝撞破，泄漏天机，致诸仙散去，岂非天哉！前数日紫文真人原说今日是破日，必被凡人冲破，须改日作会；而瑶仙三妹以明日将嫁某郎，故权择今日。果然不利，亦数也。我明日行矣，将别择一洁净之所，聚会群仙，不使人知。"此后俞云游于外，不知所往。

五通神因人而施

江宁陈瑶芬之子某，素不良。游普济寺，见寺供五通神，坐关帝之上，怒其无礼，呼僧责之，命移五通于关帝之下。游人观者俱以为是，陈傲然自得。夕归，见五通神当门而立，遂仆地，狂叫曰："我五通大王也，享人间血食久矣。偶然运气不好，撞着江苏巡抚老汤，两江总督小尹，将我诛逐。他两个都是贵人，又是正人，我无可奈何，只得甘受。汝乃市井小人，敢作威福，我不能饶汝矣！"其家环拜，具三牲纸课，延僧祷祀，竟不能救而死。

张奇神

湖南张奇神者，能以术摄人魂，崇奉甚众。江陵书生吴某独不信，于众辱之。知其夜必为祟，持《易经》坐灯下。闻瓦上飒飒作声，有金甲神排门入，持枪来刺。生以《易经》掷之，金甲神倒地。视之，一纸人耳，拾置书卷内夹之。有顷，有青面二鬼持斧齐来，亦以《易经》掷之，倒如初，又夹于书卷内。

夜半，其妇号泣叩门，曰："妾夫张某，昨日遣两子作祟，不料俱为先生所擒，未知有何神术，乞放归性命。"吴曰："来者三纸人，并非汝子。"妇曰："妾夫及两儿皆附纸人来，此刻现有三尸在家，过鸡鸣则不能复生矣。"哀告再三。吴曰："汝害人不少，当有此报。今吾怜汝，还汝一子可也。"妇持一纸人泣而去。明日访之，奇神及长子皆死，惟少子存。

青阳江丫

青阳人江丫，处乡馆，教村童五人，长者不过十二三岁，幼者八九岁。一日，字课甫毕，江忽持木棍将五生排头打死，己亦触墙流血，昏晕倒地。各家父母闻之，奔赴喊哭，叩其故。据江云："午间安坐，突见窗外奇鬼六七辈，绀发蓝面，着五色衣，前来搏噬诸生。我惶急，驱之不去，随取木棍，将鬼击打无踪，自幸诸生得免于难。亡何谛观，始知所打死者非鬼，即弟子五人。横尸在地，痛摧心肝，因自寻死，故触墙脑裂。"官验取供，以鬼语难成信谳[1]，质之各家父母。皆云与江丫平日绝无仇隙，渠作先生，爱惜诸童颇好，亦无疯症，此举不知何故，想系前生冤孽。江脑破垂毙，现在收禁，俟医治痊时再行审抵云云。此乾隆二十一年五月间青阳知县申详总督尹公文书也，余亲见之。半月后，报江丫死于狱。

【注释】

①信谳：证据确凿的判决。

黑煞神

桐城农民汪廷佐，耕双冈圩。发一古墓，得古鼎、铜镜等物。携归家，置镜几上，彻夜通明，以为宝也，与其妻加爱护焉。

亡何，汪入街市，路见狰狞黑面者，长丈余，拳殴之曰："我黑煞神也。汝盗陆小姐墓，当死。小姐乃元祐元年安徽太守陆公女。陆作官有善政，小姐夭亡，上帝怜之，属我营护其坟，命小姐往徽州司一路痘疫事。汝敢乘我与小姐外出，而盗其所有耶？"言毕，仆地昏迷，路人昇之至家，疽发于背。小姐亦附其妻身大骂。举家哀求，欲延高僧为设斋醮[1]。小姐曰："不必。汝村农无知，既自知罪，但速将鼎、镜等物送归原所，别买棺安葬我骨，可以恕汝。但我已为冥司痘神，应享香火。此段公案，须立一碑，晓示村民，永昭灵应。城中贡士姚先生翌佐，人品端方，人所敬信，须往求其作记，方免汝死。"汪叩头曰："前发墓时，但见鼎镜等物，实不见有骸骨。此时虽买新棺，将从何处检小姐骨耶？"小姐曰："我年少女子，骨脆，岁又久远，故已化矣。然我骨所化之土，坚洁不污，有金色光。汝往坑中取土，映日视之，便有识别，可以改葬。"汪如其言，试之果然，即为礼葬。往告姚贡生，姚亦夜有所梦，乃作记立碑，而汪疽愈。

此事江宁太守章公攀桂所言。章，桐城人也。

【注释】

①斋醮：请僧道设置斋坛以祈祷。

吴子云

康熙初，桐城秀才吴子云，春夜玩月，闻空中有人声曰："今年乡试，吴子云当中四十九名。"诵其文，琅琅然，题是"君子之于天下也"一章。吴虽不甚记忆，而觉其文甚佳，因预作此题文以备试。未几入场，果此题，大喜，因书宿构。放榜，果中如其数。旋登进士，官翰林，督学湖南，满载而归。

宿旅店中，夜取溺器，忽有人以手奉之，十指纤纤然。吴惊问，曰："我狐仙也，与公有前缘，故来相伺。"起烛之，嫣然美女，遂偕伉俪。嘱曰："妾有雷劫，曾匿君车中以免，故来报君。今君亦有大祸，不可不防。"吴问故，曰："前途君必宿吕姓店，吕有爱女，年九岁，君召而爱之抱之，继为干女，重赐珍宝，则免矣。"吴至吕家，果有此女，遂如其言。至三更时，店主拉吴手笑曰："我响马盗魁也。君出署时，辎重颇富，诸偻儸儿相涎已久。今知君真长者，我不忍害君。"取壁上铃鞭，撞壁者三，诸盗齐入，曰："吴学院，我干亲家也，诸君不得无礼，急为我护送到家。"

后吴无子，族人争以子来求继。吴私问狐："应继何人？"曰："牧牛儿好。"次日，果有牧童过，亦本家也。吴拉入嗣为己子，族人皆笑之。吴亡后，儿颇恂谨①，能守其业，家日以富，至今人呼为"吴牛"。尝索对联于方处士贞观，方戏书云："对窗常玩月，独坐自弹琴。"吴甚喜，竟不知暗用牛事嘲之也。

【注释】

①恂谨：恭顺谨慎。

秃尾龙

山东文登县毕氏妇，三月间沤衣池上，见树上有李，大如鸡卵。心异之，以为暮春时不应有李，采而食焉，甘美异常。自此腹中拳然，遂有孕。十四月，产一小龙，长二尺许，坠地即飞去，到清晨必来饮其母之乳。父恶而持刀逐之，断其尾，小龙从此不来。

后数年，其母死，殡于村中。一夕，雷电风雨，晦冥①中若有物蟠旋者。次日视之，棺已葬矣，隆然成一大坟。又数年，其父死，邻人为合葬焉。其夕雷电又作。次日，见其父棺从穴中掀出，若不容其合葬者。嗣后村人呼为"秃尾龙母坟"，祈晴祷雨无不应。

此事陶悔轩方伯为余言之，且云："偶阅《群芳谱》云：'天罚乖龙，必割其耳，耳坠于地，辄化为李。'毕妇所食之李，乃龙耳也，故感气化而生小龙。"

①晦冥：昏暗。

石灰窑雷

湘潭县西二十里，地名石灰窑。某翁家颇小康，无子，有二女，赘婿相依。翁贩谷粤西，买妾归，腹有娠矣。其次女夫妇私议："若得男，吾辈岂能分翁家财？"乃阳与妾厚，而阴设计害之。及分娩，得男，落地死。翁大恨，以为命不宜子，不知乃其次女贿稳婆，握吭①绝之也。翁痛不已，解衣裹死儿瘗之后圃。次女与稳婆心犹未安，往启视之。忽霹雳一声，女毙，而死儿苏矣；稳婆亦焦烂，犹未死。众问得其故。翌日，稳婆亦亡，若天故迟死之，取有供状以戒世者。某乃葬女逐婿，分给钱粟使归。舟抵中流，怪风起，婿亦溺死，前后乃数日。

【注释】

①吭：气逆于喉，自缢。

徐巨源

南昌徐巨源，字世溥，崇祯进士，以善书名。某戚邹某，延之入馆。途遇怪风，摄入云中，见袍笏官吏迎曰："冥府造宫殿，请君题榜书联。"徐随至一所，如王者居，其扁对皆有成句，但未书耳。扁云："一切惟心造。"对云："作事未经成死案，入门犹可望生还。"徐书毕，冥王筹所以谢者，世溥请为母延寿一纪，王许之。徐见判官执簿，因求查己算。判官曰："此正命簿也。汝非正命死者，不在此簿。"乃别检一

"火"字簿，上书云："某月某日，徐巨源被烧死。"徐大惧，白冥王祈改。冥王曰："此天定也，姑徇子请，但须记明时日，毋近火可耳。"徐辞谢而还，急至邹家。主人惊曰："先生期年何往？舆丁以失脱先生故，被控于官，久以疑案系县狱矣！"世溥具言其故，并为白于官，事得释。

时同郡熊文纪号雪堂，以少宰家居，招徐饮。酒未阑，熊忽辞入，曰："某以痞发，故不获陪侍。"徐戏曰："古有太宰嚭^①，今又有少宰痞耶？"熊不怿。徐临去书唐人绝句"千山鸟飞绝"一首于壁，将四句逆书之，乃"雪、翁、灭、绝"四字也，熊怀恨于心。徐忆冥府言，惧火，故不近木器，作石室于西山，裹粮避灾。时劫盗横行，熊遣人流言："徐进士窟重金于西山。"群盗往劫，竟不得金，乃烙铁遍烧其体而死。

【注释】

①太宰嚭（pǐ）：春秋时楚伯州犁之孙，曾任太宰。

九天玄女

周少司空青原，未遇时，梦人召至一处，长松夹道，朱门径丈，金字榜云"九天玄女之府"。周入拜，见玄女霞帔珠冠，南面坐，以手平扶之，曰："无他相属，因小女有小影，求先生题诗。"命侍者出一卷子，汉魏名人笔墨俱在焉。淮南王刘安隶书最工，自曹子建以下，稍近钟、王风格。周素敏捷，挥笔疾书，得五律四章。玄女喜，命女出拜，年甫及笄，神光照耀，周不敢仰视。女曰："周先生富贵中人，何以身带暗疾？我无以报，愿为君除此疾，作润笔之费。"解裙带，授药一丸，命吞之。周幼时误食铁针，着肠胃间，时作隐痛，自此霍然。醒后诗不能记，惟记一联云："冰雪消无质，星辰系满头。"

项王显灵

无锡张宏九者，贩布芜湖，路过乌江，天起暴风，舟冲石上破矣。水灌舟中，舟人泣呼项王求救。忽有银光如一匹布，斜塞船底，水竟停涌，而人得登岸。次早视之，舱底已穿，有大白鱼以身横塞其穿处，故水竟不得入。舟人举船摇橹，则洋洋然去矣。自此，项王香火倍盛于往时。此乾隆四十年事。

医肺痈用白术

蒋秀君精医理，宿粤东古庙中。庙多停枢，蒋胆壮，即在枢前看书。夜，灯忽绿，枢之前和，橐然落地，一红袍者出，立蒋前曰："君是名医，敢问肺痈可治乎？不可治乎？"曰："可治。"曰："治用何药？"曰："白术①。"红袍人大哭曰："然则我当初误死也。"伸手胸前，探出一肺，如斗大，脓血淋漓。蒋大惊，持手扇击之。家僮齐来，鬼不见，而枢亦如故。

【注释】

①白术（zhú）：中药药材。

朱十二

杭州望仙桥许姓住楼，相传有缢死鬼。屠户朱十二者，恃其勇，取杀猪刀登楼，秉烛卧。三鼓后，烛光青色，果一老妪被发持绳而上。朱斫以刀，妪套以绳。刀斫绳，绳断复续；绳绕刀，刀亦如烟。格斗良久，老妪力渐衰，骂曰："朱十二！我非怕你，你福分内尚有十五千铜钱未得，故我且饶你。待你得后，试我金老亲娘手段！"言毕，拖绳走。朱下楼告知众人，视其刀，有紫血且臭。年余，朱卖屋，得价钱十五千，是夕果卒。

鬼攀日线才能托生

乩仙娄子春，自言宋末进士，文丞相友也，修炼形之术，在九幽使者家处馆四百年。主人司人间生死事，降王爵一等。子春言人间祸福事，甚验。有问轮回之说者，子春云："轮回非一言可尽。凡死法有数种，生法亦有数种。德大者，成神佛；有来因而无业谪者，仍归原位；虽无德无来因而气未散者，随投人身；其余散尽者，生即死，死更死矣。然微魂小魄，如风炉炊烟，一时未能消化，往往团为一气，在氤氲①鼓荡之中。有时被风吹至阴山下，寒冷异常，惟冬至日有阳光一线，流照阴山，群鬼蠕蠕然，僵而复动，攀日线而行，得至中国，复投人身。投做一人之身，常合群魂而来，非止一人之魂也。其堕落于线外者，仍归阴山，再待来岁冬至矣。"

或问："有初世为人者乎？"曰："此类甚多，譬如草木，其无旧根而生者，即是初世为草之草；犹之非投胎而来者，即是初世为人之人。"问："鬼有化物者乎？"曰："有。大凡娼优化虫蝶，恶人化蛇虎。"问："雷击之鬼何化？"曰："化蚯蚓。"谭子《化书》言："凡被雷击死者，捣蚯蚓汁覆其脐可活。"斯言盖有所本。

①氤氲：烟气弥漫的样子。

道士作祟自毙

杭州赵清尧好弈，闻落子声，必与对枰。偶游二圣庵，见道人貌陋，与客方弈，而棋甚劣，自称"炼师"。赵意薄之，不与交言，随即辞出。

是夕，上床就寝，有鬼火二团绕其帐上，赵不为动。俄有青面锯齿鬼持刀揭帐，赵厉声呵之，旋即消灭。次夕，满床作啾啾声，如童子学语，初不甚分明，细听之，乃云："我棋劣，自称炼师，与汝何干？而敢轻我！"赵方知是道士为祟，愈加不恐。旋又闻低声云："汝大胆，刀剑不畏，我将以勾魂法取汝性命。"遂咒云："天灵灵，地灵灵，当门顶心下一针。"赵闻之，觉满身肉趯趯①然如欲颤者，乃强制其心，总不一动，兼以手自塞其耳，然临卧则咒声出于枕中。

赵坚忍月余，忽见道士涕泣跪于床前曰："我以一念之嗔，来行法怖汝，要汝央求，好取些财帛。不料汝总不动心，我悔之无及。我法不行于人者，反殃其身，故我昨日已死，魂无所归，愿来服役，作君家樟柳神，以赎前愆。"赵卒不答。明日，遣人往二圣庵观之，道士果自刭。嗣后，赵君一日前之事必先知之。或云：道士为服役也。

【注释】

①趯趯（tì）：跳跃貌。

卷九

木箍颈

庄怡园在关东，见猎户有以木板箍其颈者，怪而问之，曰："我兄弟二人，方驰马出猎，行大野中，忽见一人长三尺许，白须幅巾，揖于马前。兄问何人，摇头不语，但以口吹其马，马惊不行。兄怒，抽箭射之。其人奔窜，兄逐之，久而不返。我往寻兄，至一大树下，兄仆于地，颈长数尺，呼之不醒。我方惊惶，幅巾人从树中出，又张口吹我。我觉颈痒难耐，搔之，随手而长，蝡蝡然若变作蛇颈者，急抱颈驰马逃归，始免于死。然颈已痿废不能振起，故以木板箍之而加铁焉。"或曰：此三尺许人，乃水木之精，游光、毕方类也，能呼其名，则不为害。见《抱朴子》。

掘冢奇报

杭州朱某，以发冢起家，聚其徒六七人，每深夜昏黑，便持锄四出。嫌所掘者多枯骨，少金银，乃设乩盘，预卜其藏。一日，岳王降坛，曰："汝发冢取死人财，罪浮于盗贼，再不悛改，吾将斩汝！"朱大骇，自此歇业。

年余，其党无所归，乃诱其再祷于乩神以试之。如其言，又一神降曰："我西湖水仙也。保俶塔下有石井，井西有富人坟，可掘得千金。"朱大喜，与其徒持锄往。遍觅石井不得，正徘徊间，若有耳语者曰："塔西柳树下非井耶？"视之，已填枯井也。掘三四尺，得大石椁，长阔异常，与其党六七人共扛之，莫能起。相传净寺僧有能持飞杵咒者，诵咒百声，棺椁自开，乃共迎僧，许以得财烹分。僧亦妖匪，闻言踊跃而往。诵咒百声，石椁豁然开。中伸一青臂出，长丈许，攫僧入椁，裂而食之，血肉狼藉，骨坠地，铮铮有声。朱与群党惊奔四散。次日往视井，井不见。然净寺竟失一僧，皆知为朱唤去。徒众控官，朱以讼事破家，自缢于狱。

朱尝言所见，棺中僵尸不一，有紫僵、白僵、绿僵、毛僵之类。最奇者，在六和塔西边掘坟，有圈门石户，广数丈，中有铁索，悬金饰朱棺。斧之，乃犀皮所为，非木也。中一尸，冕旒如王者，白须伟貌，见风悉化为灰。侍卫甲裳似层层茧纸所为，非丝非绢。又一陵中，朱棺甚大，非绋索^①所悬，有四铜人如宦官状，跪而以首承棺，双手捧之，土花青绿，不知何代陵寝。

【注释】

①绋索：古代出殡时拉棺材用的大绳。

一目五先生

浙中有五奇鬼，四鬼尽瞽，惟一鬼有一眼，群鬼恃以看物，号"一目五先生"。遇瘟疫之年，五鬼联袂而行，伺人熟睡，以鼻嗅之。一鬼嗅则其人病，五鬼共嗅则其人死。四鬼伥伥然，斜行踯躅，不敢作主，惟听一目五先生之号令。

有钱某宿旅店中，群客皆寐，已独未眠。灯忽缩小，见五鬼排跳而至。四鬼将嗅一客，先生曰："此大善人也，不可。"又将嗅一客，先生曰："此大有福人也，不可。"又将嗅一客，先生曰："此大恶人也，更不可。"四鬼曰："然则先生将何餐？"先生指二客曰："此辈不善不恶，无福无禄，不啖何待？"四鬼即群嗅之。二客鼻声渐微，五鬼腹渐膨亨①矣。

【注释】

①膨亨：膨脝，膨大。

梦乞儿煮狗

陈秀才清波，处馆绍兴。夜间梦游土地庙，庙后有数乞儿，状貌狞恶，拥土炉剥黄狗而烹之。狗似新受棍伤者，血犹淋漓，陈心恶之。忽门外有衣冠人来，骂曰："我家狗被汝偷食，我将告官！"语未毕，群丐起而殴之，衣冠者倒地死，陈惊醒。越三日，梦青衣皂隶持城隍牌票示之，曰："狗主人被恶丐打死，其鬼已控城隍。牒内写君作证，故来相招。"陈视票，果有己名，且有听审日期，觉而恶之。然自念此事与己无干，不过暂往阴司作证，因辞馆归，以二梦语其亲徐某，且托曰："我死当复生，诚恐阴阳隔路，一时灵魂迷矣，乞君购白雄鸡，书我姓名，临期到城隍庙招呼，免我迷路。"徐以为梦幻难凭，笑允之，始终不信也。

至某月日，陈果无疾而逝。家人泣报于徐。徐急买白鸡，书陈姓名而往。适城隍庙搭台演戏，众人蜂拥。至日仄①，方能到神座下，大呼招魂。及归家，六月盛暑，尸已腐矣。

【注释】

①日仄：日昃，太阳偏西，约下午二时。

一棺藏十八人

乾隆四年，山西蒲州修城，掘河滩土，得一棺，方扁如箱。启之，中有九槅，一槅藏两人，各长尺许，老幼男妇如生，不知何怪。

真龙图变假龙图

嘉兴宋某，为仙游令，平素峭洁①，以"包老"自命。某村有王监生者，奸佃户之妻，两情相得。嫌其本夫在家，乃贿算命者，告其夫以"在家流年不利，必远游他方，才免于难"。本夫信之。告王监生，王遂借本钱令贸易四川，三年不归。村人相传，某佃户被王监生谋死矣。宋索闻此事，欲雪其冤。一日，过某村，有旋风起于轿前。迹之，风从井中出。差人撩井，得男子腐尸，信为某佃，遂拘王监生与佃妻，严刑拷讯。俱自认谋害本夫，置之于法。邑人称为"宋龙图"，演成戏本，沿村弹唱。

又一年，其夫从四川归。甫入城，见戏台上演王监生事，就观之，方知己妻业已冤死。登时大恸，号控于省城，臬司某为之审理，宋令以故勘平人致死抵罪。仙游人为之歌曰："瞎说奸夫害本夫，真龙图变假龙图。寄言人世司民者，莫恃官清胆气粗。"

【注释】

①峭洁：严峻高洁。

莆田冤狱

福建莆田王监生，素豪横，见田邻张妪田五亩，欲取成方，造伪契，贿县令某，断为己有。张妪无奈何，以田与之，然中心忿然，日骂其门。王不能堪，买嘱邻人殴杀妪，而召其子视之，即缚之，诬为子杀其母，擒以鸣官。众证确凿，子不胜毒刑，遂诬伏。将请王命，登时凌迟矣。

总督苏昌，闻而疑之，以为子纵不孝，殴母当在其家，不当在田野间众人属目之地；且遍体鳞伤，子殴母必不至此。乃檄福、泉二知府，会鞫^①于省中城隍庙。两知府各有成见，仍照前拟定罪。其子受绑，将出庙门，大呼曰："城隍！城隍！我一家奇冤极枉，而神全无灵响，何以享人间血食哉！"语毕，庙之西厢突然倾倒，当事者犹以庙柱素朽，不甚介意。甫牵出庙，则两泥皂隶忽移而前，以两梃夹叉之，人不能过。于是观者大噪，两府亦悚然。重鞫，始白其子冤，而置王监生于法。从此，城隍庙之香火亦较盛焉。

【注释】

①鞫（jū）：审问犯人。

水鬼畏嚣字

赵衣吉云："鬼有气息，水死之鬼羊臊气，岸死之鬼纸灰气。凡人闻此二气，皆须避之。"又云："河水鬼最畏'嚣'字，如人在舟中闻羊臊气，则急写一'嚣'字，可以远害。"

狐仙知科举

钱方伯琦、蔡观察应彪未第时，有友吴某招饮。其家素奉狐仙。二人与群客至其家，候至日晚，腹已枵矣，不见酒肴，心以为疑。少顷，主出，有愧色，曰："今日饮诸公，肴已全备，忽为狐仙摄去，奈何？"众客疑吴惜费，以狐为推。蔡公曰："主人若果治具，必有水浆痕迹，盍往厨房视之？"往验则余火未熄，盘碗姜豉之物尚在，始知吴非诳言。众客欲散，独蔡公大呼曰："果狐仙在此，我有一言奉问：今年乙卯秋闱，我辈皆下场人，如有一个中者，狐仙还我酒肴；如无一人中者，狐仙竟全啖之，我等亦没兴在此饮酒。"言毕出。未久，主人大笑来曰："恭喜诸公，酒肴都全还在案矣，今年必有中者。"于是群客欢饮而罢。是年，钱公登第，蔡迟一科。

鬼争替身，人因得脱

会稽王二，以缝衣为业，手挈女裙衫数件，夜过吼山。见水中跳出二人，裸身黑面，牵之入河。王不能自主，随行数步。忽山顶松树间飞下一人，垂眉吐舌，手持大绳套其腰，曳之上山，与黑面鬼彼此争夺。黑面鬼曰："王二是我替身，汝何得夺之？"持绳鬼曰："王二是成衣师父，汝等河水鬼赤屁股在水中，并无衣服要做，何所用之？不如让我！"王亦昏迷，听其互拉，然心中略有微明，私念。倘遗失女裙衫，则力不能赔，因挂之树上。适其叔从他路归，月下望见树有红绿女衣，疑而近前视之，三鬼遂散。王二口耳中全是青泥填塞，扶之归，竟脱于死。

城隍神酗酒

杭州沈丰玉，就幕武康。适上宪有公文饬捕江洋大盗，盗名沈玉丰。幕中同事袁某与沈戏，以硃笔倒标"沈丰玉"三字，曰："现在各处拿你。"沈怒，夺而焚之。

是夜，沈方就枕，梦鬼役突入，锁至城隍庙中。城隍神高坐，喝曰："汝杀人大盗，可恶！"呼左右行刑，沈急辨是杭州秀才，非盗也。神大怒曰："阴司大例：凡阳间公文到来，所拿之人，我阴司协同缉拿。今武康县文书现在，指汝姓名为盗，而汝妄想强赖耶？"沈具道同事袁某恶谑之故，神不听，命加大杖。沈号痛呼冤，左右鬼卒私谓沈曰："城隍神与夫人饮酒醉矣，汝只好到别衙门申冤。"沈望见城隍神面红眼眯，知已沉醉，不得已，忍痛受杖。杖毕，令鬼差押往某处收狱。

路经关圣庙，沈高声叫屈，帝君唤入，面讯原委。帝君取黄纸硃笔判曰："看尔吐属，实系秀才，城隍神何得酗酒妄刑？应提参治罪。袁某久在幕中，以人命为儿戏，宜夺其寿。某知县失察，亦有应得之罪，念其因公他出，罚俸三月。沈秀才受阴杖，五脏已伤，势不能复活，可送往山西某家为子，年二十登进士，以偿今世之冤。"判毕，鬼役惶恐，叩头而散。

沈梦醒，觉腹内痛不可忍，呼同事告以故，三日后卒。袁闻之，急辞馆归，不久吐血而亡。城隍庙塑像无故自仆。知县因滥应驿马事，罚俸三月。

地藏王接客

　　裴南湖者，吾乡沧晓先生之从子也，性狂傲，三中副车不第，发怒，焚黄于伍相国祠，自诉不平。越三日，病；病三日，死。魂出杭州清波门，行水草上，沙沙有声。天淡黄色，不见日光。前有短红墙，宛然庐舍。就之，乃老妪数人，拥大锅烹物。启之，皆小儿头足，曰："此皆人间坠落僧也，功行未满，偷得人身，故煮之，使在阳世不得长成即夭亡耳。"裴惊曰："然则妪是鬼耶？"妪笑曰："汝自视以为尚是人耶？若人也，何能到此？"裴大哭，妪笑曰："汝焚黄求死，何哭之为？须知伍相国，吴之忠臣，血食吴越，不管人间禄命事。今来唤汝者，伍公将汝状转牒地藏王，故王来唤汝。"裴曰："地藏王可得见乎？"曰："汝可自书名纸，往西角佛殿投递，见不见未可定。"指前街曰："此卖纸帖所也。"裴往买帖，见街上喧嚷扰扰，如人间唱台戏初散光景。有冠履者，有科头者，有老者、幼者、男者、女者，亦有生时相识者，招之绝不相顾，约略皆亡过之人，心愈悲。向前，果有纸店，坐一翁，白衫葛巾，以纸付裴。裴乞笔砚，翁与之。裴书"儒士裴某拜"。翁笑曰："儒字难居，汝当书某科副榜，转不惹地藏王呵责。"裴不以为然。

　　睨壁上有诗笺，题"郑鸿撰书"，兼挂纸钱甚多。裴素轻郑，乃谓翁曰："郑君素无诗名，胡为挂彼诗笺？且此地已在冥间矣，要纸钱何用？"翁曰："郑虽举人，将来名位必显。阴司最势利，故吾挂之，以为光荣。纸钱正是阴间所需，汝当多备，贿地藏王侍卫之人，才肯通报。"裴又不以为然。

　　径至西角佛殿，果有牛头夜叉辈，约数百人，胸前绣

"勇"字补服，向裴狰狞呵詈。裴正窘急间，有抚其肩者，葛巾翁也。曰："此刻可信我言否？阳间有门包，阴间独无门包乎？我已为汝带来。"即代裴将数千贯纳之，"勇"字军人方持帖进，闻东角门闼然开矣。唤裴入，跪阶下，高堂峨峨，望不见王，纱窗内有人声曰："狂生裴某！汝焚牒伍公庙，自称能文，不过作烂八股时文，看高头讲章，全不知古往今来多少事业学问，而自以为能文，何无耻之甚也！帖上自称'儒士'，汝现有祖母年八十余，受冻忍饥，致盲其目，不孝已甚，儒当若是耶？"裴曰："时文之外，别有学问，某实不知。若祖母受苦，实某妻不贤，非某之罪。"王曰："夫为妻纲，人间一切妇人罪过，阴司判者总先坐夫男，然后再罪妇人。汝既为儒士，如何卸责于妻？汝三中副车，以汝祖父阴德荫庇，并非仗汝之文才也。"

言未毕，忽闻殿外有鸣锣呵殿声，甚远，内亦撞钟伐鼓应之。一"勇"字军人虎皮冠者报朱大人到，王下阁出迎。裴踉跄下殿，伏东厢窃视，乃刑部郎中朱履忠，亦裴戚也。裴愈不平，骂曰："果然阴间势利！我虽读烂时文，毕竟是副榜；朱乃入粟得官，亦不过郎中，何至地藏王亲出迎接哉！""勇"字军人大怒，以杖击其口，一痛而苏。见妻女环哭于前，方知死已二日，因胸中余气未绝，故不入殓。

此后南湖自知命薄，不复下场，又三年卒。

治鬼二妙

娄真人劝人遇鬼勿惧，总以气吹之，以无形敌无形。鬼最畏气，转胜刀棍也。

张岂石先生云："见鬼勿惧，但与之斗，斗胜固佳，斗败，我不过同他一样。"

裹足作俑之报

杭州陆梯霞先生，德行粹然，终身不二色。人或以戏旦、妓女劝酒，先生无喜无愠，随意应酬。有犯小罪求关说者，先生唯唯。当事者重先生，所言无不听。或訾先生自贬风骨，先生笑曰："见米饭落地，拾置几上心才安，何必定自家吃耶？凡人有心立风骨，便是私心。吾尝奉教于汤潜庵中丞矣。中丞抚苏时，苏州多娼妓，中丞但有劝戒，从无禁捉。语属吏曰：'世间之有娼优，犹世间之有僧尼也。僧尼欺人以求食，娼妓媚人以求食，皆非先王法。然而欧公《本论》一篇，既不能行，则饥寒怨旷之民作何安置？今之虐娼优者，犹北魏之灭沙门、毁佛像也。徒为胥吏生财，不揣其本而齐其末，吾不为也。'"

一日者，先生梦皂隶持帖相请，上书"年家眷弟杨继盛拜"。先生笑曰："吾正想见椒山公。"遂行。至一所，宫殿巍然，椒山公乌纱红袍，下阶迎曰："继盛蒙玉帝旨，任满将升，此坐需公。"先生辞曰："我在世间，不屑为阳官，故隐居不仕，今安能为阴间官乎？"椒山笑曰："先生真高人，薄城隍而不为。"语未毕，有判官向椒山耳语。椒山曰："此案难判，须奏玉帝再定。"先生问何案，曰："南唐李后主裹足案也。后主前世本嵩山净明和尚，转身为江南国主。宫中行乐，以帛裹其妃窈娘足，为新月之形，不过一时偶戏。不料相沿成风，世上争为弓鞋小脚，将父母遗体矫揉穿凿，以致量大校小，婆怒其媳，夫憎其妇，男女相贻，恣为淫亵。不但小女儿受无量苦，且有妇人为此事悬梁服卤者。上帝恶后主作俑，故令其生前受宋太宗牵机药之毒，足欲前，头欲后，比女子缠足更苦，苦尽方薨。近已七百年，忏悔满，将还嵩山修道矣。不料又有数十万无足妇人，奔走天门喊冤，云：'张献忠破四川时，截我等足，堆为一山，以足之至小者为山尖。虽我等劫运该死，然何以出乖露丑一至于此，岂非李王裹足作俑之罪？求上帝严罚李王，我辈目才瞑。'上帝恻然，传谕四海都城隍议罪。文到我处，我判：'孽由献忠，李后主不能预知，难引重典。请罚李王在冥中织履^①一百万，偿诸无足妇人，数满才许还嵩山。'奏草虽定，尚未与诸城隍会稿，先生以为何如？"先生曰："习俗难医，愚民有焚其父母尸以为孝者，便有痛其女子之足以为慈者，事同一例也。"椒山公大笑。先生辞出，醒竟安然。

嗣后，椒山公不复来请，寿八十余，卒。常笑谓夫人曰："毋为吾女儿裹足，恐害李后主在阴司又多织一双履也。"

【注释】

①履：古时用麻、葛等做成的鞋。

判官答问

谢鹏飞，以仁和禀生为阴间判官，昼如平人，夜则赴冥司勾当公事。友朋多托查寿数，不肯。人疑其惧泄天机，曰："非也。阳间有司衙门，惟犯罪涉讼者，才有文簿可查，否则百姓林林总总，谁有工夫为造保甲册？官府听其自来自去耳，阴间亦然。君辈不涉讼，不犯冥拘，气数来则生，气数尽则死，我实无册可查。"问："瘟疫死者可查乎？"曰："此阳九百六，阴阳小劫应死者，如府县考试，有点名簿，恰可以查。然皆庸庸小民，方入此册；若有来历之人，便不在小劫数中来去，犹之阳间有官荫者，不考童生也。"问："疫外尚有大劫数乎？"曰："水、火、刀、兵，是大劫数，此则贵显者难逃矣。"问："冥司神孰尊？"曰："既曰冥司，何尊之有？尊者，上界仙官耳。若城隍、土地之职，如人间府县俗吏，风尘奔走甚劳苦，贤者不屑为。昔白石仙人终朝煮白石，不肯上天，人问故，曰：'玉宇清严，符箓麻起①，仙官司事者甚劳苦，故愿逍遥于山巅水涯，永为散仙。'亦此意也。"

【注释】

①麻起：起者如乱麻，比喻众多。

蒋太史

蒋太史士铨官中书时，居京师贾家胡同。十一月十五日，儿子病，与其妻张夫人在一室中分床卧，梦隶人持帖来请，不觉身随之行。至一神庙，入门小憩。见门内所塑泥马，手抚之，马竟动，扬其鬣。隶扶蒋骑上，腾空而行，下视田亩，如棋盘纵横。俄而，雨濛濛然，心忧湿衣，仰见红油伞，有一隶擎而覆之。

未几，马落一大殿阶下，宏敞如王者居。殿外二井，左扁曰"天堂"，右扁曰"地狱"。蒋望天堂上轩轩大明，地狱则黑深不可测。所随隶亦不复见。殿旁小屋有老妪拥镬炊火，问："何所煮？"曰："煮恶人。"开锅盖视之，果皆人头。地狱井边有人，衣蓝缕，自往投入。妪曰："此王爷将囚寄狱也。"蒋问："此非人间乎？"曰："何必问！见此光景，亦可知矣。"蒋问："我欲一见王爷，可乎？"曰："王请君来，自然接见，何必性急！君欲先窥之亦可。"因取一高足几登蒋。蒋从殿隙窥王。王年三十余，清瘦微须，冕旒盛服，执笏北向。妪曰："此上玉帝表也。"

王焚香俯伏叩首毕，随闻正门豁然开，召蒋入。蒋趋进，见王服饰尽变，着本朝衣冠，白布缠头，以两束布从两耳拖下，若《三礼图》所画古人冕服状。坐定，曰："冥司事繁，我任满当去，此坐乞公见代。"音似常州武进人。蒋曰："我母老子幼，事未了，不能来。"王有愠色，曰："公有才子之名，何不达乃尔！令堂太夫人，自有太夫人之寿命，与公何干！尊郎君自有尊郎君之寿命，与公何干！世上事要了就了，要不了便不了。我已将公姓名奏明上帝，无可挽回。"言毕，自掀其椅，背蒋坐，若不屑相眤者。蒋亦怒发，取其几上木界尺，扑几厉声曰："不近人情，何动蛮也！"大喝而醒，觉一灯荧然，身在床上，四肢如冰，汗涔涔透重衾矣。喘息良久，始能起坐，呼夫人告之。夫人大哭。蒋曰："且住，恐惊太夫人。"因凭几坐，夫人伺焉。

漏下四鼓，沉沉睡去，不觉又到冥间。殿宇恰非前处，殿上设五座位，案积如山，四座有人，专空第五座。一吏指告曰："此公座也。"蒋随行至第三座，视之，本房老师冯静山先生也，急前拱揖。冯披羊皮袍，卸眼镜，欣然曰："足下来，好，好。此间簿书忙极，非足下助我不可。"蒋曰："老师亦为此言乎？门生母老子幼，他人不知，老师深知，如何能来？"冯惨然曰："听足下言，触起我生前心事矣。我虽无父母，而妻少子幼，亦非可来之人。现在阳间妻子，不知作何光景。"言且泣，涕如雨下。少顷，取巾拭泪曰："事已如此，不必多言。保奏汝者，常州老刘也，本属可笑。汝速归，料理身后事，今日已十五，到二十日是汝上任日也。"拱手作别而醒，窗外鸡已鸣。太夫人亦已闻知，抱持哭矣。

蒋素与藩司王公兴吾交好，乃往诀别，且托以身后。王一见惊曰："汝满面涂锅煤，昨日大病耶？何鬼气之袭人也！"蒋告以梦。王曰："勿怖，惟礼斗①，诵《大悲咒》，可以禳之。汝归家如我言，或可免也。"蒋太夫人平时奉斗颇虔，乃重建坛，合家持斋祈祷，兼诵咒语。至期，是冬至节日，诸亲友来贺，环而守之。至三更，蒋见空中飞下轿一乘，旗数竿，舆夫数人，若来迎者，乃诵《大悲咒》逼之。渐近渐薄，若烟气之消释焉。逾三年，始中进士，入翰林。

【注释】

①礼斗：道教谓礼拜北斗星君。

吕道人驱龙

河南归德府吕道人，年百余岁，鼻息雷鸣。或十余日不食，或一日食鸡子五百，吹气人身，如火炙痛。或戏以生饼覆其背，须臾焦熟可食矣。冬夏一布袄，日行三百里。

雍正间，王朝恩为北总河，筑张家口石坝不成，糜帑数万，忧懑不食。适吕至曰："此下有毒龙为祟。"王问："汝能驱之否？"曰："此龙修炼二千年，魄力甚大。梁武帝筑浮山堰崩，伤生灵数万，此龙孽也。公欲坝成，须贫道亲下河与斗，庶几逐龙去而坝可成。然贫道福命薄，虑为所伤，必须仗圣天子威灵、大人福力护持之。"曰："若何而可？"曰："请王命牌，油纸裹缚贫道背上，用河道总督印钤封，大人手书姓名加封之，乃可。"如其言，道士遂仗剑入水。

顷刻黑风起，雷电大作，波浪掀天。至明日夜半，道士来署，提血剑，腥涎满身，背伛偻，曰："贫道胁骨为龙尾击断矣。然贫道亦斩龙一臂，臂坠水，仅留一爪献公。龙受伤奔东海去，明日坝可成也。"王大喜，呼酒劳之，欲延蒙古医为之接骨。曰："不必。贫道运真气养之，半年后可平复也。"次日，王公上工下扫，石坝果成。所藏龙爪，大如水牛角，嗅作龙涎香，悬之，蚊蝇远避。

吕自言与李自成交好，曾为系草鞋带。又与贾士芳同受业于王先生某。先生常言："汝愿，故道可成。贾好利，又自作聪明，必不善终，然亦须名动天子。"嵇文敏公为总河，入都陛见。家人不得家信，问吕，吕曰："汝家大人，已被大木撑入眼矣。"举家惊，恐有目疾。已而授东阁大学士，方知"目"旁"木"，乃"相"字耳。乾隆四年，吕入都，诸王公延之治疾，脱手愈。徐文穆公第六子，虚阳不闭。吕一见曰："公子面上血不华色，不过梦遗耳。"令闭目卧地，袒胸，手一铁针，长尺余，直刺其心，拔之，血随针出，如一条红丝。取口唾拭其创处，旁人骇绝，而公子不知，是夕病痊。王太守孟亭，患腰痛，求道人。道人曰："俟天晴日来治。"至期，手撮日光揉之，热透五脏而愈。问导引之术，不肯言。乃引其僮私问之，曰："无他异也。每早至旷野，红日始出，见道人向日作虎跳状，手招日光纳口中，且吸且咽，如是者再。"

盘古以前天

相传阴沉木为开辟以前之树，沉沙浪中，过天地翻覆劫数，重出世上，以故再入土中，万年不坏。其色深绿，纹如织锦。置一片于地，百步以外，蝇蚋①不飞。康熙三十年，天台山崩，沙中涌出一棺，形制诡异：头尖而尾阔，高六尺余。识者曰："此阴沉木棺也，必有异。"启其前和，中有人，眉目口鼻，与木同色，臂腿与木同纹理，恰不腐坏。忽开眼仰视空中，问曰："此青青者何物耶？"众曰："天也。"惊曰："我当初在世时，天不若是高也。"语毕，目仍瞑。人争扶起之，合邑男女，群来看盘古以前人。忽然风起，变为石人。棺为邑宰某所得，转献制府。予疑此人是前古天地将混沌时人也。纬书云："万年之后，天可倚杵。"此人言天不若今之高，信矣。

【注释】

①蝇蚋：苍蝇和蚊子。

卷十

禹王碑吞蛇

屠赤文任陕西两当县尉，有厨人张某者，善啖多力，身体修伟，面无左耳。询其故，自言：四川人，三世业猎，家传异书，能抓风嗅鼻，即知所来者为何兽，某幼亦业此。曾猎于邛崃山，其地号“阴阳界”，阳界尚平敞，阴界尤险峻，人迹罕至。一日，往猎阳界，无所得，遂裹粮入阴界。行五十里许，天已暮，远望十里外高山上有火光烧来，烛林谷如赤日，怪风狂吹而至。某不知何物，抓风再嗅，书所未载，心大惶恐，急登高树顶上觇之。

俄而火光渐近，乃一大石碑，碑首凿猛虎形，光如万炬，燃照数里。碑能踯躅自行，至树下见有人，忽跃起三四丈，似欲吞啗者，几及我身。我屏息不敢动，碑亦缓缓向西南去。某方幸脱险。俟其去远，将下树矣，忽望见巨蛇千万条，大者身如车轮，小者亦粗如斗，蔽空而来。某自念此身必死于蛇腹，惊惶更甚。不料诸蛇皆腾空冲云而行，离树甚远，我蹲树上，竟无所损。惟一小蛇行少低，向我耳旁擦过，觉痛不可忍，摸之，耳已去矣，血涔涔流下。但见碑尚在前，蹲立火光中不动，凡蛇从碑旁过者，空中辄有脱壳堕下，乱落如万条白练，但闻呿吸唶[①]然有声。少顷，蛇尽不见，碑亦行远。

某待至次日，方敢下树，急觅归路，迷不可得。途遇一老人，自称："此山民也。子所见者，为禹王碑。当年禹王治水，至邛崃山，毒蛇阻道，禹王大怒，命庚辰杀蛇，立二碑镇压，誓曰：'汝他日成神，世世杀蛇，为民除害。'今四千年矣，碑果成神。碑有一大一小，君幸遇其小者，得不死；其大者出，则火燃五里，林木皆灰。二碑俱以蛇为粮，所到处挈以随行，故蛇俯首待食，不暇伤人。子耳际已中蛇毒，出阳界见日则死。"因于衣襟下出药治之，示以归路而别。

【注释】

①啖（tǎn）：众人饮食声。

黑柱

绍兴严姓，为王氏赘婿。严归家，岳翁遣人走报其妻急病，严奔视之。天已昏黑，秉烛行路，见黑气如庭柱一条，时遮其烛。烛东则黑柱亦东，烛西则黑柱亦西，拦截其路，不容前往。严大骇，乃到相识家借一奴添二烛而行，黑柱渐隐不见。到妻家，岳翁迎出，曰："婿来已久，何以又从外入？"严曰："婿实未来。"举家大惊，奔入妻房，见一人坐床上与其妻执手，若将同行者。严急向前握妻手，而其人始去，妻亦气绝。

鞭尸

桐城张、徐二友，贸易江西。行至广信，徐卒于店楼，张入市买棺为殓。棺店主人索价二千文，交易成矣。柜旁坐一老人，遮拦之，必须四千。张忿然归。

是夜，张上楼，尸起相扑。张大骇，急避下楼。次日清晨，又往买棺，加钱千文。棺主人并无一言，而作梗之老人先在柜上骂曰："我虽不是主人，然此地我号'坐山虎'，非送我二千钱，与主人一样，棺不可得。"张素贫，力有不能，无可奈何，徬徨于野。又一白须翁，着蓝色袍，笑而迎曰："汝买棺人耶？"曰："然。"曰："汝受坐山虎气耶？"曰："是也。"白须翁手一鞭曰："此伍子胥鞭楚平王尸鞭也。今晚尸起相扑，汝持此鞭之，则棺得而大难解矣。"言毕不见。张归，上楼，尸又跃起。如其言，应鞭而倒。

次日，赴店买棺，店主人曰："昨夜坐山虎死矣，我一方之害除矣，汝仍以二千文原价来抬棺可也。"问其故，主人曰："此老姓洪，有妖法，能役使鬼魅，惯遣死尸扑人。人死买棺，彼又在我店居奇，强分半价。如是多年，受累者众。昨夜暴死，未知何病。"张乃告以白须翁赠鞭之事。二人急往视之，老人尸上果有鞭痕。或曰："白须而着蓝袍者，此方土地神也。"

梁朝古冢

淮徐道署，在宿迁城中。宿，故百战地，是处皆兵燹[1]之余，署中多怪。康熙中，有某道升浙江臬司，临去留一朱姓幕友在署，俟后官交代。衙署旷荡，每夕，人语哗然。又一夕，月下闻语者聚中庭槐树下。朱于窗隙窥之，见庭中人甚多，面目不甚了了，大率衣冠奇古。一少年乌巾白衣倚柱凝思，不共诸人酬答。诸人呼曰："陆郎，如此风月，何独惆怅！"少年答曰："暴骸[2]之事近矣，不能无愁。"语毕，诸人皆为咨嗟。有长髯高冠者出曰："郎勿虑，此厄我先当之，赖有平生故人在此，自能相庇。"朗吟云："寂寞千余岁，高槐西复东。春风寒白骨，高义望朱公。"少年举手谢曰："当年受德至深，不图枯朽之余，犹叨仁庇。"因复共谈，似皆北魏、齐、梁时事。既而邻鸡远唱，诸人倏然散矣。朱胆壮，安寝如故。

阅数日，新官孙某来受交代。朱生匆匆出署，将觅船赴浙。忽差役寄东君札来，止之云："某到金陵见督院后，接楚中讣音，已丁外艰，不赴浙西新任，竟归矣。先生行止，自定可也。"朱遂稍停。闻新任淮徐道孙公署中一友，得急疾殂，乃托宿迁令某荐扬，一说而就，随携行李入署。时将署中旧住之屋改作客座，另置诸友于他所。幕中公务甚繁，朱不复忆前事。

孙公新来，大修衙署。一日，与朱闲坐，家人走报云："适开前池，得一石碑，不知何代物。"孙公拉朱同往观之，见碑上书"梁散骑侍郎张公之墓"，正当两槐之间。朱恍忆前月下事，力为劝止，并述所见，云当更有一墓。言未终而荷锸者云："又得骸骨一具。"孙始信其说非妄，命工人仍加土，掩平如旧，池不改作矣。盖前碑乃长髯高冠之墓，而后所得，乌巾少年之骨也。

【注释】

①兵燹（xiǎn）：因战乱而遭受焚烧破坏的灾祸。

②暴骸：暴露尸骸。

绿毛怪

乾隆六年，湖州董畅庵就幕山西芮城县。县有庙，供关、张、刘三神像，庙门历年用铁锁锁之，逢春秋祭祀，一启钥焉。传言中有怪物，供香火之僧亦不敢居。

一日，有陕客贩羊千头，日暮无托足所，求宿庙中，居民启锁纳之，且告以故。贩羊者恃有膂力[①]，曰："无妨。"乃开门入，散群羊于廊下，而己持羊鞭秉烛寝，心不能无恐。三鼓，眼未合，闻神座下謇然有声，一物跃出。贩羊者于烛光中视之：其物长七八尺，头面具人形，两眼深黑有光，若胡桃大，颈以下绿毛覆体，茸茸如蓑衣。向贩羊者睨且嗅，两手有尖爪，直前来攫。贩羊者击以鞭，竟若不知，夺鞭而口啮之，断如裂帛。贩羊者大惧，奔出庙外，怪追之。贩羊人缘古树而上，伏其梢之最高者。怪张眼望之，不能上。

良久，东方明，路有行者，贩羊人树下觅怪，怪亦不见。乃告众人，共寻神座，了无他异，惟石缝一角，腾腾有黑气。众人不敢启，具牒告官。芮城令佟公，命移神座，掘之，深丈许，得朽棺，中有尸，衣服悉毁，遍体生绿毛，如贩羊人所见。乃积薪焚之，啧啧有声，血涌骨鸣，自此怪绝。

【注释】

①膂力：力气。

张大帝

安溪相公坟在闽之某山，有道士季姓者，利其风水。其女病瘵将危，道士谓曰："汝为我所生，而病已无全理。今将取汝身一物，以利吾门。"女愕然曰："惟翁命。"曰："我欲占李氏风水久矣，必得亲生儿女之骨埋之，方能有应。但死者不甚灵，生者不忍杀，惟汝将死未死之人，才有用耳。"女未及答，道士即以刀划取其指骨，置羊角中，私埋李氏坟旁。自后，李氏门中死一科甲，则道士族中增一科甲。李氏田中减收十斛，则道士田中增收十斛。人疑之，亦不解其故。

值清明节，村人迎张大帝像，为赛神会，彩旗导从甚盛。行至李家坟，神像忽止，数十人舁之不可动。中一男子大呼曰："速归庙！速归庙！"众从之，舁①至庙中。男子上坐曰："我大帝神也。李家坟有妖，须往擒治之。"命其徒某执锹，某执锄，某执绳索。部署定，又大呼曰："速至李家坟！速至李家坟！"众如其言，神像疾趋如风。至坟所，命执锹、锄者搜坟旁。良久，得一羊角，金色，中有小赤蛇，蜿蜿奋动。其角旁有字，皆道人合族姓名也。乃命持绳索者往缚道士，鸣之官，讯得其情，置之法。李氏自此大盛，而奉张大帝甚虔。

【注释】

①舁（yú）：抬。

紫姑神

尤琛者，长沙人，少年韶秀。偶过湘溪，野庙塑紫姑神甚美，爱之，手摩其面而题壁云："藐姑仙子落烟沙，玉作阑干冰作车。若畏夜深风露冷，槿篱茅舍是郎家。"

是夜三鼓，闻有扣门者，启之曰："紫姑神也。妾本上清仙女，偶谪人间，司云雨之事。蒙郎见爱，故来相就。若不以鬼物见疑，愿荐枕席。"尤狂喜，携手入室，成伉俪焉。嗣后每夜必至，旁人不能见也。手一物与尤曰："此名'紫丝囊'，吾朝玉帝时织女所赐，佩之能助人文思。"生自佩后，即入泮，举于乡，成进士，选四川成都知县。女与同行，助其为政，发奸摘伏，有神明之称。

忽一日谓尤曰："今日置酒，与郎为别，妾将行矣。妾虽被谪谴，限满原可仍归仙籍。以私奔故，无颜重上天曹；地府又以妾本上界仙人，不敢收之鬼箓。自念此身飘荡，终非了计，虽托足君门，尚无形质，不能为君生育男女。昨将此情苦求泰山神君，神君许将妾名收置册上，照例托生。十五年后，可以重续爱缘，永为夫妇，未知君能勿娶，专相待否？"尤唯唯，不觉涕下。女亦凄然，大恸而去。自此，尤作官不能如前时之明，因挂误革职。人有求婚者，毅然拒之。年四旬，犹只身也。

如是者十五年，房师某学士，愍①其鳏居，为议婚。生又坚拒，并道所以。学士大骇，曰："若果然，则吾堂兄女是矣。吾堂兄女生十五年，不能言，但能举笔作字。每闻人议婚，必书'待尤郎'三字，得毋即汝乎？"拉尤至兄家，请其女出见。女隔帘书"紫丝囊在否"，尤解囊呈验，女点首者三，遂择日成婚。合卺之夕，女仰天一笑，即便能言，然从此绝不记前生原委，如寻常夫妇。

【注释】

①愍（mǐn）：同"悯"。

魏象山

余窗友魏梦龙，字象山，后余四科进士，由部郎迁御史。己卯典试云南，殁于途，归柩于西湖昭庆寺。其年十月，沈辛田观察亦厝①其先人之柩于此寺，见前屋厝柩旁列"云南大主考"金字牌，知为魏君。魏故辛田所善也。俄而吊客来，孝子当扶杖行礼。辛田弟清藻忽不见，觅之，昏昏然卧魏柩前，神色惨沮。扶归，则寒热大作，病势沉重。医者下药，方开"人参三钱"。辛田心狐疑，未敢用参。至床前视弟，弟跃起坐如平时，拱手笑曰："沈五哥，别久矣，佳否？"辛田怪而呵之。旁有二女眷视疾，清藻又手挥之曰："两嫂请回避。愿假纸笔，我有所言。"与之纸，熟视笑曰："纸小，不足书也。"为磨墨而以长幅与之，乃凭几楷书曰："梦龙白：梦龙奉命典试云南，从豫章行至樊城，感冒暑热。奴子吴升，不察病原，误投人参三钱，遂至不起。甚矣，人参之不可轻服也！樊城令某，经理丧事，颇尽心力，使灵柩得还家，而诸弟啧有烦言，诬其侵蚀衣箱银两，殊不识好歹。家中所存，只破书几卷，诸弟尚忍言分析乎？覆巢完卵，还望诸弟照应之。"书毕，掷管而卧。须臾又起，提笔将"人参不可轻服"数字旁加密圈。辛田大惊，不敢为弟下人参。请魏家人来，以所书示之，皆骇叹，汗泪交下。

寻弟病愈。问其索纸作书状，全不省记，但云："病重时，见短身材多须而衣葛者入房，便昏然不晓事矣。"沈年幼，不及见魏君，所云者果魏君貌也。沈后中辛卯探花，卒不永年而亡。

【注释】

①厝：停柩。

王莽时蛇冤

临平沈昌谷，余戊午同年举人，年少英俊。忽路间遇僧，授药三丸，曰："汝将有大难，服此或可少瘳，临期吾再来视汝。"言毕去。沈素不信因果事，以药掷书厨上，勿服也。亡何，病大重，忽作四川人语曰："我峨嵋山蟒蛇，寻汝二千年，今方得汝。"自以手扼其吭，气将尽。家人忆路间僧语，即速觅书厨上药，只存一丸，以水吞下，恍然记历代前生事。

沈在王莽时，姓张名敬，避莽乱，隐峨嵋山学仙，有同志人严昌为耦耕①之友。刘歆谋起兵应汉，事败，裨将王均亦逃奔峨嵋，事二人为弟子。山洞有蟒，大如车轮，每出游，必有风雷，禾稼多伤。张欲除其害，命王削竹刺插地，以毒药敷之。蛇果出，为竹所刺死。蛇修炼有年，将成龙者，其出穴自挟风雷而行，非有心害人，为王杀后，思报主谋者之冤。而王均闻莽死后，随出山佐光武中兴，拜骁骑将军，遣人迎张敬入洛，亦拜征虏将军，蛇不能报。再世为北魏高僧；三世为元将某，有战功，蛇又不能报。惟今世仅作孝廉，故蛇来，将甘心焉。其原委历历，口皆自言。家人问路僧为谁，曰："即严昌先生也。先生辞光武之聘，早登仙道，与吾有香火缘，故来相救。"言终，沐浴整衣冠卒。

开吊日，前僧果来，泣拜毕，语其家人曰："毋苦，毋苦。了此一重公案，行当仍归仙道耳。"语毕，忽不见。

【注释】

①耦耕：二人并耕，泛指务农。

妖梦三则

柘城李少司空子继迁成进士。司空及太夫人殁后，继迁患危疾，梦太夫人教服参，因以告医。医曰："参与病相忌，不可服。"是夜，复梦太夫人云："医言不可听，汝求生非参不可。我有参几许，在某处，可用。"探之果得，服之，夜半发狂死。

陆射山征君，梦尊人孝廉公云："吾窀穸①内为水所浸，甚苦。皋亭山顶有地一区，系某姓，求售，曷往买而移葬，吾神所依也。"访之果合，因以重值得之。及改葬，旧穴了无水，且暖气如蒸，悔已无及。迁葬后，征君日就困踬②，子孙流离。

江宁报恩寺僧房，每科场年，赁为举子寓所。六合张生员者，住某僧房有年，其寺主老僧悟西已死。张以不第心灰，数科不至。忽一岁，悟西托梦其徒曰："速买舟过江，延张相公来应试，张相公今岁登科。"其徒告张。张喜，渡江应试。发榜后，仍不第。张愠甚，因设祭怼之。夜梦悟西来，云："今年科场粥饭，冥司派老僧给散。一名不到，老僧无处开销。相公命中尚应吃三场十一碗冷粥饭，故令愚徒相延，以免我谴，非敢诳也。"

【注释】

①窀穸（zhūn xī）：墓穴。

②困踬：窘迫，受挫。

凯明府

全椒令凯公音布，能诗，倜傥，与余交好。庚寅分校南闱，疽发背卒。公母怀孕时，将至期，祖某为内务府总管，晚见庭下有巨人，长过屋脊。叱之，渐缩小。每叱一声，辄短数尺。拔剑追之，化作短人，奔树下而灭。取火烛之，乃一土偶人，长尺许，面扁阔，耸右肩，左手少一小指。因拾置几上，而婢报某娘子房生一男矣。三日后，抱视之，左手少一小指，状貌酷肖土偶。举家大惊，乃取土偶供祖庙中，礼事甚虔。

及凯卒后，送神主入庙，见土偶为屋漏故，雨滴其背，穿成三孔，仆于座上。凯死时，背疽三孔皆穿。家人悔奉祀不虔，已无及矣。

羞疾

　　湖州沈秀才，少年入泮，才思颇美。年三十余，忽得羞疾，每食，必举手搔其面曰："羞羞！"如厕，必举手搔其臀曰："羞羞！"见客亦然。家人以为癫，不甚经意。后渐尪羸①，医治无效。有时清楚，问其故，曰："疾发时，有黑衣女子，捉我手如此，迟则鞭扑交下，故不得不然。"家人以为妖，适张真人过杭州，乃具牒焉。张批："仰归安县城隍查报。"后十余日，天师遣法官来曰："昨据城隍详称：沈秀才前世为双林镇叶生妻，黑衣女子者，其小姑也。叶饶于财，小姑许配李氏，家贫。叶生爱妹，延李郎在家读书，须李入泮，方议婚期。一日者，小姑步月，见李郎方夜读，私遣婢送茶与郎。婢以告嫂，嫂次日向人前手戏小姑面曰：'羞羞！'小姑忿，遂自缢，诉城隍神，求报仇索命。神批其牒云：'闺门处女，步月送茶，本涉嫌疑，何得以戏谑微词，索人性命。'不准。小姑不肯已，又诉东岳。东岳批云：'城隍批词甚明，汝须自省；但沈某前身既为长嫂，理宜含容，况姑娘小过，亦可暗中规戒，何得人前恶谑。今若勾取对质，势必伤其性命，罪不至此。姑准汝自行报仇，俾他烦恼可也。所查沈某冤业事，须至牒者。'天师曰：'此业尚小，可延高僧替小姑超度，俾其早投人身，便可了案。'"如其言，沈病遂痊。

【注释】

　　①尪羸（wāng léi）：瘦弱。

谢经历

广州经历谢坤，绍兴人。甥陆某，选广东巡检，携母、妻及子至粤，甥舅相聚甚欢。赴任后，作书与舅氏，挽其转求上官，调一美缺。谢为转请于大府，得调澳门。其地虽所入胜昔，而逼近海隅，不无烟瘴。甥又作书与舅，复请再调。谢憎其贪妄，不答。不两月，又接札云："甥病矣，乞舅速救之，迟则性命不保。"谢虽恶甥之渎，而念姊已年迈，或有不测，势将如何；又惮长官见恶，难以进言。正踌躇间，当午假寐，见甥忽至前，曰："舅误我。我嘱舅至再，舅不一报。今甥受瘴死矣，母、妻及子已在城外水次，舅速迎之。"言毕而号。谢惊寤，即见人踉跄入门，云陆甥于数日前已死，家眷扶柩至矣。谢始悟梦见者即甥魂也，迎其眷至署，厝甥柩于僧寺，为作佛事。僧人宣疏，请斋主拈香。忽见朝衣冠者，自屏后走出行礼。僧不知何人，其子拜佛，见其父在上，乃奔前相呼，随即杳然灭去。僧众皆惊。谢书室中素心兰开，外孙戏折一枝，谢挞之，忽见甥来怒曰："舅奈何以一花责我儿，我当尽坏之！"片刻间，将兰叶均分为二。

居月余，谢归其丧。解缆时，同里人附一柩于船尾，谢家人不知也。出粤界后，舟子欺其孤孀，与家人争殴。忽见陆甥跳舱中出，后随一少年助陆，将舟子五六人痛打，舟子哀求方已。家人惊疑，问舟子，云："吾主人素所识，其少者不知何来。"舟子惶愧[1]曰："船头内附装一小柩，前恐府上人不许，是以匿之。今助殴者，想即此鬼耶？"从此一路，舟人倍小心矣。舟抵家，家人为开丧设主，从此寂然。

【注释】

①惶愧：惶恐羞愧。

卷十一

通判妾

徽州府署之东，前半为司马署，后半为通判署，中间有土地祠，乃通判署之衙神也。乾隆四十年春，司马署后墙倒，遂与祠通。

其夕，署中老妪忽倒地，若中风状。救之苏，呼饥。与之饭，啖量倍于常。左足微跛，语作北音，云："我哈什氏也，为前通判某妾，颇有宠，为大妻所苦，自缢桃树下。缢时，希图为厉鬼报仇，不料死后方知命当缢死，即生前受苦，亦皆数定，无可为报。阴司例：凡死官署者，为衙神所拘，非墙屋倾颓，魂不得出。我向栖后楼中，昨日袁通判到任，来驱我入祠，此后饥馁尤甚。今又墙倾，伤我左腿，困顿不可耐。特凭汝身求食，不害汝也。"自是妪昼眠夜食，亦无所苦，往往言人已往事，颇验。

先是，司马有爱女，卒于家，赴任时置女灵位某寺中，岁时遣祭，皆妪所不知。司马见其能言冥事，问："尔知我女何在？"答曰："尔女不在此，应俟我访明再告。"翌日，语司马云："尔女在某寺中甚乐，所得钱钞，大有赢余，不愿更生人间。惟今春所得衣裳太窄小，不堪穿着。"司马大骇，推问衣窄之故。因遣家人往祭时，所制衣途中为雨毁，家人潜买市上纸衣代之故也。

未几，新通判莅任，方修衙署，动板筑。妪曰："墙成，我当复归原处。但一入，又不知何年得出，敢向诸公多求冥钱，夜焚墙角下。我得之赂衙神，便可逍遥宇内。"司马如其言焚之。次日，妪有喜色，曰："主人甚贤，无以为别，我善琵琶，且能歌，能饮酒，当歌一曲谢主人。"司马为设醴置琵琶，妪弹且歌云："三更风雨五更鸦，落尽夭桃一树花。月下望乡台上立，断魂何处不天涯。"音调凄惋，歌毕，掷琵琶瞑目坐。众再叩之，蹶然起，语言笑貌，依然蠢老妪，足亦不跛矣。

内幕崔先生常与问答。其言饥时，崔云："此与府厨近，何不赴厨求食？"答云："府署神尤严，不敢入。"其言袁通判见驱时，崔云："袁通判上任大病，尔何必避？"答云："他虽病，未至死，将来还要升官。我敢不避！"袁通判者，余弟香亭也。

刘贵孙凤

阜阳王尹，遣家人刘贵偕役孙凤至江宁公干。凤素强悍，好管世上不平事。正月二日，贵邀凤晨饮淮清桥，凤于稠人中戟手骂曰："新岁非索债之时，酒店非肆殴之地，渠可欺，我不可欺！"为扯拽卫护之状。同伴不解其故，方欲问之，凤忽瞑目，云："彼负我债，我迟至数十年，踪迹七千余里，今才获之。干汝何事，乃为放去？汝既放彼，汝当代偿！"语毕，自批其颊，众共持之。俄而口涎目瞪，颓然倒地，众异之旋寓。

少顷苏，云："我入店，见市中一人，额有血痕，状类乞丐。手捽一儒生讨债，捶吐交下。儒生不胜痛，遍向市人求救，无一应者。我心不平，忿然大骂。其人惊，释手，儒生趋避我右。其人来夺，我拳挥之。格斗间，儒生遂走，不知所往。不料索债人遂为我祟，然彼时不备，故为所欺。今若再来，当痛捶之。"因以马鞭自卫。众见其无恙，稍稍散去，惟贵与同处。

抵暮，凤语贵曰："其人至门外矣。"方执鞭欲起，而手足皆若被缚，批颊詈骂如前。贵窘，揖凤而言曰："汝为何人？渠负汝何债？我当代偿。"凤曰："我名王保定，儒生名朱祥，前世负我身债，非钱债也。本与凤无干，凤不合强预他人事，故我怒而凌之。承汝代偿，果丰足我勾当，我即去；否则，并将及汝。"贵大恐，广集同伴，买冥镪①数万。烧毕，乃向贵拱手作谢状曰："十年后再获儒生，还须拉凤作证。"于是凤苏，起而神色散痒，无复从前矫健矣。

【注释】

①冥镪：烧给死人用的纸钱。

狐诗

汝宁府察院多狐，每岁修葺，则狐四出为闾阎①害，工竣即息。学使至，多为所扰。卢公明楷到任，祭之乃安，从此成例。学使至，皆祭。署后小阁，相传狐所居。后学使至，有二仆不知，榻其上。晨起，人闻呼号声，往视，则二仆裸缚阁下，臂上各写诗二句。其一臂云："主人祭我汝安床，汝试思量妨不妨。"一臂云："前日享侬空酒果，今朝借尔代猪羊。"

【注释】

①闾阎：古代里巷内外的门，后泛指平民老百姓。

红衣娘

刘介石太守，少事乩仙。自言任泰州分司时，每日祈请，来者或称仙女，或称司花女，或称海外瑶姬，或称瑶台侍者。吟诗鄙俚，不成章句；说休咎，一无所应。

署后藕花洲上有楼，相传为秦少游故迹。一夕，登楼书符，乩忽判"红衣娘"三字。问以事，不答，但书云："眼如鱼目彻宵悬，心似酒旗终日挂。月光照破十三楼，独自上来独自下。"太守见诗，觉异，请退。次夕复请，又书："红衣娘来也。"太守问："仙属何籍？诗似有怨，且十三楼非此地有也，何以见咏？"又书曰："十三楼爱十三时，楼是楼非那得知。寄语藕花洲上客，今宵灯下是佳期。"书毕，乩动不止。太守惧，弃盘，奔就寝榻，见二婢持绿纱灯，引红衣娘冉冉至矣。拔剑挥之，随手而灭。自是每夕必至，不能安寝。数月后迁居，始绝。

秀民册

丹阳荆某，应童子试。梦至一庙，上坐王者，阶前诸吏捧册立，仪状甚伟。荆指册询吏何物，答曰："科甲册。"荆欣然曰："为我一查。"吏曰："可。"荆生平以鼎元自负，首请鼎甲册，遍阅无名；复查进士、孝廉册，皆无名，不觉变色。一吏云："或在明经秀才册乎？"遍查亦无。荆大笑曰："此妄耳。以某文学，可魁天下，何患不得一秀才！"欲碎其册，吏曰："勿怒，尚有秀民册可查。秀民者，皆有文而无禄者也。人间以鼎甲①为第一，天上以秀民为第一。此册为宣明王所掌，君可向王请之。"

如其言，王于案上出一册，黄金丝穿白玉牒，启第一页，第一名即丹阳荆某。荆大哭，王笑曰："汝何痴也！汝试数从古有几个名状元、名主试乎？韩文公孙衮中状元，人但知韩文公，不知有衮。罗隐终身不第，至今人知有罗隐。汝当归而求之实学可耳。"荆问："科第中皆无实学乎？"王曰："既有文才，又有文福，一代不过数人，如韩、白、欧、苏是也。此其姓名，别在紫琼宫上，与汝尤无分也。"荆未对，王拂衣起，高吟曰："一第区区何足羡，贵人传者古无多。"荆惊醒，怏怏，卒不第以终。

【注释】

①鼎甲：科举考试中，状元、榜眼、探花的总称。

妓仙

苏州西碛山后有云隘峰，相传其上多仙迹，能舍身而上，不死即得仙。有王生者，屡试不第，乃抗志与家人别，裹粮登焉。再上，得平原，广百亩许。云树蓊郁中，隐隐见悬崖上有一女子，衣装如世人，徘徊树下。心异之，趋而前，女亦出林相望。迫视，乃六七年前所狎苏州名妓谢琼娘也。彼此素相识，女亦喜甚，携生至茅庵。

庵无门，地铺松针，厚数尺，履之，绵软可爱。女云："自与君别后，为太守汪公访拿，褫衣受杖，臀肉尽脱。自念花玉之资，一朝至此，何颜再生人间？因决计舍身。辞别鸨母，以进香为词，至悬崖，奋身掷下，为萝蔓纠缠，得不死。有白发老姬，食我以松花，教我以服气，遂不知饥寒。初犹苦风日，一岁后，霜露风雨，都觉无怖。老母居前山，时相过从。昨老母来，云：'今日汝当与故人相会。'以故出林闲步，不意获见君子。"因问："汪太守死否？"生曰："我不知。卿仙家，亦报怨乎？"女曰："我非汪公一激，何能至此！当感不当报。但老母向我云：'偶游天庭，见杖汝之汪太守，被神笞背，数其罪。'故疑其死。"生曰："妓不当杖乎？"女曰："惜玉怜香而心不动者，圣也；惜玉怜香而心动者，人也；不知玉不知香者，禽兽也。且天最诛人之心，汪公当日为抚军徐士林有理学名，故意杀风景以逢迎之，此意为天所恶。且他罪多，不止杖妓一事。"生曰："我闻仙流清洁，卿落平康久矣，能成道乎？"女曰："淫媟^①虽非礼，然男女相爱，不过天地生物之心。放下屠刀，立地成佛，不比人间他罪难忏悔也。"

生具道来寻仙本意，且求宿庵中。女曰："君宿何妨，但恐仙未能成也。"因为生解衣置枕，情爱如昔，而语不及私。生摸视其臀，白腻如初，女亦不拒。然心稍动，则女色益庄，门外猿啼虎啸，或探首于窦，或进爪于门，若相窥者。生不觉息邪心，抱女端卧而已。夜半，闻门外呵叱声，舆马驺从，贵官显者，往来不绝。生怪之，女曰："此各山神灵酬酢，每夕多有，慎勿触犯。"

及天明，女谓生曰："君诸亲友已在山下访寻，宜速返。"生不肯行，女曰："仙缘有待，君再来未晚。"送至崖，一推而堕。生回望，见女立云雾中，情殊依依，逾时影才灭。生踉跄奔归，见其兄与家人持楮锭，哭尊于山下，谓生死已二十七日矣，故来祭尊。访汪太守，果以中风亡。

【注释】

①淫媟（xiè）：放荡猥亵。

李百年

无锡张塘桥华协权者，与好事数人设乩盘于家。其降鸾者曰"仲山王问"。仲山，胡明进士，锡之闻人也。众因与酬答，出语蹇涩[①]，诗亦不甚韵，每召辄至。时华方构一楼，请仙题其扁。仙曰："无锡秦园有扁曰'聊逍遥兮容与'，此可用乎？"众疑此语出屈子，而必曰秦园，不似仲山语也。

一日者，与众答问方欢，忽书："吾欲去矣。"问："何之？"曰："钱汝霖家见招赴席。"乩遂寂然。钱汝霖者，亦里中人，所居去张塘桥不二三里。众因怪而侦之，则是日以病故祷神也。

明日，仙复至。华因问："昨饮钱家乎？"曰："然。""盛馔乎？"曰："颇佳。"众嘲之曰："钱乃祷神，非请仙也，所请者城隍土地之属，岂有高人王仲山而往赴席乎？"仙语塞，乃曰："吾非王仲山，乃山东李百年耳。"问："百年何人？"曰："吾于康熙年间在此贩棉花，死不得归，魂附张塘桥庵。庵有无主魂，与我共十三人，皆无罪孽，无羁束。里中之祷者，皆吾辈享之。"华曰："所祷城隍诸神，俱有主名，若既无名，何得参与其间？"曰："城隍诸神，岂轻向人家饮食？所祷者都是虚设，故吾辈得而享焉。"华曰："无名冒食，天帝知之，恐加罪，奈何？"曰："天上岂知有祷乎？是皆愚民习俗之所为，即鬼祟索食，间或有之，究无关于生死也。况我非索之，而彼自设之，而我享之，何忤于天帝？即君家茶酒，亦非我索之也。"曰："既如此，子何必托名于王仲山耶？"曰："君家檐头神执符来请，彼不敢上请真仙，所请者皆我辈也。十三人中，惟吾稍识几字，故聊以应命。使直书姓名曰'李百年'，君等肯尊奉我乎？我见此处人家扁额，多仲山王问书，知为名人，故托其名来耳。"问："'聊道遥兮容与'六字何出？"曰："吾但于秦家园见之，不知所出。道听涂说，见笑大方矣。"华曰："子既无羁束，何不归山东？"曰："关津桥梁，是处有神，非钱不得辄过。"华曰："吾今以一陌纸钱送汝归，何如？"曰："唯唯，谢谢。既见惠，须更以一陌醇于桥神，不然，仍不获拜赐也。"

时华之侄某在旁，曰："吾早暮过桥上，汝得无祟我乎？"曰："顷吾言之矣，鬼安能为祟？"于是焚楮锭送之，而毁其乩焉。

【注释】

①蹇涩：不流畅。

风水客

袁文荣公父清崖先生，贫士也。家有高、曾未葬，诸叔伯兄弟无任其事者。先生积馆谷金买地营葬，叔伯兄弟又以地不佳、时日不合，将不利某房为辞，咸掣搦之。先生发愤，集房族百余人，祭家庙毕，持香祷于天曰："苟葬高、曾，有不利于子孙者，惟我一人是承，与诸房无碍。"众乃不敢言，听其葬。葬三年，而生文荣公。公面纯黑，颈以下白如雪，相传乌龙转世，官至大学士。

文荣公薨，子陛升将葬公，惑于风水之说。常州有黄某者，阴阳名家也，一时公卿大夫，奉之如神。黄性迂怪，又故意狂傲，自高其价，非千金不肯至相府。既至则掷碗碎盘，以为不屑食也；拆屋裂帐，以为不屑居也。陛升贪其术之神，不得已，曲意事之。

慈溪某侍郎，坟在西山之阳，子孙衰弱，黄说袁买其明堂为葬地。立券勘度毕，从西山归，已二鼓矣。入相府，见堂上烛光大明，上坐文荣公，乌帽绛袍，旁有二僮侍如平生时。陛升等大骇，皆俯伏。文荣公骂曰："某侍郎，我翰林前辈，汝听黄奴指使，欲夺其地。昔汝祖葬高、曾，是何等存心；汝今葬我，是何等存心！"某不敢答。公又怒睨黄，叱曰："贼奴！以富贵利达之说诱人财，坏人心术，比娼优媚人取财更为下流。"令左右唾其面，二人皆惕息①不能声。文荣公立身起，满堂灯烛尽灭，了无所见。

次日，陛升面色如土，焚所立券，还地于某侍郎家。黄受唾处，满身白蚁，缘领啮襟，拂之不去，久乃悉变为虱。终黄之世，坐卧处虱皆成把。

【注释】

①惕息：形容恐惧。

张又华

安庆生员陈庶宁，就馆于淮宁。重九登高，出南门，过一墓，若有青烟起者。谛视之，觉冷风吹来，毛骨作噤。

归馆中，夜梦至僧舍，明窗净几，竹木萧然。东壁上松江笺一小幅，上有诗，题是《牡丹》，首句云"东风吹出一枝红"，意不以为佳，视纸尾，署"张又华"三字。正把玩间，有推门入者，瞪眼而红鼻，身甚矮，年四十余，曰："我即张又华也。汝在此读我诗，何以有轻我之意？"陈曰："不敢。"解释良久。红鼻者自指其面曰："汝道我人耶，鬼耶？"陈曰："君来有冷气，殆鬼也。"曰："汝以为我是善鬼耶，恶鬼耶？"陈曰："能咏诗，当是善鬼。"红鼻者曰："不然，我恶鬼也。"即前攫之，冷气愈甚，如一团冰，沁入心坎中。陈避竹榻旁，鬼抱持之，以手掐其外肾，痛不可忍，大惊而醒，肾囊已肿如斗大矣。从此寒热往来，医不能治，遂卒馆中。

淮宁令为之殡殓，义甚笃，然心终疑是何冤谴。偶问邑中老吏："汝知此间有张又华乎？"曰："此安庆府承发科吏书也，死已二年。平生罪恶多端，而好作歪诗。某曾认识之，赤红鼻，短身材，死葬在南门外。"即陈所吹冷风处也。

官癖

相传南阳府有明季太守某，殁于署中。自后其灵不散，每至黎明发点时，即乌纱束带，上堂南向坐，有吏役叩头，犹能颔之作受拜状。日光大明，始不复见。雍正间，太守乔公到任，闻其事，笑曰："此有官癖者也，身虽死，不自知其死故耳。我当有以晓之。"乃未黎明，即朝衣冠，先上堂南向坐。至发点时，乌纱者远远来，见堂上已有人占坐，不觉趑趄①不前，长吁一声而逝，自此怪绝。

【注释】

①趑趄（zī jū）：犹豫徘徊。

铸文局

句容杨琼芳，康熙某科解元也。场中题是"譬如为山"一节。出场后，觉通篇得意，而中二股有数语未惬。夜梦至文昌殿中，帝君上坐，旁列炉灶甚多，火光赫然。杨问何为，旁判官长须者笑曰："向例场屋文章，必在此用丹炉鼓铸；或不甚佳者，必加炭火锻炼之，使其完美，方进呈上帝。"杨急向炉中取观，则已所作场屋文也，所不惬意处，业已改铸好矣。字字皆有金光，乃苦记之。一惊而醒，意转不乐，以为此心切故耳，安得场中文如梦中文耶？

未几，贡院中火起，烧试卷二十七本。监临官按字号命举子入场，重录原文。杨入场，照依梦中火炉上改铸文录之，遂中第一。

染坊椎

华亭民陈某，有一妻一妾。妻无子而妾生子，妻妒之，伺妾出外，暗投其子于河。邻有开染坊妇，在河中椎衣，见小儿泛泛然随流来，哀而救之。抱儿入室，哺以乳粥，忘其敲衣之椎尚在河也。陈妻虽沉儿，犹恐儿不死，复往河边察视，不见儿，但见椎浮在水，笑曰："吾洗衣正少此物。"遂取归，悬之床侧。

亡何，有偷儿夜入室，攫其被，陈妻惊喊。偷儿急取床边椎击之，正中脑门，浆溃而死。陈氏旦报官，取验凶器，乃天生号染坊椎也。拘染坊人讯之，其妻备述抱儿弃椎之原委。官乃取其儿还陈氏，而另缉正凶。

血见愁

吴文学耀廷，少游京师，寓徽州会馆。馆中前厅三楹最宏敞；旁有东西厢，亦颇洁净；最后数椽，多栽树木。有李守备者，先占前厅，吴因所带人少，住东厢中。守备悬刀柱间，刀突然出鞘，吴惊起视刀。守备曰："我曾挂此刀出征西藏，血人甚多，颇有神灵。每出鞘，必有事，今宜祭之。"呼其仆杀鸡取血，买烧酒，洒刀而祭。

日正午，吴望见后屋有蓝色衣者逾墙入，心疑白撞贼，往搜，无人。吴惭眼花，笑曰："我年未四十，而视茫茫耶？"须臾，有乡试客范某携行李及其奴从大门入，曰："我亦徽州人，到此觅栖息所。"吴引至后房，曰："此处甚佳，但墙低，外即市街，虑有贼匪，夜宜慎之。"范视守备刀，笑曰："借公刀防贼。"守备解与之，秉烛而寝。未二鼓，范见墙外一蓝衣人开窗入。范呼奴起，奴所见同，遂拔刀斫之，似有格斗者。奴尽力挥刀，良久，觉背后有抱其腰而摇手者曰："是我也，勿斫！勿斫！"声似主人，奴急放刀回顾。烛光中，范已浑身血流，奄然仆地矣。

吴与守备闻呼号声，往视之，得其故，大骇曰："奴杀主人，律应凌迟。范奴以救主之故，而为鬼所弄，奈何？盍趁其主人之未死，取亲笔为信，以宽奴罪。"急取纸笔与范，范忍痛书"奴误伤"，三字未毕，而血流不止。吴之苍头^①某唶曰："墙下有草，名'血见愁'，何不采傅之？"如其言，范血渐止，竟得不死。吴与守备念同乡之情，共捐费助其还乡。

未半月，吴苍头溲于墙下，有大掌批其颊曰："我自报冤，与汝何干，而卖弄'血见愁'耶？"视之，即蓝衣人也。

【注释】

①苍头：奴仆。

龙阵风

乾隆辛酉秋，海风拔木，海滨人见龙斗空中。广陵城内外风过处，民间窗槅帘箔及所晒衣物，吹上半天。有宴客者，八盘十六碟，随风而去。少顷，落于数十里外李姓家，肴果摆设，丝毫不动。

尤奇者，南街上"清白流芳"牌楼之左，一妇人沐浴后，簪花傅粉，抱一孩，移竹榻坐于门外，被风吹起，冉冉而升，万目观望，如虎丘泥偶一座。少顷，没入云中。明日，妇人至自邵伯镇。镇去城四十余里，安然无恙。云："初上时，耳听风响甚怕，愈上愈凉爽。俯视城市，但见云雾，不知高低。落地时，亦徐徐而坠，稳如乘舆，但心中茫然耳。"

冤鬼戏台告状

乾隆年间，广东三水县前搭台演戏。一日，演《包孝肃断乌盆》。净方扮孝肃上台坐，见有披发带伤人，跪台间作申冤状。净惊起避之，台下人相与哗然，其声达于县署。县令某着役查问，净以所见对。县令传净至，嘱净仍如前装上台，如再有所见，可引至县堂。

净领命行事，其鬼果又现。净云："我系伪作龙图，不若我带汝赴县堂，求官申冤。"鬼首肯之。净起，鬼随之至堂。令询净："鬼何在？"净答："鬼已跪墀①下。"令大声唤之，毫无见闻。令怒，欲责净。净见鬼起立外走，以手作招势。净禀令，令即着净同皂役二名尾之，视往何处灭，即志其处。净随鬼野行数里，见入一家中。冢乃邑中富室王监生葬母处。净与皂将竹枝插地志之，回县覆令。

令乘舆往观，传王监生严讯。监生不认，请开墓以明己冤。令从之。至墓，开未二三尺，即见一尸，颜色如生。令大喜，问监生。监生呼冤，云："其时送葬人数百，共观下土，并无此尸。即有此尸，必不能尽掩众口。数年来，何默默无闻，必待此净方白耶？"令韪其言，复问："汝视封土毕归家否？"监生曰："视母棺下土后即返家，以后事皆土工为之。"令笑曰："得之矣。"速唤众土工来，见其状貌凶恶，喝曰："汝等杀人事发觉矣，毋庸再隐！"众土工大骇，叩头曰："王监生归家后，某等皆歇茅篷下。有孤客负囊来乞火，一伙伴觉其囊中有银，与众共谋，杀而瓜分之，即举铁锄碎其首，埋王母棺上，加土填之，竟夜而成冢。王监生喜其速成，复厚赏之，并无知者。"令乃尽致之法。

相传众工埋尸时，自夸云："此事难明白，如要得申冤，除非龙图再世。"鬼闻此言，故借净扮龙图时，便来申冤云。

【注释】

①墀：台阶上的空地，亦指台阶。

奇鬼眼生背上

费密，字此度，四川布衣，有"大江流汉水，孤艇接残春"之句，为阮亭尚书所称，荐与杨将军名展者。从征四川，过成都，寓察院楼中。人相传此楼有怪，杨与李副将俱不信，拉费同宿。费不能无疑，张灯按剑，端坐帐中。

三鼓后，楼下橐橐有声，一怪蹑梯而上。灯下视之，有头面，无眉目，如枯柴一段，直立帐前。费拔剑斫之，怪退缩数步，转身而走，有一眼竖生背上，长尺许，金光射人。渐行至杨将军卧所，揭其帐，转背放光射之。忽见将军两鼻孔中，亦有白气二条，与怪所吐之光相为抵拒。白气愈大，则金光愈小，旋滚至楼下而灭。杨将军终不知也。未几，又闻梯响，怪仍上楼，趋李副将所。副将方熟睡，鼾声如雷。费以为彼更勇猛，尤可无虞。忽闻大叫一声，视之，七窍流血死矣。

卷十二

挂周仓刀上

绍兴钱二相公，学神仙炼气之术，能顶门出元神。遍历十洲三岛，所遇诸魔，不一而足，或恶状狰狞，或妖娆艳冶。钱俱不为动，如是者十年。一日，诸魔聚而谋曰："再迟一月，逢甲子日，钱某大道成矣，我辈作速下手。"众以为然。趁其打坐时，牵抱手足，放大瓮中，压之云门山脚下。是夕，钱家失去二相公，遍寻无踪，以为真仙去矣。

半年后，月明中见二相公坐花园高树上，大呼求救，乃取梯扶下。问其故，自言："为魔所窘，幸平生服气有术，故不致冻馁而死。"问："何以得归？"曰："某月日，我在瓮中，有红云一道，伏魔大帝从西南来。我大声呼冤，且诉诸魔恶状。帝君曰：'作祟诸魔，诚属可恶，然汝不顺天地阴阳自生自灭之理，妄想矫揉造作，希图不死，是逆天而行，亦有不合。'顾谓一将曰：'周仓，汝送他还家！'周将军唯唯。周长丈余，所持刀亦长丈余，取红绳缚我刀上，挂此树顶而去。我亦不料即我家园树也。"

二相公自后随行逐队，饮酒御内，不敢复学神仙术矣。

驱云使者

宣化把总张仁，奉缉私盐，过一古庙，将投宿焉。僧不可，曰："此中有怪。"张恃其勇，竟往设帐，吹烛卧。至二鼓，满室尽明。张起怒喝，灯光外移，追之，见神灯万盏，投松下而灭。明早，往探松下，有大石洞。张命里人持锄掘之，得大锦被，中裹一尸：口吐白烟，三目四臂，似僵非僵。张知为怪，聚薪焚之。

后三日，白昼坐，有美少年盛服而至，曰："我天上驱云使者，以行雨太多，违上帝令，谪下凡间，藏形石洞中，待限满后，依旧上天。偶于某夜出游，略露神怪，是我不知韬晦，原有不是。然汝烧我原身，亦太狠矣。我现在栖神无所，不得已，借王子晋侍者形躯，来与汝索吵。汝作速召某道士，持诵《灵飞经》四十九日，我之原身，犹可从火中完聚。汝本命应做提督一品官，以此事不良，上帝削籍，只可终于把总矣。"张唯唯听命，少年腾空而去。后张果以把总终。

吾头岂白斫者

蒋心余太史修《南昌府志》，夜梦段将军来拜。见一伟丈夫，兜牟[1]戎服，叉手不揖，披其颈骂曰："吾头岂白斫者！"蒋惊醒，知有冤抑。查新志，并无其人，查旧志，有段将军，乃史阁部麾下副将，死于扬州者。急为补入《忠义传》中。

【注释】

①兜牟：古代战士戴的头盔。秦汉以前称胄，后称为兜鍪。

石言

吕蓍，建宁人，读书武夷山北麓古寺中。方昼阴晦，见阶砌上石尽人立。寒风一过，窗纸树叶飞脱，着石粘挂不下，檐瓦亦飞著石上。石皆旋转化为人，窗纸树叶化为衣服，瓦化冠帻，顾然丈夫十余人，坐踞佛殿间，清淡雅论，娓娓可听。吕怖骇，掩窗而睡。

明日起视，毫无踪迹。午后，石又立如昨。数日以后，竟成泛常，了不为害，吕遂出与接谈。问其姓氏，多复姓，自言皆汉、魏人，有二老者则秦时人也。所谈事，与汉、魏史书所载颇有异同，吕甚以为乐。午食后，静待其来。询以托物幻形之故，不答；问何以不常住寺中，亦不答；但答语曰："吕君雅士，今夕月明，我共来角武，以广君所未见。"是夜，各携刀剑来，有古兵器，不似戈戟，而不能强加名者。就月起舞，或只或双，飘瞥神妙。吕再拜而谢。

又一日，告吕曰："我辈与君周旋日久，情不忍别，今夕我辈皆托生海外，完前生未了之事，当与君别矣。"吕送出户，从此阒寂。吕凄然如丧良友，取所谈古事，笔之于书，号曰《石言》，欲梓以传世，贫不能办，至今犹藏其子大延处。

鬼借官衔嫁女

新建张雅成秀才，儿时戏以金箔纸制盔甲、鸾笋等物，藏小楼上，独制独玩，不以示人。忽有女子，年三十余，登楼求制钗、钏、步摇数十件，许以厚谢。秀才允之，问："安用此？"曰："嫁女奁中所需。"张以其戏，不之异也。明日，女来告张曰："我姓唐，东邻唐某为某官，我欲倩郎君求其门上官衔封条一纸，借同姓以光蓬荜。"张戏写一纸与之。次夕，钗钏数足，女携饼饵数十、钱数百来谢。及旦视之，饼皆土块，钱皆纸钱，方知女子是鬼。

数日后，半夜山中烛光灿烂，鼓乐喧天，村人皆启户遥望，以为人家来卜葬者。近视之，人尽披红插花，是吉礼也。山间万冢，素无居人。好事者欲追视之，相去渐远，惟见灯笼题唐姓某官衔字样，方知鬼亦如人间爱体面而崇势利，异哉！

雷祖

昔有陈姓猎户，畜一犬，有九耳。其犬一耳动，则得一兽；两耳动，则得两兽；不动则无所得，日以为验。一日，犬九耳齐动，陈喜必大获，急入山。自晨至午，不得一兽。方怅怅间，犬至山凹中大叫，将足爬地，颠其头，若招引状。陈疑，掘之，得一卵，大如斗，取归置几上。

次早，雷雨大作，电光绕室。陈疑此卵有异，置之庭中。霹雳一声，卵豁然而开，中有一小儿，面目如画。陈大喜，抱归室中，抚之为子。长登进士第，即为本州太守，才干明敏，有善政。至五十七岁，忽肘下生翅，腾空仙去。至今雷州祀曰"雷祖"。

镇江某仲

某仲，镇江人，兄弟三人。伯无子，仲有子，七岁看上元灯，失去，不知所往。仲闷甚，携资贸易山西，并冀访子耗。去数载未归，飞语谓仲已死。仲妻不之信，乞叔往寻。

伯利仲妻年少可鬻，诡称仲凶耗已真，旅榇①将归，劝仲妻改适。仲妻不可，蒙麻素于髻，为夫持服。伯知其志难夺，潜与江西贾人谋，得价百余金，令买仲妻去，戒曰："个娘子要强取。黑夜命舆来，见素髻者挽之去，速飞棹行也。"归语其妻，意甚自得，伯故避去。仲妻见伯状，知有变，甫黑即自经于梁，悬梁作声。伯妻闻之奔救，恐虚所卖金也。抱持间，仲妻素髻坠地，伯妻髻亦坠。适贾人轿至，伯妻急走出迎，摸地取髻，误带素者。贾人见素髻妇，不待分辨，径抢以行。伯归，悔无及，嗫不能声。

仲自晋归，途如厕，见布袱裹五百金在地，心计："此必先登厕者所遗，去应不远，盍俟诸？"未几，遗金者果至，遂与之。其人感德，分以金，不受；乃邀仲偕行。数日，抵其家，具鸡黍，命一子一女出拜。仲视其子，宛然己子也。问之良是。盖仲子失去时，为人所卖，遗金者无子，买为己子，十余年矣。仲持之泣下，遗金者曰："若携子去，我女即许汝子为媳妇。"

仲归，将渡江，见一人落于水，呼救，无应者，群攫其资。仲恻然，亟呼曰："孰肯救者，我募以金！"救起视之，是季弟也。季承嫂命寻仲，伯并利其死；曩之落水，有挤之者，伯所使也。仲知其情，携弟与子归。入门，伯见之，亡去。

【注释】

①榇（chèn）：棺材。

人熊

浙商某，贩洋为生，同伴二十余人，被风吹至一海岛，因结伴上岛闲步。走里许，遇一人熊，长丈余，以两手围其伴，愈围愈逼。至一大树下，熊取长藤将人耳逐个穿通，缚树上，乃跳去。诸人俟其去远，各解所佩小刀，割断其藤，趋奔回船。俄见四熊抬一大石板，板上又坐一熊，比前熊更大。前熊仍跳跃而来，状若甚乐者。至树侧，见空藤委地，怅然如有所失。石板上熊大怒，叱四熊群起殴之，立毙而去。众在舟中望之，各惊喜，以为再生。山阴吴某耳孔有一洞，沈君萍如戚也，问其故，历历言之如此。

绳拉云

山东济宁州有役王廷贞，术能求雨。常醉酒高坐本官案桌上，自称天师。刺史怒之，笞二十板。未几，州大旱，祷雨不下。合州绅士都言其神，刺史不得已，召而谢①之。良久许诺，令闭城南门，开城北门，选属龙者童子八名待差，使搓绳索五十二丈待用。已乃与童子斋戒三日，登坛持咒。自辰至午，云果从东起，重叠如铺绵。王以绳掷空中，似上有持之者，竟不坠落。待绳掷尽，呼八童子曰："速拉！速拉！"八童子竭力拉之，若有千钧之重。云在西则拉之来东，云在南则拉之来北，使绳如使风然。已而大雨滂沱，水深一尺，乃牵绳而下。每雷击其首，辄以羽扇摭拦，雷亦远去。

嗣后邻县苦旱，必来相延。王但索饮，不受币，且曰："一丝之受，法便不灵。每求雨一次，则家中亲丁必有损伤，故亦不乐为也。"刺史即蓝芷林亲家，芷林为余言。

烧狼筋

蓝府有狼筋一条，凡家中失物，烧之，则偷者手足皆颤。有女公子失金钗一只，不知谁偷，乃齐奴婢姑姆数十人，取筋烧之。数十人神气平善，了无他异，但见房门布帘闪颤不已。揭视之，钗挂其上，盖女公子走过时，钗为帘所勾留耳。

飞僵

颍州蒋太守，在直隶安州遇一老翁，两手时时颤动，作摇铃状。扣其故，曰："余家住某村，村居仅数十户。山中出一僵尸，能飞行空中，食人小儿。每日未落，群相戒闭户匿儿，犹往往被攫。村人探其穴，深不可测，无敢犯者。闻城中某道士有法术，因纠积金帛，往求捉怪。道士许诺，择日至村中，设立法坛，谓众人曰：'我法能布天罗地网，使不得飞去，亦须尔辈持兵械相助，尤需一胆大人入其穴。'众人莫敢对，余应声而出，问何差遣，法师曰：'凡僵尸最怕铃铛声，尔到夜间，伺其飞出，即入穴中，持两大铃摇之，手不可住。若稍歇，则尸入穴，尔受伤矣。'漏将下，法师登坛作法。余因握双铃，候尸飞出，尽力乱摇，手如雨点，不敢小住。尸到穴门，果狰狞怒视，闻铃声琅琅，逡巡不敢入。前面被人围住，又无逃处，乃奋手张臂与村人格斗。至天将明，仆地而倒，众举火焚之。余时在穴中未知也，犹摇铃不敢停如故。至日中，众大呼，余始出，而两手动摇不止，遂至今成疾云。"

梦中破案

曹州刘姓，以典当为业。虞城张某，为经理其事已二载矣，少有蓄积。岁暮欲归，主人留至元旦，乘一青骡去，相订上元日返曹州。至期不至，刘因遣人促之来。至其家，则云："未尝归也。"两家致讼，控至抚按，勒限饬县捕拿。延至六月矣，公差惶遽无措。

一夕，访于城南，见有老人偕一年少相谓曰："月色甚佳，何不向凉亭一行？"曹州南城十数里，旧有凉亭，公差私议："二人于此时往，倘城门闭，何由而入？"心异之，遂先至彼相伺。未几，二人果至。听所言，皆邻里间琐事。有顷，少年忽云："城内刘姓事，至今未明。余心窃计，乃西门外卖饼孙姓，利其财物，因而害之也。"翁问故，少年云："饼店在此已数载，今春倏①闭，是以疑之。"翁叱云："此事大有干系，何得妄语！"意甚拂然。旋云："夜深，可归矣。"

公差尾其后，行甚速，至南城，门已闭，见二人从门隙入。差亟呼司阍启钥入城，则两人尚在前行。至小弄，少年与翁别，入门，门亦未启也。复随翁行二十余家，亦未启扉而入。差大惊，叩其户。半响翁出，持纸拈，披衣，极困惫之状。差曰："适间与少年凉亭看月，何遽睡耶？"翁神色迟疑，曰："看月有之，乃梦中事也。"差复胁之往诣少年，少年出，亦如翁状，乃拘入县署，述梦中语。次早，遣二人至某村，迹孙姓所居，则青骡宛系门首也。因锁拿到县，一讯而服。遂起赃，问抵偿焉。

此乙巳夏间事。曹州守吴忠诰，向为绥德州牧，与严道甫善，告道甫也。

【注释】

①倏：忽然。

聋鬼

乾隆四十九年，杭州半山陆家牌楼河中淌一浮尸来。村民霍茂祥，素行善事，为殓钱买棺，殡诸市上。夜梦蓝衣人来曰："我临平人张某，教馆为业，不幸失足落水。蒙君殡我，无以为报。我能预知休咎，替人禳解。倘有灵应，须以牲牢谢我，君可得香火钱。"霍醒，告之里人，果有求必应。不数日，香火如云。

霍夜又梦张来曰："我左耳聋，有来通诚者，须向右耳告我。"于是，次日人来祈祷者，听霍之言，多向棺右致祭，叫呼似有应声答者。村民奉之若狂，呼为"灵棺材"。霍家取香火钱，因以致富。

未几，仁和令杨公路过，见烧香者汹汹蚁集。杨怒其惑众，命焚其棺，鬼遂绝。

炮打蝗虫

崇祯甲申，河南飞蝗食民间小儿。每一阵来，如猛雨毒箭，环抱人而蚕食之，顷刻皮肉俱尽。方知《北史》载灵太后时，蚕蛾食人无算，真有其事也。

开封府城门被蝗塞断，人不能出入。祥符令不得已，发火炮击之，冲开一洞，行人得通。未饭顷，又填塞矣。

僵尸手执元宝

雍正九年冬，西北地震，山西介休县某村，地陷里许。有未成坑者，居民掘视之。一家仇姓者，全家俱在，尸僵不腐，一切什物器皿完好如初。主人方持天平兑银，右手犹执一元宝，把握甚牢。

误尝粪

常州蒋用庵御史，与四友同饮于徐兆璜家。徐精饮馔，烹河豚尤佳，因置酒，请六客同食河豚。六客虽贪河豚味美，各举箸大啖，而心不能无疑。忽一客张姓者，斗然倒地，口吐白沫，噤不能声。主人与群客皆以为中河豚毒矣，速购粪清灌之。张犹未醒。五人大惧，皆曰："宁可服药于毒未发之前。"乃各饮粪清一杯。

良久，张竟苏醒，群客告以解救之事。张曰："小弟向有羊儿疯之疾，不时举发，非中河豚毒也。"于是五人深悔无故而尝粪，且嗽且呕，狂笑不止。

卷十三

归安鱼怪

俗传，张天师不过归安县。云前朝归安知县某，到任半年，与妻同宿。夜半闻撞门声，知县起视之。少顷，登床谓妻曰："风扫门耳，无他异也。"其妻认为己夫，仍与同卧，而时觉其体有腥气，疑而未言。然自此归安大治，狱讼之事，判若神明。

数年后，张天师过归安，知县不敢迎谒。天师曰："此县有妖气。"令人召知县妻，问曰："尔记某年月日有夜撞门之事乎？"曰："有之。"曰："现在之夫，非尔夫也，乃黑鱼精也。尔之前夫，已于撞门时为所食矣。"妻大骇，即求天师报仇。

天师登坛作法，得大黑鱼，长数丈，俯伏坛下。天师曰："尔罪当斩，姑念作令时，颇有善政，特免汝死。"乃取大瓮囚鱼，符封其口，埋之大堂，以土筑公案镇之。鱼乞哀，天师曰："待我再过此则释汝。"天师自此不复过归安云。

张忆娘

苏州名妓张忆娘，色艺冠时，与蒋姓者素交好。蒋故巨室，花朝月夕，与忆娘游观音、灵岩等山，辄并辔而行。忆娘素明慧，欲托身于蒋，而蒋姬媵绝多，不甚属意。因与徽州陈通判者有终身之托，陈娶过门，蒋不得再通，大恚，百计离间之，诬控以奸拐。忆娘不得已，度为比丘，衣食犹资于陈。蒋更使人要而绝之，忆娘贫窘，自缢而亡。

居亡何，蒋早起进粥，忽头晕气绝，至一官衙，二弓丁掖之前，旁有人呼曰："蒋某！汝事须六年后始讯，何遽至此？"呼者之面貌，乃蒋平日门下奔走士也，曾遣以间忆娘者，死三年矣。蒋惊醒，自此精气恍惚，饮食少进。

有玄妙观道士张某，精法律，为筑坛持咒，作禳解①法。三日后，道士曰："冤魄已到，我不审其姓氏，试取大镜，泼以明水，当有一女子现形。"召家人视之，宛然忆娘也。道士曰："吾所能力制者，妖孽、狐狸之类。今男女冤谴，非吾所能驱除。"竟拂衣去。蒋为忆娘作七昼夜道场，意欲超度之，卒不能遣。延苏州名医叶天士，赠以千金。药未至口，便见纤纤白手按覆之，或无故自泼于地。蒋病益增，六年而没。

蒋氏从孙漪园，犹藏忆娘小照：戴乌纱髻，着天青罗裙，眉目秀媚，以左手簪花而笑，为当时杨子鹤笔也。

【注释】

①禳解：向神祈求解除灾祸。

飞星入南斗

苏松道韩青岩，通天文，尝为予言："宰宝山时，六月捕蝗，至野田中。四鼓起，坐胡床，督率书役，见客星飞入南斗。私记占验书：'见此灾者，一月之内当暴亡。法宜剪发寸许，东西禹步三匝，便可移祸他人。'尔时我即麾去书役，依法行之。居亡何，署中司书记者李某，无故以小刀剖腹而死，我竟无恙。李乃我荐卷门生，年少能文，不料为我替灾，心为怅然。"余戏谓韩曰："公言占验之术固神矣，然如我辈，全不知天文，往往夜坐见飞星来往甚多。倘有入南斗者，竟不知厌胜法，为之奈何？"曰："君辈不知天文者，虽见飞星入南斗，亦无害。"余曰："然则公又何苦知天文，多此一事，而自祸祸人耶？"韩大笑，不能答。

曹能始记前生

明季曹能始先生，登进士后，过仙霞岭，山光水色，恍如前世所游。暮宿旅店，闻邻家有妇哭甚哀，问之，曰："为其亡夫作三十周年耳。"询其死年月日，即先生之生年月日也。遂入其家，历举某屋、某径，毫发不爽。其家环惊，共来审视。曹亦凄然涕下，曰："某书屋内有南向竹树数十株，我尚有文稿未终篇者，未知犹存否？"其家曰："自主人捐馆后，恐夫人见书室而神伤，故至今犹关锁也。"曹命开之，则尘凝数寸，遗稿乱书，宛然具在；惟前妻已白发盈头，不可复认矣。曹以家财分半与之，俾终余年。

余按《文苑英华》，白敏中书滑州太守崔彦武事，崔记前生为杜明福妻，骑马直抵杜家，而明福老矣。乃说旧事，取所藏金钗于垣中，施宅为寺，号明福寺。与此相类。

江南客寓

涤斋先生为诸生时，在京师贾家胡同。有店号"江南客寓"，厅屋三间，中一间甚洁，住者绝少，先生居之，了无他异。一日外出，托所亲某管其衣物。夜睡至三鼓，忽室中尽明，时并无灯烛，所亲骇，揭帐视之。见一长人，黑色，手提其头，血淋漓，对面直立不动，呼曰："尔何得居此？"所亲狂奔，出告店主。主人曰："此屋素不安静，尔乃必欲居之，奈何？"

次日，先生归，告之故。先生曰："此必有鬼，欲申冤耳。我在此，何不现形耶？"大书一状，向空焚之，以为尔果有冤，当于今晚赴诉。是夕，先生复睡，未一更，所见果如所说，但持一血头，跪而不立。先生问："何人，何冤？"持头者以手指口，竟无一语。次日，亦不复见。

先生又常于园中月下，见黑物一团，大如浴盆。追奔树下，以脚蹋之，随脚而灭。次日，视其靴袜，黑如烟煤，并足皆黑。

荆波宛在

本朝佟国相，巡抚甘肃，按站行至伏羌县，梦神呼云："速走！速走！"佟不以为意。次晚，梦如初，且云："欲报我恩，但记'荆波宛在'可耳。"佟惊起，亟走三日，而伏羌县沉为湖，卒不解救者为何神。后出巡，至建昌野渡，有关公庙，上书"荆波宛在"四字。佟入拜谒，大为修葺，今焕然犹存。

冯侍御

冯侍御静山，居京师永光寺西街。改造书屋，掘地得黑漆棺，为改迁之。夜梦人投牒诉冤，冯时巡西城，梦中取牒阅之。告势宦掘棺事，即己之姓名也，惊醒得疾。疾革时，夫人闻房中笑语声，以为病有起色，往视之，见黑衣人素不相识者坐床上，一闪而灭。侍御谓夫人曰："此人吾邻也，曾作运粮守备。运饷至京师卒，棺厝①于永光寺前街僧寺中，迫近吾家，而吾不知。今闻我亦有行期，故来相约耳。可烧纸钱，助其冥资。"夫人遣人至前街踪迹，棺识宛然，知先生之终不起也。

【注释】

①厝（cuò）：放置。

药师父

昆山徐大司寇之子徐冠卿，幼时号"药师父"，以其曾鸩死一业师也。业师周姓，号云核，受司寇聘前一日，梦巨蟒以口吐红丸，逼令咽之，腹痛而醒。就聘于徐，督冠卿严。冠卿素佻达，笞责尤甚。冠卿与仆谋，置鸩于饭，食之而卒。

后冠卿为翰林，不得志，诗文多怨诽，为人所构，就鞫①刑部。见左司杨景震，大惊曰："吾死矣！吾初见时，俨然周先生也。"次日复讯，各官俱以司寇之子，稍加怜恤。杨独怒鞫，批其颊数十下，齿左右坠，定以斩决。狱上即刑，杨为监斩官。其家访之，杨景震之生年月日，即周先生之死年月日也。或告之杨，杨大笑曰："岂有是哉！使吾早知此语，转当屈法以救之矣。"此与《太平广记》载王武俊事同。

【注释】

①鞫：审问。

庄秀才

通州庄孝廉成，戊午举人，少年貌美。其佃户有女悦之，竟以成疾。临卒，谓其父曰："吾为庄秀才死也。吾思嫁庄秀才，自念门户寒贱，事必不成，故郁郁成病。今虽死，此意当为致之秀才，则目瞑矣。"其父急告庄，庄往视，而气已绝。庄赴秋闱①，遇女子于淮新桥，宛然如生。入闱，一切炊饭烹茶之事，见女子身为执役。是年登第，每有远行，则女子必至。庄怖之，为置神主，祭于家，书"亡妾某氏"，见女子来拜谢，自此绝矣。

【注释】

①秋闱：秋天的乡试。

蔼蔼幽人

通州李臬司，讳玉铉，丙戌进士，少时好炼笔录。忽一日，笔于空中书曰："敬我，我助汝功名。"李再拜，祀以牲牢。嗣后文社之事，题下则听笔之所为。尤能作擘窠①大字，求者辄与。李敬奉甚至，家事外事，咨之而行，靡不如意。社中能文者，每读李作，叹其笔意大类钱吉士。钱吉士者，前朝翰林钱憙也。李私问笔神，答曰："是也。"自后里中人来扶乩者，多以"钱先生"呼之。笔神遇题跋落款，不书姓名，但书"蔼蔼幽人"四字。李举孝廉，成进士，笔神之力居多。后官臬司，神助之决狱，郡中以为神。李公乞归，神与俱。李他出，其子弟事神不敬，神怒，投书作别而去。

余与李公之子方膺同官交好，绝不向余道只字。方膺卒后，臬司同年熊涤斋太史为余言之，并云："方膺深讳其事，盖忤神者，即方膺也。"

僵尸求食

武林钱塘门内有更楼，雇更夫击柝，表里巡逻。大众殁资为之，由来旧矣。康熙五十六年夏，更夫任三者，巡巷外，路过小庙，每至二更闻柝声，则有一人从庙中出，踉跄捷走；漏五下，则先柝声入庙，如是者屡矣。任三疑庙中僧有邪约，将伺之，为诈酒肉计。

次夕，月明如昼，见其人面枯黑如腊，目眶深陷，两肩挂银锭而行，窸窣有声，出入如前。任三知为僵尸，因山门之内停有旧槥，积尘寸许。询诸僧人，云其师祖时，不知谁何氏所寄厝者也。与侪辈语及之，其中黠者曰："吾闻鬼畏赤豆、铁屑及米子，备此三物升许，伺其破棺出，潜取以绕棺之四周，则彼不能入矣。"任如其言，购买三物。

待夜二更，尸复出。伺其去远，携灯入视，见棺后方板一块，俗语所谓"和头"者，已掀在地，中空空无所有。乃取三物，绕棺而密洒之。事毕径归，卧更楼上。至五更，有厉声呼"任三爷"者，任问为谁，曰："我山门内之长眠者，无子孙，久不得血食，故出外营求，以救腹馁。今为尔所魇，不能入棺，吾其死矣，可急起将赤豆、铁屑拂去之。"任惧不敢答。又呼曰："我与尔何仇，何苦为此虐耶？"任念与彼解围之后，彼杀我而后入，何以御之？终不答。鸡初鸣，鬼哀恳，继以詈骂，久之寂然。明日，过楼下者见有尸僵卧，乃告众鸣官，以尸还诸棺而火焚之，一方得宁。

僵尸贪财受累

绍兴王生某，食饩①有年，村中富家延之为师。因屋宇湫隘，适相距里许，有新室求售者，遂买使居，且曰："家中摒挡未尽，学徒暨馆童辈明晨进馆，先生一夜独眠，能无惧乎？"王自负胆壮，且新室也，何畏之有，乃命童携茗具，引至书斋。

王周视室内毕，复至门前徙倚。时已夜矣，月色大明，见山下爝火荧荧。趋往视之，光出一白木棺中。王念："此鬼磷耶？色宜碧，而焰带微赤，得无为金银气乎？"忆《智囊》所载：有胡人数辈，凶服舁榇而藁葬城外者，捕人迹之，榇中皆黄白也。此棺毋乃类是？幸无人，可攫而取也。遂取石块，击去其钉，从棺后推卸其盖，则赫然一尸，面青紫而腹膨亨，麻冠草履。越俗，凡父母在堂，而子先亡者，例以此殓。王愕然退缩，每一缩则尸一跃，再缩而尸蹶然起。王尽力狂奔，尸自后追之。王入户登楼，闭门下键。喘息甫定，疑尸已去，开窗视之。窗启而尸昂首大喜，从外跃入。连叩门，不得入。忽大声悲呼，三呼而诸门洞开，若有启之者，遂登楼。王无奈何，持木棍待之。尸甫上，即击以棍，中其肩，所挂银锭子散落于地，尸俯而拾取。王趁其伛偻时，尽力推之，尸滚楼下。旋闻鸡啼，从此寂无声响矣。

明日视之，尸跌伤腿骨，横卧于地，遂召众人，扛而焚之。王叹曰："我以贪故，招尸上楼。尸以贪故，被人烧毁。鬼尚不可贪，而况于人乎？"

①食饩（xì）：明清时经考试取得廪生资格的生员享受廪膳补贴。

牛头大王

溧阳村民庄光裕，梦一怪，头上生角，敲门而进，谓曰："我牛头大王也，上帝命血食此方。汝塑像祀我，必有福应。"庄醒，告知村农。村方病疫，皆曰："宁可信其有。"纠钱数十千，起三间草屋，塑牛头而人身者坐焉。嗣后疫病尽痊，求子者颇效，香火大盛。如是数年。

村民周蛮子儿出痘，到庙，先具牲牢祀神，再掷卦，大吉。周喜，许演戏为谢。未数日，儿竟死。周怒曰："我靠儿子耕田养我，儿死不如我死。"率其妻，持锄钯，撞牛头，碎其身，毁其庙。合村大惊，以为必有奇祸。自此寂然，牛头神亦不知何往。

水定庵牡丹

江宁二尹汪公易堂，访友古北口，路憩水定庵。庵中牡丹盛开，花大如斗。汪近前赏玩。庵僧戒："勿折花，花有妖，能为祸。"汪素刚，笑曰："我本不折花，既云有妖，当折而试之。"以手摘之，花左右旋转，坚如牛筋，竟不能断。取所佩刀截之，花未断而拇指伤，血潺潺下。汪惭且怒，以袍袖裹血，忍痛不言，乃左手捽花头，而右手以刀截其根，竟断一枝。归畜瓶中，夸于人曰："我今日获花妖矣。"将购药医手创，细视之，并无刀痕，袍袖上亦无血迹。

见娘堡

顺治乙酉，王师破建昌，明益王遁去。长史刘某，吴下人也，逃山中，不知所往。其子蓼萧，从吴门赴考归，有志寻亲。时藩府荒圮，莫可踪迹，乃祷于盱江张令公祠。梦神书"石漈"二字与之，醒而徬徨，不知何地。遇一尼，告曰："石漈在闽、广之交，阻兵难行。幸有曲径，七日可达。"

如其言，历尽危险，竟至其地。父母依村农姚氏居焉，母子相持而泣。父已死矣，乃持丧奉母而归。所居村名"见娘堡"，名已奇矣。尤奇者，长史避难时，携家谱一册自随。戊子岁，其母闻窸窣声出自箧中，以为鼠也，启视无有，闭则复燃。一日，见绯衣人数辈，冉冉从箧中走出，益大惊，逾时而孝子至此。

事载姜西溟文集中，韩尚书菼为之表墓。

鬼糊涂

乾隆三十九年，京师有无赖子韩六，殴伤其父，刑部审明，下狱拟斩。侍郎某，以所殴非致命处，意欲减等发落。大司寇秦公，奏："名分所关，理宜正法。"奉旨依议，遣刑部司狱司李怀中监斩。后三日，鬼附李身，口称："诸大人业已宽我，而汝来斩我。我死不甘，故来索命。"闻者骇然，以为此鬼糊涂，然而李竟不起。

鬼势利

张八郎有所欢婢，婚后弃之。婢幽怨成疾，临死曰："我不饶八郎！"语毕气绝。忽又张目曰："八郎运甚旺，不能报仇，我捉八奶奶也是一样。"未二年，八郎夫人竟以产亡。

鬼相思

岳州张某，号"鬼三爷"，以其行三，为鬼所生故也。父某，府学廪生，妻陈氏有色，忽凭妖，自称郧阳小神，白昼现形，与之交接。张虽同床，无故自离，若有梏其手足者。其家遍请符箓，毫无效验。三月后，陈氏受胎生子，空中群鬼啾啾，争来作贺，掷下纸钱无数。张忿甚，将到龙虎山求救于天师。

忽一日，小神跟跄来，汗如雨下，语其妻曰："吾儿闯祸！昨夜入汝邻毛家，偷其金盆，被他家所挂钟馗拔剑相逐，我惧，为所伤，不得已急走，将金盆掷在巷西池塘中，脱逃来此。汝速具酒，替我压惊。"次日，妻告张，张往毛府刺探，果失金盆，合家喧吵，将控官捉贼。张止之，曰："我有法替汝取来，作何谢我？"毛氏大喜，曰："果得金盆，凭君取索。"张诡作念咒状，良久，唤毛氏家人，径往塘所，命善泅者入水取之，果得金盆。

毛延张上座，问以何物作谢，张笑曰："我读书人，不受财帛，只须君家收藏书画，与我一二件足矣。"其家尽出所藏，张选取文徵明《芙蓉》一幅。其家觉谢礼太薄，心抱不安。张乃指壁上所挂钟馗像曰："赐此画，凑成两件，何如？"毛氏唯唯。张取归，悬空中，小神从此永不再来，但闻园中树上鬼哀哭三日，人称"鬼相思"云。

赵氏再婚成怨偶

雍正间，布政司郑禅宝妻赵氏，有容德，与郑恩好甚隆，以瘵疾亡。临诀誓曰："愿生生世世为夫妇。"卒之日，旗下刘某家生一女，生而能言，曰："我郑家妻也。"刘父母大惊，以为怪，嗣后遂不复语。

八岁过亲戚家，路遇郑家奴骑马冲其车，怒曰："汝郑四也，自幼卖身我家，何敢见我不下马！"郑奴愕然，因访至刘家，见女父母，具道生时之异。女归见郑四，因问："汝主安否？"并询一切妯娌上下，奴婢田宅事，历历如绘，有奴所不知而女悉知者。奴归，白之郑。郑亦至刘家，女谛视涕泣，絮语良久。时鄂西林相公以为两世婚姻，亦太平瑞事，劝郑续娶刘女，十四岁即行合卺之礼。时郑年六旬，白发飘萧，兼有继室女。嫁年余，郁郁不乐，竟缢死。

袁子曰："情极而缘生，缘满而情又绝，异哉！"

童其澜

绍兴童其澜，乾隆元年进士，官户部员外。一日，值宿衙门，与同官数人夜饮，忽仰天咤曰："天使到矣！"披朝衣再拜俯伏。同官问："何天使？"童笑曰："人无二天，何问之有？天有敕书一卷，如中书阁诰封，云中金甲人捧头上而来，命我作东便门外花儿闸河神。将与诸公别矣。"言毕泣下，同官以为得狂易之疾，不甚介意。

次早，大司农海望到户部，童具冠带长揖辞官，具白所以。海曰："君读书君子，办事明敏，如有病，不妨乞假，何必以神怪惑人？"童亦不辩，驾车归家，不饮不食，将家事料理三日，端坐而逝。

东便门外居民闻连夜呼驺声，以为有贵官过，就视无有。花儿闸河神庙中道士叶某，梦新河神到任，白皙微须，长不逾中人，果童公貌也。

镜山寺僧

钱塘王孝廉鼎实，余戊午同年。少聪颖，年十六举于乡，三试春官不第。有至戚官都下，留之邸中。偶感微疾，即屏去饮食，日啜凉水数杯，语其戚曰："予前世镜山寺僧某也，修持数十年，几成大道。惟平生见少年登科者，辄心艳之；又华富之慕未能尽绝，以此尚须两世堕落，今其一世也。不数日，当托生华富家，即顺治门外姚姓是也。君之留我不出都，想亦是定数耶！"其戚劝慰之，王曰："去来有定，难以久留，惟父母生我之恩，不能遽割。"乃索纸作别父书，大略云："儿不幸客死数千里外，又年寿短促，遗少妻弱息，为堂上累。然儿非父母真子，有弟某乃父母之真子也。吾父曾忆某年在茶肆与镜山寺某僧饮茶事耶？儿即僧也。时与父谈甚洽，心念父忠诚谨厚，何造物者乃不与之后耶？一念之动，遂来为儿。儿妇亦是幼年时小有善缘。镜花水月，都是幻聚，何能久处？父幸勿以真儿视儿，速断爱牵，庶免儿之罪戾。"其戚问："生姚家当以何日？"王曰："予此生无罪过，此灭则彼生，不须轮回。"

越三日，巳刻，索水盥漱毕，趺坐①胡床，召其戚，欢笑如平时，问："日午未？"曰："正午。"曰："是其时也。"拱手作别而逝。其戚访之姚家，果于是日生一子，家业骤马行，有数万金。

【注释】

①跌坐：僧人盘腿端坐，左脚放在右腿上，右脚放在左腿上。

江秀才寄话

婺源江秀才，号慎修，名永，能制奇器：取猪尿胞置黄豆，以气吹满而缚其口，豆浮正中，益信"地如鸡子黄"之说。有愿为弟子者，便令先对此胞坐视七日，不厌不倦，方可教也。家中耕田，悉用木牛。行城外，骑一木驴，不食不鸣。人以为妖，笑曰："此武侯成法，不过中用机关耳，非妖也。"置一竹筒，中用玻璃为盖，有钥开之。开则向筒说数千言，言毕即闭。传千里内，人开筒侧耳，其音宛在，如面谈也；过千里，则音渐渐散不全矣。忽一日，自投于水，乡人惊救之，半溺而起，大恨曰："吾今而知数之难逃也。吾二子外游于楚，今日未时三刻，理应同溺洞庭。吾欲以老身代之。今诸公救我，必无人救二子矣。"不半月，凶问①果至。此其弟子戴震为余言。

【注释】

①凶问：死讯，噩耗。

卷十四

勾魂卒

苏州余姓者，好斗蟋蟀，每秋暮，携盆往葑门外搜取，薄夜方归。

一日归晚，城门已闭，余惊骇无计，徘徊路侧。见二青衣远来，履橐橐有声，向余笑曰："君此时将安归乎？我家离此不远，盍宿我家？"余喜从之。至则双扉大启，室中置旧书数部，磁瓶铜炉各一。余手持蟋蟀十数盆，腹饿甚，映灯而坐。二青衣各持酒脯来，相与对啖。隐隐闻病者呻吟及众人喧杂声，余问故，二人曰："此邻家患病者，势甚迫故也。"

未几，漏下五鼓，二人相与耳语曰："事宜办矣。"出靴中文书一通，谓余曰："请君呵气纸上。"余不解其故，笑而从之。呵毕，二青衣喜，以脚跨屋上而舞，长丈余，皆鸡爪也。余大惊，正欲问之，二人不见。壁外哭声大作，余方知所遇非人，是勾魂鬼也。

天明，启户欲出，则门外扃锁甚固，不得出，乃大呼。丧家人惊，开锁入，以为贼也，争殴之。余具道所以，且指蟋蟀盆为证曰："岂有行窃而携此累坠物者乎？"丧家人亦有相识者，始得免。所餐酒脯盘盒，俱丧家物也，竟不知从何处携入，己身亦不解从何而进。

赵西席

山东按察司白映棠，家延一西席，姓赵名康友，康熙丁卯孝廉，宾主师弟俱各相得。元宵张灯，彼此宴饮，散，孝廉就寝书斋。次日薄午不起，有小僮户外窥之，见孝廉头上插纸花双枝，两手反接，口微笑而目斜瞪，赤身僵立。僮大惊，唤主人踢户入，则已死矣。当胸一圆洞，通于背，大如碗，中无心肝，不知被何物探去。插花反缚剥衣者，像牲牢之形，以戏之也。

蓝顶妖人

扬州商人汪春山，家畜梨园。有苏人朱二官者，色技俱佳，汪使居徐宁门外花园。一日，邻人失火，火及园，朱逃出巷。巷西有二美人倚门立，以手招之，朱遂入。二美自称亦姓汪，春山族妹也。语方浓，一豹裘而蓝顶者来，云是二美之父，年五十许，强朱为婿。朱虽心贪女美，而自诉家贫，无以为聘。蓝顶者云："无妨，一切费用，我尽任之。"朱欲回苏告父母，蓝顶者云："汝归苏可也，但吾女贪汝貌而为婚，自知非偶，切勿通知吾侄春山为嘱。"朱买舟，同抵阊门。语其父。父故木匠，亦以娶媳无力为辞。蓝顶者助钱二千，为婚费钱皆康熙通宝，朱丝穿。

二官携归，路遇数捕役尾之，曰："此朱绳穿钱，乃某绅官家压箱钱，汝为盗验矣。"将擒送官。二官告以故。一市之人聚观，以为怪，且曰："必见蓝顶者，才释汝。"二官云："吾岳翁以钱与我，原约今日为婚，少顷，新人花轿至矣，君等伺之。"众以为然。果远远闻鼓乐声，四人皆红半臂，异花轿至。众人哄而往，揭帘，一青面獠牙者坐焉。众大骇，并役亦奔散。二官得脱于祸，急归家，则蓝顶者高坐堂中，骂曰："吾戒汝勿泄，而汝竟告众人，且聚而捕我，何昧良若是！"呼杖杖之，二女为哀求免。成婚匝月，偕还扬州。

又岁余，二女置酒，谓二官曰："缘尽矣，请郎还乡。"二官不肯，泣，二女亦泣。如是者数日，蓝顶者忽来，驱逼其女，二官攀衣不放。蓝顶者怒，以手撮二官，向空中掷之。冥然坠地，及醒，已在虎丘后山。

蒙化太守

无锡曹五辑，为云南蒙化太守，其子某，庚午举人，江苏巡抚庄滋圃之门生。乾隆二十一年，无锡大疫，华剑光之子某，素好行善，出古画数幅，托孝廉售之，嘱曰："得八百金，为本邑埋葬死人之费。"曹带往苏州，以画呈庄公。庄念曹本义举，画亦佳，竟与八百金。曹归，以八十金付华曰："价只此。"华无奈何，勉力补凑，得数棺，为瘗其暴骨者，余棺犹有待也。

未几，孝廉病卒。太守哀悼不已，焚牒于东岳神，自称："居官清正，子无罪，不宜得此报。"归而假寐，见青衣人持东岳神帖请往。至大殿外，神迎于阶下曰："公见责良是，但尔子近为不肖之行，屯人之膏，令千百人骨暴原野。公不信，可归至尔子书斋启箧视之。"言毕，命人拥一囚至，枷锁银铛，即其子也。太守抱之哭，惊醒，急往其子书斋启箧①，尚余七百余金。询其仆，方知鬻画匿价之事，其子媳亦未知也。太守自此哀子之思为之少衰。

①笥：盛饭或衣物的方形竹器。

蛊

云南人家家畜蛊，蛊能粪金银，以获利。每晚即放蛊出，火光如电，东西散流。聚众噪之，可令堕地，或蛇，或虾蟆，类亦不一。人家争藏小儿，虑为所食。养蛊者别为密室，命妇人喂之，一见男子便败，盖纯阴所聚也。食男子者粪金，食女子者粪银。此云南总兵华封为予言之。

鸩人取香火

杭州道士廖明，募钱立圣帝庙。塑像开光之日，乡城男妇蜂集拈香。忽一无赖来，昂然坐圣帝旁，指像侮慢之。众人苦禁，道士曰："不必，听其所为，当必有报。"须臾，无赖仆地，呼腹痛，盘滚不已，遂死，七窍血流。众大骇，以为圣帝威灵，香火大盛，道士以之致富。逾年，其党分财不匀，出首去年无赖之慢神，乃道士贿之，教其如此。其死，乃道士先以毒酒饮之，而无赖不知也。有司掘验，其骨果青黑色，遂诛道士，而圣帝香火亦衰。

狸称表兄

六合老梅庵多狸，夜出迷人，在窗外必呼人字，称曰"表兄"。人相戒不答，则彼自去。有夏姓少年，读书庵中，月夜闻呼，疑为人也，开窗答之。见一妇人招手，而貌颇粗恶。意欲相拒，竟被拥抱入室，扯脱下衣，大吸其势，精尽乃去。据云其力甚大，不能自主，且毛孔腥臊，所经之处，皆有余臭，经月始散。

怪诈人父

李玉双孝廉家有婢，名春云，颇有姿，年十五，李欲纳为妾，与其妻有成说矣。春云白日见瓦上一男子下，拥其髻而嗅之，曰："汝发甚香，当大贵，宜从我，勿从主人。主人处馆穷儒，虽中举，不过一教官终耳。你向主人言，命其让我，且供我酒馔，我便赘汝家。"玉双闻之大怒，然亦无如何。是夜，怪竟来与婢配合。婢求主人具酒馔，如其言，则日夜安宁；否则，飞砖掷瓦之祸毕作。玉双不得已，与人谋，将此屋招人承买。玉双馆于望仙桥施氏，不常在家。一日者，商人孙耕文来看屋，敲门，有苍须老翁衣灰鼠袍出迎，摇手曰："此屋是我祖遗，并未出卖，勿听小儿玉双妄语，私相授受，将来要受讼累。"孙大骇，走告玉双，责以"父在，子不得自专"。玉双曰："先君亡已十余年，家中并无此翁。"乃知为怪所揶揄，冒认为父，彼此大笑。

自后，人知屋有怪，屡卖不成。玉双乃命婢父母领女还家，勿索身价。婢剺①面剪发，誓不肯归。其母虑为怪所害，以绳缚之，捆载还家，另嫁一士人。怪竟不来。

【注释】

①剺：用刀划。

中山王

江宁布政司署，为徐中山王故府，中有宁安殿，供奉中山王像。一几一椅，灰高数寸，例不敢拭，拭者有灾。帐幕桌帏，俱以黄绫为之。乾隆四十年，方伯某上任之日，即往行香，心念中山王爵虽贵，亦人臣也，帷幔黄色，似乎太僭，命以红绫易之。是夕，火光照耀。急往视之，则一帐一帏，俱已焚尽，而几案丝毫无伤。细查并无引火之物，于是悚然怖惧，仍以黄色绫易之。

状元不能拔贡

状元黄轩自言：作秀才时，屡试高等。乙酉年，上江学使梁瑶峰爱其才，以拔贡许之。临试之日，头晕目眩，握笔一字不能下。梁不得已，以休宁县生员吴鹤龄代之，及榜出后，病乃霍然。从此灰心于功名，自望得一县佐州判官心足矣。后三年，竟连捷，以至廷试第一。而吴鹤龄远馆溧水，以伤寒病终，终于贡生。

拘忌

塞侍郎某，性多拘忌，每遇人谈有"死""丧"二字，必作喷嚏以啐散之。路逢殡柩，则急往亲友家，解下衣帽，扑散数次，以为将晦气撒在人家，与己无与矣。又薛生白，常往李侍郎家看病，清晨往，待至日午始出。侍郎以面向内，以背向外，两公子扶之而行；坐定脉诊，口答病源，终不回顾。薛大骇，疑其面有恶疾，故不向客。问其家人，家人云："主人貌甚丰满，并无恶疾，所以然者，以某日喜神方在东，故不肯背之而出。又是日辰巳有冲，故必正午方出耳。"

奇术

康熙间，成其范善风角。三藩之变，成为中书，凡千里外用兵之事，日有所奏，皆奇验，以此官至理藩院侍郎。常赴席东华门张参领家，已坐定矣，忽脱冠带置几上，谓主人曰："我腹痛，将如厕。"出门呼其舆夫，飞奔而归。舆夫问故，摇手曰："我与汝三人皆此日劫中人，我不敢不到，故留衣冠以厌之。"言未毕，东华门火药局火发，延烧数十家，张参领家已为灰烬。

又有计小堂者，以妖言惑众，充发黑龙江。至旅店中，饭桌仄小，解差三人不能同坐，小堂以手扯之，顷刻桌长三尺。差役曰："汝以此得罪，尚不悛改①，而作此狡狯乎？"小堂怒而起，拉其所乘马送入墙内，仅留一尾在外摇摆。差哀求，乃拔其尾而出之。至配所，与某将军交善。一日，忽来泣曰："缘尽矣，不知何时再见！"挥手作别，将军留之，不可。但见小堂冉冉升空而去，将军速到彼帐中访之，则已死矣。

【注释】

①悛改：悔改。

狐仙自缢

金陵评事街张姓屋西书楼三间，相传有缢死鬼，人不敢居，封锁甚密。一日，有少年书生盛衣冠而来，求寓其家。张辞以家无空屋，书生愠曰："汝不借我，我自来居，日后冒犯无悔！"张闻其言，知为狐仙，诡云："西边书房三间，可以奉借。"因此房有鬼，私心欲狐仙居，为之驱除，然口不言其故。书生喜，揖谢而去。次日，闻楼中有笑语声，连日不断。张知狐仙已来，日具鸡酒供之。未半月，楼上寂然无声，张疑狐仙已去，将重封锁其门。上楼视之，有黄色狐，自缢于梁上。

高白云

四川高白云先生，名辰，辛未翰林，长于天文占验之学，尝就馆于岳大将军家。宰娄县，观星象，知山东氛恶。已而，果有王伦之事。未遇时，请乩仙问终身，仙赠诗云："少时志业蛟潜壑，老去功名凤峙冈。"先生不解。后由祠部主事升凤阳府同知，未到任，卒。其子扶榇来江宁，厝于仪凤门外，方悟乩仙①第二句之应。

【注释】

①乩仙：扶乩时请托的神灵。

梁观察梦应

广东梁兆榜观察，其族某，素奉佛，妻有娠，梦观音大士谓曰："汝生子，可名兆榜，将来是三甲第八名进士。"惊醒，果生一男，夫妇甚喜，以兆榜名之，即为捐监，以待入场。及年长，顽蠢异常，不能识字，留监照无用，乃以与族侄，使下场，即观察也。果庚午、辛未连捷，会试，出侍郎双公门。将殿试时，双公欲为送表联于读卷官，观察辞曰："门生先有梦兆，已定为三甲第八名进士。殿试前列，似难以人谋也。"双公笑而不信。殿试榜发，竟得二甲六十八名，双公愈笑其诞，观察亦疑梦之不足凭矣。是科进呈十卷，第一名为某相国之子，上改拔杭州吴鸿为状元，嫌二甲八十名太多，命分二十卷，置三甲，于是梁公仍为三甲第八名进士。双公叹曰："《易》称'圣人先天而天不违'，斯言信矣。"

大胞人

壬辰二月间，余过江宁县前，见道旁爬一男子，年四十余，有须，身面缩小，背负一肉山，高过于顶，黄胀膨亨，不知何物。细视之，有小窍而阴毛围之，方知是肾囊也。囊高大，两倍于其身，而拖曳以行，竟不死。乞食于途。

鬼入人腹

焦孝廉妻金氏，门有算命瞽者过，召而试之。瞽者为言往事甚验，乃赠以钱米而去。是夜，金氏腹中有人语曰："我师父去矣，我借娘子腹中且住几日。"金家疑是樟柳神，问："是灵哥儿否？"曰："我非灵哥，乃灵姐也。师父命我居汝腹中为祟，吓取财帛。"言毕，即捻其肠肺，痛不可忍。

焦乃百计寻觅前瞽者，数日后遇诸途，拥而至室，许除患后谢以百金。瞽者允诺，呼曰："二姑速出！"如是者再。内应曰："二姑不出矣。二姑前生姓张，为某家妾，被其妻某凌虐死。某转生为金氏，我之所以投身师父作樟柳神者，正为报此仇故也。今既入其腹中，不取其命不出。"瞽者大惊，曰："既是宿孽，我不能救。"遂逃去。

焦悬符拜斗，终于无益。每一医至，腹中人曰："此庸医也，药亦无益。且听入喉。"或曰："此良医也，药恐治我。"便扼其喉，药吐而后已。又曰："汝等软求我尚可，若用法律治我，我先啮其心肺。"嗣后，每闻招僧延道，金氏便如万刀刺心，滚地哀号，且曰："汝受我如此煎熬，而不自寻一死，何看性命太重耶？"

焦故彭芸楣侍郎门生，彭闻之，欲入奏诛瞽者。焦不欲声扬，求寝其事。金氏奄奄垂毙。此乾隆四十六年夏间事。

袁州府署大树

江西袁州府署后园，有大树高十余丈，每夜有两红灯悬其巅。或近视之，必有泥沙抛掷；春夏则蜈蚣蛇蝎下焉，人以故不敢狎亵。乾隆年间，有敏姓者来为太守，恶其为妖，召匠数人，持刀斧伐树。宾僚妻子，无不谏者。太守不为动，自坐胡床，督匠伐树。树上飞下白纸一张，上有字数行，坠太守怀中。太守视之，色变而起，趣挥匠散。至今大树犹存，然终不知纸上作何语，太守亦终不为人言。

鬼怕冷淡

扬州罗两峰自言能见鬼，每日落，则满路皆鬼，富贵家尤多。大概比人短数尺，面目不甚可辨，但见黑气数段，旁行斜立，呢呢絮语。喜气暖，人旺处则聚而居，如逐水草者然。扬子云曰："高明之家，鬼瞰其室。"言殊有理。鬼逢墙壁窗板，皆直穿而过，不觉有碍。与人两不相关，亦全无所妨。一见面目,则是报冤作祟者矣。贫苦寥落之家,鬼往来者甚少,以其气衰地寒,鬼亦不能甘此冷淡故也。谚云"穷得鬼不上门",信矣。

鬼避人如人避烟

两峰云:鬼避人如人之避烟,以其气可厌而避之,并不知其为人而避之也。然往往被急走之人横冲而过,则散为数段,须团凑一热茶时,方能完全一鬼。其光景似颇吃力。

卖蒜叟

南阳县有杨二相公者,精于拳勇,能以两肩负粮船而起。旗丁数百以篙刺之,篙所触处,寸寸折裂,以此名重一时。率其徒行教常州,每至演武场,传授枪棒,观者如堵。

忽一日,有卖蒜叟,龙钟伛偻,咳嗽不绝声,旁睨而揶揄之。众大骇,走告杨。杨大怒,招叟至前,以拳打砖墙,陷入尺许,傲之曰:"叟能如是乎?"叟曰:"君能打墙,不能打人。"杨愈怒,骂曰:"老奴能受我打乎?打死勿怨!"叟笑曰:"老人垂死之年,能以一死成君之名,死亦何怨!"乃广约众人,写立誓券,令杨养息三日。

老人自缚于树,解衣露腹。杨故取势于十步外,奋拳击之。老人寂然无声,但见杨双膝跪地,叩头曰:"晚生知罪了。"拔其拳,已夹入老人腹中,坚不可出。哀求良久,老人鼓腹纵之,已跌出一石桥外矣。老人徐徐负蒜而归,卒不肯告人姓氏。

孙伊仲

　　常州孙文介公玄孙伊仲，赴江阴应试，舟泊于野。天将夕矣，路见古衣冠者，问何去，曰："应试。"其人咤曰："功名富贵，可袭取乎？水源木本，可终绝乎？此之不知，应试何为？"言毕不见。伊仲恍惚如梦，归至舟中，欲不应试，同人劝行。不得已，仍至江阴。患疟甚剧，莽热时，见古衣冠者又来曰："尔无父，我无子，风雨霜露，哀哉伤心。"伊仲悚然，即买舟南归。以此言告本族，方知文介公本无子，嗣其宗人为子，后其家子孙皆嗣子所出，而嗣子之墓久不可考矣。赵恭毅公孙刑部郎中某，代访得消息，墓为沈氏所占，乃为助钱，议赎还之。此乾隆四十三年事。

卷十五

姚端恪公遇剑仙

国初，桐城姚端恪公为司寇时，有山西某，以谋杀案将定罪。某以十万金赂公弟文燕求宽，文燕允之，而惮公方正，不敢向公言，希冀得宽，将私取之。

一夕者，公于灯下判案，忽梁上男子持匕首下，公问："汝刺客耶？来何为？"曰："为山西某来。"公曰："某法不当宽。如欲宽某，则国法大坏，我无颜立于朝矣，不如死。"指其颈曰："取！"客曰："公不可，何为公弟受金？"曰："我不知。"曰："某亦料公之不知也。"腾身而出，但闻屋瓦上如风扫叶之声。

时文燕方出京赴知州任。公急遣人告之。到德州，已丧首于车中矣。据家人云："主人在店，早饭毕，上车行数里，忽大呼'好冷风！'我辈急送绵衣往视，头不见，但血淋漓而已。"端恪题刑部白云亭云："常觉胸中生意满，须知世上苦人多。"

黄陵玄鹤

陕西黄帝陵，向有两玄鹤，相传为上古之鸟，朔望飞鸣，居人可望不可即。乾隆初年，又有二小鹤同飞，羽色亦黑。

一日，忽空中飞下大雕，以翅扑小鹤，几为所伤。老鹤知之，双来啄雕，格斗良久，云雷交至。雕死崖石上，其大可覆数亩。土人取其翅，当作屋瓦，荫庇数百家。

土地迎举人

休宁吴衡，浙江商籍生员。乾隆乙酉乡试，榜发前一日，其家老仆夜卧忽醒，喜曰："相公中矣！"问："何以知之？"曰："老仆夜梦过土地祠，见土地神驾车将出，自锁其门，告我曰：'向例省中有中式者，土地例当迎接。我现充此差，故将启行。汝主人，即我所迎也。'"吴闻之，心虽喜，终不信。已而榜发，果中第十六名。

小芙

黔北王氏妇，梦美女子认己为男子，而与之合，曰："我番禺陈家婢小芙也。子前身为仆，与我有约而事露，我忧郁死，爱缘未尽，故来续欢。"妇醒即病癫，屏夫独居，时自言笑，皆男子亵语，忘己之为女身也。久之，小芙白昼现形，家人百计驱之，莫能遣。会邻舍不戒于火，小芙呼告王氏，得免于难。王家德之，听其安居年余。一夕谓妇曰："我缘已尽，且得转生矣。"抱妇大哭，称"与哥哥永诀"，妇颠病即已，后竟无他。

棺盖飞

钱塘李甲，素勇，夕赴友人宴，酒酣，座客云："离此间半里，有屋求售，价甚廉。闻藏厉鬼，故至今尚无售主。"李云："惜我无钱，说也徒然。"客云："君有胆能在此中独饮一宵，仆当货此室奉君。"众客云："我等作保。"即以明晚为订。

次午，作队进室，安放酒肴，李带剑升堂，众人阖户反锁去，借邻家聚谈候信。李环顾厅屋，其傍别开小门，转身入，有狭弄，荒草蒙茸；后有环洞门，半掩半开。李心计云："我不必进弄，且在外俟其动静。"乃烧烛饮酒。

至三更，闻脚步声，见一鬼，高径尺，脸白如灰，两眼漆黑，披发，自小门出，直奔筵前。李怒，挺剑起，其鬼转身进弄，李逐至环洞门内。顷刻狂风陡作，空中棺盖一方，似风车儿飞来，向李头上盘旋。李取剑乱斫，无奈头上愈重，身子渐缩，有泰山压卵之危，不得已大叫。其友伴在邻家闻之，率众入，见李将被棺盖压倒，乃并力抢出，背负而逃。后面棺盖追来，李愈喊愈追，鸡叫一声，盖忽不见。于是救醒李甲，连夜抬归。

次日，共询房主，方知后园矮室停棺，时时作祟，专飞盖压人，死者甚众。于是鸣于官，焚以烈火，其怪乃灭。李病月余始愈。常告人曰："人声不如鸡声，岂鬼不怕人，反怕鸡耶？"

无门国

吕恒者，常州人，贩洋货为业。乾隆四十年，为海风所吹，舟中人尽没，惟吕抱一木板，随波掀腾，飘入一国。人民皆楼居，楼有三层者、五层者。祖居第三层，父居第二层，子居第一层，其最高者则曾高祖居之。有出入之户，无遮拦之门。国人甚富，无盗窃事。

吕初到时，言语不通，以手指画。久之，亦渐领解。闻是中华人，颇知礼敬。其俗分一日为两日，鸡鸣而起，贸易往来；至日午，则举国安寝，日斜时起，照常行事，至戌时又睡矣。问其年，称十岁者，中国之五岁也；称二十者，中国之十岁也。吕所居处，离国王尚有千里，无由得见。官员甚少，有仪从者，呼为"巴罗"，亦不知是何职司。男女相悦为婚，好丑老少，各以类从，无搀越勉强致嗟怨者。刑法尤奇，断人足者，亦断其足；伤人面者，亦伤其面；分寸部位，丝毫不爽。奸人子女者，使人亦奸其子女。如犯人无子女，则削木作男子势伏，㧓其臀窍。

吕居其国十有三月，因南风之便，附船还中国。据老洋客云："此岛号'无门国'，从古来未有通中国者。"

宋生

苏州宋观察宗元之族弟某，幼孤依叔，叔待之严。七岁时，赴塾师处读书，偷往戏场看戏，被人告知其叔，惧不敢归，逃于木渎乡作乞丐。有李姓者，怜而收留之，俾在钱铺佣工，颇勤慎，遂以婢郑氏配之。如是者九年，宋生颇积资财。

到城内烧香，遇其叔于途，势不能瞒，遂以实告。叔知其有蓄，劝令还家，别为择配。生初意不肯，且告叔云："婢已生女矣。"叔怒曰："我家大族，岂可以婢为妻。"逼令离婚。李家闻之，情愿认婢为女，另备妆奁陪嫁。叔不许，命写离书寄郑，而别为娶于金氏。郑得书大哭，抱其女自沉于河。

越三年，金氏亦生一女。其叔坐轿过王府基，忽旋风括帘而起，家人视之，痰涌气绝，颈有爪痕。是夜，金氏梦一女子，披发沥血，诉曰："我郑氏婢也。汝夫不良，听从恶叔之言，将我离异。我义不再嫁，投河死。今我先报其叔，当即来报汝夫，与汝无干，汝毋怖也。但汝所生之女，我不能饶，以女易女，亦是公道报法。"妻醒，告宋生。生大骇，谋之友。友曰："玄妙观有施道士，能作符驱鬼，俾其作法，牒之酆都①可也。"乃以重币赂施。施取女之生年月日，写黄纸上，加天师符，押解酆都，其家果平静。

三年后，生方坐书窗，白日见此婢来骂曰："我先拿汝叔，迟拿汝者，为恶意非从汝起，且犹恋从前夫妻之情故也。今汝反先下手，牒我酆都，何不良至此！今我牒限已满，将冤诉与城隍神。神嘉我贞烈，许我报仇，汝复何逃？"宋生从此痴迷，不省人事。家中器具，无故自碎；门撑棍棒，空中乱飞。举家大惧，延僧超度，终于无益。十日内宋生死，十日外其女死，金氏无恙。

【注释】

①酆都：传说中的地狱。

褐道人

国初，德侍郎某，与褐道人善。道人精相术，言公某年升官，某年得红顶，某年当遭雷击，德公疑信参半。后升官一如其言，乃大惧，恳道人避雷击之法。道人故作难色，再四求之，始言："只有一法。公于是日，约朝中一二品官十余位，环坐前厅大炕上，公坐当中，过午时则免。"德公如其言。

至是日，天气清朗，将午起，黑云风雨毕至，雷声轰轰，欲下复止。忽家人飞报："老太太被雷摄至院中。"德公大惊，与各官急趋往扶，则霹雳一声，将炕击碎。视其中，有一大蝎，长二尺许，太夫人故无恙也。寻褐道人，已不见矣。始知道人即蝎精也，以术愚人，实以自卫，智亦巧矣。非雷更巧，则德公竟不知为其所用也。

服桂子长生

吕琪从其兄官岭南司马，署有古井，夏夜纳凉，见井中有声玓玓①然，升起数红丸，大如弹棋，疑有宝。次早，遣人缒下探焉，得隔年桂子数十粒，鲜赤可爱。琪戏以井水服焉，日七枚，七日而尽。顿觉精神强健，如服参者然，年九十余。

【注释】

①玓玓（chēng）：多指玉声，常用以形容清脆的声响。

伊五

披甲人伊五者，身矮而貌陋，不悦于军官。贫不能自活，独走出城，将自缢。忽见有老人飘然而来，问："何故轻身？"伊以实告。老人笑曰："子神气不凡，可以学道。予有一书授子，够一生衣食矣。"伊乃随行数里，过一大溪，披芦苇而入，路甚曲折，进一矮屋，止息其中，从老人受学。七日而术成，老人与屋皆不见。伊自此小康。

其同辈群思咀嚼之，伊无难色，同登酒楼，五六人恣情大饮，计费七千二百文。众方愁其难偿，忽见一黑脸汉登楼，拱立曰："知伊五爷在此款客，主人遣奉酒金。"解腰缠出钱而去。数之，七千二百也，众大骇。

与同步市中，见一人乘白马急驰而过。伊纵马追之，叱曰："汝身上囊可急与我！"其人惶恐下马，怀中出一皮袋，形如半胀猪脬，授伊竟走。众不测何物，伊曰："此中所贮，小儿魂也。彼乘马者，乃过往游神，偷攫人魂无算。倘不遇我，又死一小儿矣。"俄入一胡同，有向西人家，门内哭声嗷嗷。伊取小囊向门隙张之，出浓烟一缕，射此家门中。随闻其家人云："儿苏矣。"转涕为笑。众由是神之。

适某贵公有女为邪所凭，闻伊名，厚礼招致。女在室已知伊来，形象惨沮。伊入室，女匿屋隅，提熨斗自卫。伊周视上下，出曰："此器物之妖也，今夕为公除之。"漏三下，伊囊中出一小剑，锋芒如雪，被发跣足，仗之而入，众家人伺于院外。寻闻室中叱咤声、击扑声、与物腾掷声、诟詈①喧闹声，良久寂然，但闻女叩首哀恳，不甚了了。伊呼灯甚急，众率仆妇秉烛入。伊指地上一物相示曰："此即为祟者。"视之，一藤夹膝也。聚薪焚之，流血满地。

【注释】

①诟詈：辱骂。

卷十六

仲能

唐再适先生观察川西时，有火夫陈某，粗悍嗜饮。一夕方醉卧，觉有物据其腹，视之，乃一老翁，髯发皆白，貌亦奇古，朦胧间不甚了了。陈以同伴戏己，不甚惊怖。时初秋，适覆单衾，因举以裹之，且挟以卧。晓曳衾，内有一白鼠，长三尺余，已压毙矣。始悟据腹老人即此怪。按此即《玉策记》所云"仲能"，善相卜者，能生得之，可以预知休咎。

雀报恩

周之庠好放生，尤爱雀，居恒置黍谷于檐下饲之。中年丧明，饲雀如故。忽病气绝，惟心头温，家人守之四昼夜。苏云：初出门，独行旷野，日色昏暗，寂不逢人。心惧，疾驰数十里，见城外寥寥无烟火。俄有老人杖策来，视之，乃亡父也。跪而哀泣，父曰："孰唤汝来？"答曰："迷路至此。"父曰："无伤。"导之入城，至一衙署前，又有老人纶巾道服自内出，乃亡祖也。相见大惊，责其父曰："尔亦糊涂，何导儿至此！"叱父退，手挽之庠行。有二隶卒，貌丑恶，大呼曰："既来此，安得便去？"与其祖相争夺。忽雀亿万自西来，啄二隶，隶骇走。祖父翼之出，群雀随之，争以翅覆之庠。约行数十里，祖以杖击其背曰："到家矣。"遂如梦觉，双目复明。至今无恙。

全姑

荡山茶肆全姑，生而洁白婀娜。年十九，其邻陈生美少年，私与通，为匪人所捉。陈故富家，以百金贿匪。县役知之，思分其赃，相与率扭到县。县令某，自负理学名，将陈决杖四十。女哀号涕泣，伏陈生臀上愿代。令以为无耻，愈怒，将女亦决杖四十。两隶拉女下，私相怜，以为此女通体娇柔如无骨者，又受陈生金，故杖轻扑地而已。令怒未息，剪其发，脱其弓鞋，置案上，传观之，以为合邑戒。且贮库焉，将女发官卖。

案结矣，陈思女不已，贿他人买之，而己仍娶之。未一月，县役纷来索贿，道路喧嚷。令访闻大怒，重擒二人至案。女知不免，私以败絮草纸置裤中，护其臀。令望见曰："是下身累累者，何物耶？"乃下堂扯去裤中物，亲自监临，裸而杖之。陈生抵拦，掌嘴数百后乃再决，满杖，归家月余死，女卖为某公子妾。

有刘孝廉者，侠士也，直入署责令曰："我昨到县，闻公呼大杖，以为治强盗积贼，故至阶下观之。不料一美女，剥紫绫裤受杖，两臀隆然，如一团白雪，日炙之犹虑其消，而君以满杖加之，一板下，便成烂桃子色。所犯风流小过，何必如是？"令曰："全姑美，不加杖，人道我好色；陈某富，不加杖，人道我得钱。"刘曰："为父母官，以他人皮肉博自己声名，可乎？行当有报矣！"奋衣出，与令绝交。

未十年，令迁守松江。坐公馆，方午餐，其仆见一少年从窗外入，以手拍其背者三，遂呼背痛，不食。已而背肿尺许，中有界沟，如两臀然。召医视之，医曰："不救矣，成烂桃子色矣。"令闻，心恶之，未十日卒。

孙方伯

孙涵中方伯为部郎时，居京师之樱桃斜街，房宇甚洁。忽有臭气一道，从窗外达于中庭。嗅而迹之，乃从后苑井中出。夜三鼓，众人睡尽，有连呼其老仆姓名者。听之，隐隐然亦出自井中。孙公怒而填之，怪亦竟绝。

卖冬瓜人

杭州草桥门外，有卖冬瓜人某，能在头顶上出元神。每闭目坐床上，而出神在外酬应。一日，出神买鲞①数片，托邻人带归，交其妻。妻接之，笑曰："汝又作狡狯耶？"将鲞挞其头。少顷，卖瓜者神归，以顶为鲞所污，傍徨床侧，神不能入，大哭去，尸亦渐僵。

【注释】

①鲞（xiǎng）：本义为剖开晾干的鱼，泛指成片的腌腊食品。

柳如是为厉

苏州昭文县署，为前明钱尚书故宅。东厢三间，因柳如是缢死此处，历任封闭不开。

乾隆庚子，直隶王公某莅任，家口多，内屋少，开此房居妾某氏，二婢作伴；又居一妾于西厢，老妪作伴。未三鼓，闻西厢老妪喊救命声，王公奔往，妾已不在床上。寻至床后，其人眼伤额碎，赤身流血，觳觫①而立，云："我卧不吹灯，方就枕，便一阵阴风吹开帐幔，遍体作噤。有梳高髻披大红袄者，揭帐招我，随挽我发，强我起。我大惧，急逃至帐后，眼目为衣架触伤。老妪闻我喊声，随即奔至，鬼才放我，走窗外去。"合署大骇，虑东厢之妾新娶胆小，亦不往告。

次日至午，东厢竟不开门。启入，则一姬二婢，俱用一条长带相连缢死矣。于是王公仍命封锁此房，后无他异。

或谓：柳氏为尚书殉节，死于正命，不应为厉。按《金史·蒲察琦传》，琦为御史，将死崔立之难，到家别母。母方昼寝，忽惊而醒。琦问："阿母何为？"母曰："适梦三人潜伏梁间，故惊醒。"琦跪曰："梁上人乃鬼也。儿欲殉节，意在悬梁，故彼鬼在上相候。母所见者，即是也。"旋即缢死。可见忠义之鬼，用引路替代，亦所不免。

【注释】

①觳觫：恐惧得发抖。

驱鲎

吴兴卞山有白鲎①洞，每春夏间，即见状如匹练起空中，游漾无定。所过之下，蚕茧一空，故养蚕时尤忌之。性独畏锣鼓声。明太常卿韩绍，曾命有司挟毒矢逐之，其《驱鲎文》载郡志。近年来作患尤甚。

乾隆癸卯四月，有范姓者，具控于城隍。是夜，梦有老人来曰："汝所控已准，某夜当命玄衣真人逐鲎。但鲎鱼司露有功，被害者亦有数，彼以贫故，当示之罚。尔等备硫磺烟草，在某山洞口相候可也。"

范至期，集数十人往。夜二鼓，月色微明，空中风作，见前山有大蝙蝠丈许，飞至洞前，瞬息诸小蝠群集者，不下数十。每一蝙蝠至，必有灯一点，如引导状。范悟曰："是得非所谓玄衣真人乎？"即引火纵烧烟草。俄而洞中声起，如潮涌风发，有匹练飞出，蝙蝠围环，若布阵然，彼此搏击良久。乡民亦群打锣鼓，放爆竹助之。约一时许，匹练飘散如絮，有青气一道，向东北而去，蝙蝠亦散。

次早往视，林莽间绵絮千余片，或青或白，触手腥秽，不可近。自是鲎患竟息。

【注释】

①鲎（hòu）：今指海生节肢动物，形似蟹。

海中毛人张口生风

雍正间，有海船飘至台湾之彰化界。船止二十余人，资货颇多，因家焉。逾年，有同伙之子，广东人，投词于官，据云："某等泛海，开船后遇飓风，迷失海道，顺流而东。行数昼夜，舟得泊岸，回视水如山立，舟不可行，因遂登岸，地上破船、坏板、白骨，不可胜计，自分必死矣。不逾年，舟中人渐次病死，某等亦粮尽。余豆数斛，植之，竟得生豆，赖以充腹。一日者，有毛人长数丈，自东方徐步来，指海水而笑。某等向彼号呼叩首，长人以手指海，若挥之速去者。某等始不解，既而有悟，急驾帆试之。长人张口吹气，蓬蓬然东风大作，昼夜不息。因望见鹿仔港口，遂收泊焉。"彰化县官案验得实，移咨广省，以所有资物按二首余家均分之，遂定案焉。

后有土人云："此名海闸，乃东海之极下处，船无回理，惟一百二十年，方有东风屈曲可上。此二十余人，恰好值之，亦奇矣。第不知毛而长者，又为何神也。"

卞山地陷

乾隆乙巳，湖州大旱，西门外下塘地陷数丈，民居屋脊，与地相平，屋中人破瓦而出，什物一无损坏。河中忽亘起土埂，升出白光一道，望龙溪而去，怪风随之。溪中渔舟数十，俱为白光所迷。俄顷风定，舟俱聚一处，而白光亦不见矣。时有方老人者，年九十余，自云少年时见渔舟捕得白鳝一条，重五六斤，不敢匿，献之乌程令某。适令前一夕，梦见一白衣女子来告云："某苕上水神也，为陈皇后守宫门，明日有厄求救。"次日见鳝而悟，仍命放入河中。今土中白光，得毋即此物欤？考西门外与迎禧门相连，南朝陈武帝之后为其父母营葬于卞山，起民夫开地道而出，葬后仍行封闭。然则地之陷，亦有由矣。

柳树精

杭州周起昆，作龙泉县学教谕，每夜，明伦堂上鼓无故自鸣。遣人伺之，见一人长丈余，以手击鼓。门斗俞龙，素有胆，暗张弓射之，长人狂奔而去。次夜寂然。后两月，学门外起大风，拔巨柳一株。周命锯之为薪，中有箭横贯树腹，方知击鼓者此怪也。龙泉素无科目，是年中一陈姓者。

卷十七

白骨精

处州地多山，丽水县在仙都峰之南，土人耕种，多有开垦到半山者。山中多怪，人皆早作早休，不敢夜出。时值秋深，有田主李某到乡刈稻，独住庄房。土人恐其胆怯，不敢以实告，但戒昏夜勿出。一夕，月色甚佳，主人闲步前山，忽见一白物躃踊①而来，棱嶒有声，状甚怪。因急回寓，其物已追踪而至。幸庄房门有半截栅栏，可推而进，怪不能越。主人进棚胆壮，月色甚明，从栅缝中细看，乃是一髑髅，咬撞栅门，腥臭不可当。

少顷鸡鸣，见其物倒地，只白骨一堆，天明亦复不见。问之土人，曰："幸足下遇白骨精，故得无恙。若遇白发老妇，假开店面，必请足下吃烟。凡吃其烟者，从无生理。月白风清之夜，常出作祟，惟用苔帚可以击倒之。亦终不知何怪。"

【注释】

①躃（bì）踊：捶胸顿足。哀痛貌。

怪怕讲理

苏州富翁黄老人者，年过八十，独处一楼。忽见女子倚门而望，老人壮年曾有爱女卒于此楼，疑是女魂，置之不问。次晚又见，则多一男子矣。至第三日，一男一女，跨身梁间，两目下注。老人故作不见，俯首看书。其男子乃下，直立老人旁。老人笑问曰："足下是鬼耶？此来甚差！我年已八十余，死乃旦夕事，不久与君为同类，何必先蒙过访。若是仙耶，何不请坐一谈？"怪不答，但长啸，四面楼窗齐开，阴风袭人。老人唤家人上楼，怪亦不见。

后数月，二媳一孙皆死，仅存一小婢。老人恐此女身后无依，乃赠与西席华君为妾，生三子。现在浙江临海县华公署中。此事华秋槎明府为余言。

雷诛王三

常州王三，积恶讼棍也。太守董怡曾到任，首名访拿，王三躲避。其弟名仔者，武进生员，正在娶亲。新人入门，而差役拘王三不得，遂拘其弟往，管押班房。王三知家属已去，则官事稍松，乃夜入弟室，冒充新郎，与弟妇成亲。

次日，差役带其弟上堂。太守见是柔弱书生，愍①其无辜，且知其正值新婚，作速遣还。宽限一月，访拿王三。其弟入室，慰劳其妻，妻方知此是新郎，昨所共寝者非也，羞忿缢死。其岳家要来吵闹，而赧于发扬，且明知非新郎之罪，乃曰："我家所赔赠衣饰，须尽入棺中，我才罢休。"新郎舅姑哀痛不已，一一从命。王三闻之，又动欲念，伺其攒殡之所，往发掘之。开棺，妇色如生，乃剥其下衣，又与淫污。污毕，取其珠翠首饰，藏裹满怀，将奔上路。忽空中霹雳一声，王三震死，其妇活矣。

次早，管坟人送信于其弟家，迎归完娶。太守闻之，命斫王三骨而扬其灰。

【注释】

①愍：同"悯"。

铁匣壁虎

云南昆明池旁，农民掘地得铁匣，匣上符篆不可识，旁有楷书云"至正元年杨真人封"。农民不知何物，椎碎其匣，中有壁虎寸许，蠕蠕然，似死非死。童子以水沃之，顷刻，寸许者渐伸渐长，鳞甲怒生，腾空而去。暴风烈雨，天地昏黑，见一角黑蛟与两黄龙空中攫斗，冰雹齐下，所损田禾民屋无算。

天厨星

曹能始先生，饮馔极精，厨人董桃媚，尤善烹调。曹宴客，非董侍，则满座为之不欢。曹同年某，督学蜀中，乏作馔者，乞董偕行。曹许之，遣董。董不往，曹怒逐之。董跪而言曰："桃媚，天厨星也，因公本仙官，故来奉侍。督学凡人，岂能享天厨之福乎？尔来公禄将尽，某亦行矣。"言毕，升空向西去，良久影逝。不逾年，曹竟不禄。

梦中联句

曹少时过太平书坊，得《椒山集》，归。夜阅之，倦，掩卷卧。闻叩门声，启视，则同学迟友山也。携手登台，仰见明月，友山赋诗云："冉冉乘风一望迷。"曹云："中天烟雨夕阳低。来时衣服多成雪。"迟云："去后皮毛尽属泥。但见白云侵冷月。"曹云："何曾黄鸟隔花啼。"迟云："行行不是人间象。"曹云："手挽蛟龙作杖藜。"吟罢，友山别去。学士归语其妻，妻不答；转呼仆，仆亦不应。复坐北窗，取《椒山集》，掀数页，回顾己身，卧竹床上，大惊，始知梦也。惊醒，起视《椒山集》，宛然掀数页，而次日友山讣至。

碧眼见鬼

河南巡抚胡公宝瑔，眼碧色，自幼能见鬼物。九岁，犹不言，尚记前生事。能言后，不复记矣。自言人间街衢堂屋，在在有鬼，惟朝廷午门内无之，菜市口刑人处，鬼尤丛集。遇人气盛，避之而行；衰弱，则摩肩而过。或有所揶揄者，其人必病。午前犹不甚出，午后道路纷纷然。其举止率皆卑琐龌龊，无昂伟正大者。

公一生不肯入庙，神佛见之，往往起立。尝述所经历者，尊莫尊于东岳大帝，卤簿①繁盛；奇莫奇于金将军，遍体金色，毛孔闪闪，生万道金光；丑莫丑于狭面神，身长三尺，面长四尺，阔止五六寸，令人对之欲呕。他如如来、仙子、关公、蒋侯，皆未之见也。

幼时过土地祠，旁塑牛头鬼，公践其角。鬼随归家，以角抵公卧床，震撼不已。随患疟，牛压其胸，太夫人祭之方去。人问："胡公官贵，何神佛见之尚起立，而牛头贱鬼乃敢揶揄之耶？"余答之曰："惟是神是佛，正直聪明，故知其为贵人、正人而敬之。牛则无知也，何敬之有？"

公抚河南时，朔日行香，未至庙，忽低头持扇遮面。司、道迎接打恭，岸然不答。公素谦，一旦改常，司、道大疑。

越一日，乘间问曰："公某日行香，如有意拒绝我等者，得毋有所开罪乎？"公曰："非也。前日见庙前有天蓬神两位，被河神锁系，求我说情。我若允许，则彼原有罪；如不允，则天蓬神缠扰不清，故佯为不见而过之耳。"

【注释】

①卤簿：古代帝王出行时扈从的仪仗队。

龙母

常熟李氏妇，孕十四月，产一肉团，盘曲九折，莹若水晶。惧，弃之河，化为小龙，擘空而去。逾年，李妇卒，方殓，雷雨晦冥，龙来哀号，声若牛吼。里人奇之，为立庙虞山，号"龙母庙"。乾隆壬午夏，大旱，牲玉既馨，卒无灵。桂林中丞以为大戚，其门下士薛一瓢曰："何不登堂拜母乎？"中丞遣官，以牲牢祷龙母庙，翌日雨降。

徐崖客

湖州徐崖客者，孽子也。其父惑继母言，欲置之死。崖客逃，云游四方。凡名山大川，深岩绝涧，必攀援而上，以为本当死之人，无所畏。

登雁宕山，不得上，晚无投宿处，旁一僧目之曰："子好游乎？"崖客曰："然。"僧曰："吾少时亦有此癖，遇异人授一皮囊，夜寝其中，风雨虎豹蛇虺，俱不能害。又与缠足布一匹，长五丈，或山过高，投以布，便攀援而上。即或倾跌，但手不释布，紧握之，坠亦无伤，以此游遍海内。今老矣，倦鸟知还，请以二物赠公。"徐拜谢别去。嗣后，登高临深，颇得如意。

入滇南，出青蛉河外千余里，迷道，砂砾渺茫，投囊野宿。月下闻有人溲于皮囊上者，声如潮涌。偷目之，则大毛人，方目钩鼻，两牙出颐外数尺，长倍数人。又闻沙上兽蹄杂沓，如万群獐兔被逐狂奔者。俄而，大风自西南起，腥不可耐，乃蟒蛇从空中过，驱群兽而行，长数十丈，头若车轮。徐惕息噤声而伏。天明出囊，见蛇过处，两旁草木皆焦，己独无恙。饥无乞食处，望前村有若烟起者，奔往，见二毛人并坐，旁置镬，爇①芋甚香。徐疑即月下遗溲者，跪而再拜，毛人不知；哀乞救饥，亦不知；然色态甚和，睨徐而笑。徐乃以手指口，又指其腹，毛人笑愈甚，哑哑有声，响震林谷，若解意者，赐以二芋。徐得果腹，留半芋，归视诸人，乃白石也。

徐游遍四海，仍归湖州。尝告人曰："天地之性，人为贵。凡荒莽幽绝之所，人不到者，鬼神怪物亦不到。有鬼神怪物处，便有人矣。"

【注释】

①爇：点燃，焚烧。

射天箭

苏州陶夔典之弟某，年十六，好仰空发矢，号曰"天箭"。忽一日射毕，投弓大叫曰："我太湖水神，朝天过此，被汝射伤我臀，罪当万死！"举家跪求，卒不能救，病一日而死。夔典谓余曰："弟诚顽劣，然以鬼神之灵，而不能避儿童之箭，亦不可解。"

沈椒园为兵岳部司

嘉兴盛百二，丙子孝廉，受业于沈椒园先生。沈殁数年，盛梦游一处，见椒园乘八轿，仪从甚盛。盛趋前拱揖，沈摇手止之，随入一衙门。盛往投帖求见，阍者传谕："此东岳府也，主人在此作部曹，未便进见。"

盛知公为神，乃踉跄出。见柳阴下有人，彷徨独立，谛视之，椒园表弟查某也。问："何以在此？"曰："椒园表兄招我入幕，我故来，及到此，又不相见，未知何故。我有大女明姑，冬月将出嫁，我要过此期才能来，而此意无由自达，奈何？"盛曰："若如此，我当再扣先生之门，如得见，则并达尊意，何如？"查曰："幸甚。"盛仍诣辕门，向阍者述所以又来求见之故，阍为传入。顷之，阍者出曰："主人公事忙，万不能见。可代致意查相公，速来速来，不能待至冬月。即查大姑娘，亦随后要来，不待婚嫁也。"盛以此语复查，相与歔欷①而醒。

是时春二月也，急往视查，彼此述梦皆合，查怃然不乐。其时查甚健，无恙。至八月间，查以疟亡；九月间，查女亦以疟亡。椒园，余社友，同举鸿词科。

【注释】

①歔欷：哀叹抽泣。

卷十八

陕西茶客

陕西茶客某，贩茶江南，归宿阌乡旅店。其东厢先有居者，山东二布客也。彼此晚膳毕，闭门睡矣。客梦有怪物，披发，赤短须，凹面，撞门入，手持铁索，取东厢二布客锁之。随锁茶客，三人共索如鱼贯然，缚门外柳树上，怪又撞入他店去。二布客铁链甚紧，不能动；茶客链稍松，苦挣得脱。惊醒，以为梦也。告店主，亦不甚怖。次日五更，店主大喊，东厢二客死矣。半里外饭店中，亦死一骡夫。

鸡卵担粪

杭州清泰门外有观音堂，徐姓者，其妻为五通神所据，每朔望至其家饮啖，有事必预为通知。妻故穷苦，佐其夫粪田。神怜之，代为担粪。以两空壳鸡卵为桶，盛粪石许，细竹管挑之，较多于木桶盛者，而所灌田尤肥。

狐丹

常州武进县有吕姓者，妇为狐所凭，化作美男子，戴唐巾，为人言休咎，有验有不验。来问卜者，狐或外出，则命书一笺焚之，存其灰于坛中。狐来，口吐物，红色如小镜然，大不过寸许，持向坛中照灰，便能朗诵所焚之语，丝毫无误。照毕，仍吞入腹中。或云：此狐丹也。狐有批答，辄令妇口授之，虑其遗忘，则以手掐妇手指之中节，便能记忆。虽长篇韵语，俱能成通，过此则依然不识字也。

有某秀才，为妇中表亲，欲与狐唱酬，嘱转致狐。狐曰："有一对，秀才能属对，即与酬答可也：'红白桃花映纸窗，花无二色。'"妇以告，秀才不能对，惭而退。此狐至今犹存其家。钱竹初明府为予言。

处州溺妇奇狱

处州乡民陈瑞，送妻还其母家，路过半塘桥，妇溲于厕，久而不返。陈往寻不得，望前村槚屋中红裙外露，急往视之，果其妻裙也。似被人曳入棺中，露半幅于外。心疑僵尸作祟，将斧出之，以救其妻。访问棺主，有张某云："此我家姑母棺也。姑母死时，年三十余，其子又亡，无力营葬，久攒于此。"陈请开棺。初不许，陈哀求至再，始许之。劈开，则一白须男子，手持某妻之裙，而不见某妻之身。于是，陈以失生妻控官，张以失死姑控官，官不能断，至今悬为疑狱。

道家有全骨法

杭州龙井初开时，商人叶姓者司其事。有倪某者，为叶择开工日期。后十年，叶身故。倪忽暴病，有群鬼附其身，语音不一，曰："还我骨！还我骨！"声啾啾然，楚、越、吴、鲁音皆杂有也。最后有自称陈朝傅将军者曰："我助萧摩诃南征北讨，葬此千年，汝何得与叶某擅伤我骨！"家人环求曰："此官府所命，主人力不能抗，将军何不相谅耶？"将军曰："此虽公事不可违，然汝与叶某，理宜将掘骨暴棺事告知官府。官府不从，便与汝无罪。今汝等并不告官，而擅将我等数十人骨混行抛掷，以致男装女头，老接少脚，至今丛残缺散，鬼如何安？"家人请用佛法解禳，将军曰："佛无能为，惟道家有全骨法，汝往求之。"

于是，叶家人访有礼斗人施柳南、万近蓬等，往而拜求。遂设坛于龙井，作法七日，见西湖神灯赫然，散满水上，或叠高为塔，或横排为雁字，或团聚如大车轮，或散作流萤万点。须臾，斗母下降，霞珮璎珞，严妆不可逼视。牵二囚来，即叶某与倪姓也，皆跪阶前。鬼数十，争来笞击，斗母喝曰："此亦汝等劫数，毋庸仇怨。我命九幽使者，尽提残骨，为汝等补还可也。"少顷，髑髅数十具，皆有白气萦绕，旋滚成团，其缺处皆圆满矣。将军长丈余，披金甲，率群鬼拜谢斗母。叶亦解锁，合掌膜拜而去。倪病遂愈。此事近蓬为余言。

批地藏王颊

两江总督于成龙未遇时，梦至一宫殿，上书"地藏王府"四字。殿上老僧，伽趺闭目。于心念地藏王主人间生死事，家有老仆某，愿而勤，久病不起，因长揖告诉，求为延寿。再三言，僧嘿然不应。于怒，直前手批其颊。老僧开眼，笑屈一指示之。醒而告人，皆云："地藏王一指，当是延寿一纪。"已而老仆病愈，果又生人间十二年。

乌门山事

绍兴东关有张姓者，妻病延医，行过乌门山，遇白须叟，相随而行。时天已晚，觉此叟足不贴地，映夕阳无影，心疑为鬼。问其踪迹，叟亦不讳，曰："我非人，乃鬼也。然有求于君，非害君者。我有骸骨，葬乌门山之西，被凿石者终日钻矶，山石就倾，我坟中朽棺，业已半露，不久将坠入河中。幸君哀我，为改葬之。君前去到新桥地方，有五个溺水鬼，坐而待君，我为君先往驱除之。"出怀中朱家糕与张食，曰："明日请到朱家，以朱家包糕纸为证。"张与偕行至新桥，果有黑气五团踞桥坐。叟先往折树枝打之，声啾啾然，尽落于水。张到医家，叟再拜别去。

次日，张往朱家买糕，出其纸，果朱店中招贴也。告以原委，店主人悄然曰："君所见叟，姓莫名全章，故余戚也。渠改葬之事，何不托我而托君？想与君有缘。君命中不应死于五水鬼，故神灵命此叟为君驱除耶？"引张往乌门山，视其墓，棺离水仅尺许，乃别择地改葬焉。

杨二

杭州杨二，素以拳棒为事。夏夜，坐后园假山上乘凉，见石罅①中出一小头，先露其发，再露其面。杨大骇，持棍击之，头不见。次日宿楼中，闻楼下有着屐声，往来历落，疑为贼，然心念偷儿无着屐之事。有顷，屐声缘梯而上，则一白衣人，带甬长帽，手持四方灯笼，嘻嘻然向杨而笑。杨击以铁尺，白衣人坠于楼下，作怒声曰："好打，好打！待我唤伙计来，好好收拾你！"

次日，杨召其徒告之，诸无赖噪曰："彼有伙计，我等亦有伙计，请护持老兄登楼打鬼。"于是治肴痛饮，各持器械登楼，鬼竟不至。鸡鸣时，诸无赖各倦卧。平明起，寻杨二不见。觅之，已死于楼下竹榻上。

【注释】

①罅：缝隙。

吴秉中

吴秉中，居葵巷，故予旧宅邻也，延汪名天先生训其子侄。月夜至馆中闲谈，见墙上有一老翁，长尺许，白发锐头，坐而效其所为。吴吃烟，叟亦吃烟；吴拱手，叟亦拱手。以为大奇，呼汪先生观之，先生所见无异。其侄锡九往观，无所见。是年秋，秉中与汪俱死，而锡九至今独存。

土窟异兽

闽商陈某，与诸客泛海，遇飓风，飘至一山脚下，见山崖平坦可步，相率樵采。初进，路甚仄，行一二里，即觉开旷。时天色将晚，闻海风萧飒，林鸟啾唧，不敢深入，乃归。

次日，风更甚，舟不行。舟中人悔昨未穷其境，约再往，拉陈与偕。迹前径行八九里，有一溪，水色澄绿，旁有土山，不甚高，穴中似有物喘息。众惧窜走，陈恃胆力，上大树隐身觇之。

食顷，其物出穴外，大倍水牛，而形似象，顶生一角，晶莹犀利，盘踞石上长啸，声裂竹木。陈惊惧几坠，但见虎豹猿鹿，各以其属至，俯伏其下，不止千计。其物择肥者践之，用舌舐其腹，吸其血，百兽皆股栗不能动。食三四兽，复曳尾入穴。客乃下寻旧径归，与众言所见，终未知山与兽何名也。

鸡脚人

闽商杨某，世以洋贩为业。言其祖于康熙中偕客出洋，遇旋风吹入海汊。其水面四高，惟中港独低，又在海水之下。杨舟盘涡而下，人船俱无恙。

至港底，见山川、草木、田畴、蔬谷，一如人世，惟无庐舍。岸侧有船依泊，内有数十人，亦中州来者，见杨等，欢如骨肉。因言此水惟闰年月有一日独高，与海水平，舟始可归。然只一食顷耳，稍迟则又不得上矣。其人先被飓风吹至时，亦曾有人居此港，后遇闰水得归。彼迟不及，留此六年，皆屡遇闰而失其时，故未得去。

杨同舟客有四十人，带有谷菜诸种，咸分土耕种。其地颇沃而收倍，且不须人灌溉，终日与前舟人款接往来，几忘身在世外也。惜无黄历考日时，每食讫，咸登舟待水满而已。

一日，杨与客闲步野外，望隔溪有人，行近溪口，皆长丈余，无衣，身有毛，脚如鸡爪，胫如牛膝。见杨，啾唧作对语状，音不可晓。归与彼舟人言之，亦言来时曾于溪口见之，缘溪满不得渡。倘其来此，吾辈宁有孑遗耶？

后六年八月，遇风水满，与前舟人同归。杨家有老仆，曾随行者，今已八十余，尚在，能道其详。按台湾有鸡爪番，常栖宿树上，此岂其苗裔欤？

海和尚

潘某，老于渔业，颇饶。一日，偕同辈撒网海滨，曳之，觉倍重于常，数人并力舁之出。网中并无鱼，惟有六七小人跌坐，见人，辄合掌作顶礼状。遍身毛如狝猴，髡①其顶而无发，语言不可晓。开网纵之，皆于海面行数十步而没。土人云："此号'海和尚'，得而腊之，可忍饥一年。"

【注释】

①髡（kūn）：剃去头发，光头。

一足蛇

谢大痴言，其友某在黔日，往一村，见民家多悬一物，鳞甲莹然，已腊而干之矣。言此去五里有山，为樵采地。山脚为往来路径，旁有枯树一株，极大。树内藏一蛇，人首驴耳，耳能扇动有声，鳞如松皮。只一足，如龙爪，吐舌甚长，跃行迅疾。近人，辄以口喷毒气，令人迷仆，然后以舌入人鼻，吸血饮之。村人募丐者，予以金，除其患，无有应者。

逾年，有二丐应命，索重酬，众为醵①金如其数。其人取唾涎厚涂其身，裸而诱之。蛇果至，则急趋道旁田内。蛇追及之，陷于泥中，不能动。然后二丐跃起，以长竿扎刀，尽力斫之，断其首，乃死。村民家有被其害者，争分其肉。

【注释】

①醵（jù）：凑钱。

方蚌

有人在闽出海口樵采，至一山，见山涧内悉卧方蚌：大者丈许，小者亦长数尺，礧砢①重叠，以千百计。其人惊，方欲去，忽一蚌开口，其壳内有蓝面人，如夜叉状，卧其中。见人，手足皆动，作攫拿势，欲起而不得脱，盖其躯生壳上，即借蚌壳为背，故不能脱壳而出。少顷，众蚌悉张口，皆有夜叉如前状。其人仓皇急窜，闻背后剥剥有声，众蚌皆旋滚随之。及舟，舟中人斫以巨斧，获其一，并壳俱碎，夜叉亦死。带归示人，俱无知者。

【注释】

①礧砢（léi luǒ）：众多委积貌。

山和尚

有李姓者，客中州，遇大水，登山避之。水势骤涨，其人更上山顶。时已暮，见矮草屋，乃山民耕地夜巡者所居，内悉藉以草，旁置一竹梆，其人宿焉。中夜，闻踏水声，视之，见一黑短胖和尚游水面，将至。其人大呼，此怪稍却。少顷又前，其人窘急，取梆大击。山民都集，怪遂去，终夜不复至。次日水退，询山人，云："山和尚也，斯人孤弱，便食人脑。"

汤翰林

钱塘汤翰林其五，未遇时，应试贡院，僦屋而居，苦其狭小。见旁有大宅，封锁甚固，杳无人居。访之邻人，云：
"此杭州太守柴公屋也。有恶鬼作祟，以故无人承买。"汤素
有胆，曰："借居可乎？"邻人笑其狂，亦无阻者。汤遂开锁
启门入，见楼上有二桌四椅，楼西有竹箱。虽久无人居，而
尘埃不积。汤心喜，即挈行李登楼，手一壶一棍，秉烛读书。

至三鼓，阴风起于窗外，灯焰缩小，有披发女子，赤身
喷血而进。汤挥以棍，女惘然曰："贵人在此，妾误矣。"仍
从窗出。汤喜鬼已去，将解衣安寝。忽楼西厢内籁籁有声，
视之，则此女从西厢出，手执裙袄、艳色衣并梳蓖等物，若
将膏沐者。汤愈无恐，且饮且读书。

有顷，女子梳妆毕，着艳衣。冉冉至前，跪诉曰："妾负
奇冤，非公不能为我白者。妾姓朱，名笔花，杭州柴太守妾
也。正妻妒而狡，知太守爱妾，不敢加害。值妾产子时，贿
收生婆，于落胎后将生桐油涂我产宫，溃烂而亡。妾儿名某，
正妻取以为子，至今虽长成，并不知为妾之子。十年后，君
为湖北主考，子当出公门下，公须以妾冤告之。妾尸犹埋此
楼之东墙井边，有八角砖为记，可命其来此改葬生母。"并指
竹箱曰："此皆妾藏首饰奁具处也。妾亡时，太守哀痛之至，
临去吩咐家人，勿持我箱还家，恐触目心伤故也。后有来窃
取者，妾以阴风喝退之。今此中尚存三百金，可以奉赠。"
汤为惨然，唯唯而已，后一如其言。楼上怪从此绝，而屋亦
转售。

黑苗洞

湖南房县，在万山之中。西北八百里，皆丛山怪岭，苗
洞以千数，无人敢入。有采樵者误入洞内，迷路不能出。见

数黑人，浑身生毛，语兜离似鸟，以草结巢，栖于树巅。见樵人喜，以藤缚其手足，挂于树梢。樵者自分死矣。

俄而，一老妪从他巢中来，白发高颡①，略似人形，言语犹作楚声，谓樵者曰："汝何误入此洞耶？我亦房县城中人。康熙某年，年荒乞食，迷入此洞。诸黑苗初欲食我，后摸我下体，知为女，遂留居巢中为妻。"指二黑毛人曰："此我儿也，尚听我说话，我当救汝。"樵人跪谢。老妪腾身上树，亲解其缚，袖中出栗枣数枚，曰："为汝疗饥。"随向二黑毛人耳语良久，语唊唊莫辨，手树枝一条，缚布巾于上，曰："有尔等同类，欲害我乡邻者，以此示之，俾知我意。"

二毛人送樵人，行三日许，才得原路归。路上人皆曰："此黑苗洞也，迷入者都被其唻，从无归者。"

【注释】

①颡（sǎng）：额头，脑门。

洞庭君留船

凡洞庭湖载货之船，卸货后，每年必有一整齐精洁之船，千夫拉曳不动。舟人皆知之，曰："此洞庭君所留也。"便听其所之，不复装货。舵工水手，俱往别船生活。至夜，则神灯炫赫，出入波浪中，清晨仍归原泊之处。年年船只轮换当差，从无专累一家者，亦从无撞折损伤者。

石狮求救命

广东潮州府东门外，每行人过，闻唤救命声。察之，四面无人，声从地下出。疑是死人更活，持锄掘之。下土三尺许，有石狮子被蟒围其颈。众大骇，即击杀蟒，而扛石狮于庙中。土人有所祈祷，灵验异常；或不敬信，登时降祸。自此香火大盛。

太守方公闻之，以为妖异，将毁其庙。民众哓哓，几激成变。太守不得已，诡言迎石狮入城，将别为立庙，众方应允。舁至演武场，锤碎石狮，投之河中，了无他异。太守方公名应元，湖南巴陵人。

余按，晋元康中，吴郡怀瑶家地下闻吠声，掘之，得二犬。长老云："此名犀犬，得者其家富昌。"事载《异苑》。

旱魃

乾隆二十六年，京师大旱。有健步张贵，为某都统递公文。至良乡，漏下出城，行至无人处，忽黑风卷起，吹灭其烛，因避雨邮亭。有女子持灯来，年可十七八，貌殊美，招至其家，饮以茶，为缚其马于柱，愿与同宿。健步喜出望外，绸缪达旦。鸡鸣时，女披衣起，留之不可。健步体疲，乃复酣寝。梦中觉露寒其鼻，草刺其口。天色微明，方知身卧荒冢间，大惊牵马，马缚在树上，所投文书，已误期限五十刻。

官司行查至本都统，虑有捺搁情弊，都统命佐领严讯，健步具道所以。都统命访其坟，知为张姓女子，未嫁与人通奸，事发，羞忿自缢，往往魇祟①路人。

或曰："此旱魃也。猱形披发，一足行者，为兽魃；缢死尸僵，出迷人者，为鬼魃。获而焚之，足以致雨。"乃奏明启棺，果一僵女尸，貌如生，遍体生白毛。焚之，次日大雨。

【注释】

①魇祟：用妖术使人迷乱。

蝎怪

佟明府宰芮城，有乡民，夏间袒背坐石上，持面一碗，食未毕，忽大呼仆地而绝。众人视之，背正中有洞，深数寸，黑血泉涌，不知何疾也。具呈报官，疑为卖面人所毒。佟公往验，见所坐石旁有罅，黑血流入罅中，其下若有呼噏声，乃命掘石。下三尺许，石穴中有蝎，如鹅大，方仰首饮血，尾弯环作金色。乡民争持犁锄击之，蝎死而尾不损。以验死者之背，伤痕宛然。乃取蝎尾贮库，至今犹存。

蛇王

楚地有蛇王者，状类帝江[1]，无耳目爪鼻，但有口；其形方如肉柜，浑浑而行，所过处草木尽枯；以口作吸吞状，则巨蟒恶蛇尽为舌底之水，而肉柜愈觉膨然大矣。

有常州叶某者，兄弟二人，游巴陵道上，见群蛇如风而趋，若有所避。已而腥风愈甚，二人怖，避树上。少顷，见肉柜正方，如猬而无刺，身不甚大，从东方来。其弟挟矢射之，正中柜面，柜如不知，负矢而行。射者下树，将近此物之身，欲再射之。拔其矢，而身已仆矣，良久不起。乃兄下树视之，尸化为黑水。洞庭有老渔者曰："我能擒蛇王。"众大骇，问之，曰："作百余个面馒头，用长竿铁叉叉之，送当其口。彼略吸，则去之而易新者，如是数十次。其初馒头霉烂如泥，已而黑，已而黄，已而微赪。伺馒头之色白如故，而后众人围而杀之，如豚犬耳，不能噬人。"众试之，果如其言。

豆腐架箸

四川茂州富户张姓者，老年生一儿，甚爱之。每出游，必盛为妆饰。年八岁，出观赛会，竟不反。遍寻至某溪中，已被杀矣，裸身卧水，衣饰尽剥去。张鸣于官，凶手不得。刺史叶公，身宿城隍庙求梦。夜梦城隍神开门迎叶，置酒宴之，几上豆腐一碗，架竹箸其上，旁无余物，终席无一言。叶醒后解之，不得其故。后捕快见人持金锁入典铺者，获而讯之，赃证悉合。其人姓符，方知竹架腐上，成一"符"字。

蒋金娥

通州兴仁镇钱氏女，年及笄，适农民顾氏为妇。病卒，忽苏，呼曰："此何地？我缘何到此？我乃常熟蒋抚台小姐，小字金娥。"细述蒋府中事，啼哭不止，拒其夫曰："尔何人，敢近我！须遣人送我回常熟。"取镜自照，大恸曰："此人非我，我非此人！"掷镜不复再照。

钱遣人密访，蒋府果有小姐，名金娥，病卒年月相符，遂买舟送至常熟。蒋府不信，遣家人到舟中看视。妇乍见，能呼某某名姓。一时观者如堵。蒋府恐事涉怪诞，赠路费，促令回通。妇素不识字，病后忽识字，能吟咏，举止娴雅，非复向时村妇样矣。

有何义门先生之侄号权者，向曾聘蒋府女，未娶女卒，因事来通，妇往见何，称为姑父。与谈旧事，一切皆能记忆，遂呼何为义父。何劝妇仍与原夫为婚，妇不肯，欲为尼，不果。此事在乾隆三十二年。

还我血

刑部狱卒杨七者，与山东偷参囚某相善。囚事发，临刑以人参赂杨，又与三十金，嘱其缝头棺殓。杨竟负约，又记人血蘸馒头可医瘵疾，遂如法取血，归奉其戚某。甫抵家，忽以两手自扼其喉，大叫："还我血！还我银！"其父母妻子烧纸钱，延僧护救之，卒喉断而死。

卷十九

周世福

山西石楼县周世福、周世禄兄弟相斗，刀戳兄腹，肠出二寸许。日久，肚上创平复如口，能翕张，肠拖于外，以锡碗覆之，束以带，大小便皆从此处流出。如此三载余方死。死之日，有鬼附家人身，詈其弟云："汝杀我，乃前生数定也，但早了数年，使我受多少污秽。"

韩宗琦

余甥韩宗琦，幼聪敏，五岁能读《离骚》诸书，十三岁举秀才。十四岁，杨制军观风，拔取超等，送入敷文书院。掌教少宗伯齐召南见而异之，曰："此子风格非常，虑不永年耳。"

己卯八月初一日清晨，忽谓其母曰："儿昨得梦甚奇，仰见天上数百人，奔波于云雾之中，有翻书簿者，有授纸笔者，状亦不一。既而闻唱名声，至三十七名，即儿名也，惊应一声而醒。所呼名字，一一分明，醒时犹能记忆，及晓披衣起，俱忘之矣。"自以为天榜有名，此科当中。

及至乡试，三场毕，中秋月明如昼，将欲缴卷，闻有人呼曰："韩宗琦，好归去也！"如是者三，其声渐厉，若责其迟滞者。甥应曰："诺。"及缴卷时,四顾无人,踉跄归。次日,问诸同考友,皆曰："无之。倘我辈即欲同归,必另有称呼,岂敢竟呼兄名?"

揭榜后,名落孙山,甥怅怅不乐。旋感病,遂不起。临终苦吟"举头望明月,低头思故乡"二句,张目谓母曰:"儿顿悟前生事矣。儿本玉帝前献花童子,因玉帝寿诞,儿献花时偷眼观下界花灯,诸仙嫌儿不敬,即罚是日降生人间,今限满促归,母无苦也。"卒年十五。盖俗传正月初九为玉帝生日云。

徐俞氏

邓州牧徐廷璐,与妻俞氏伉俪甚笃。俞卒,徐恸甚,凡其粉泽衣香,一一位置若平时,取其半臂覆枕上。至一七,营奠于庭,有小婢惊呼:"夫人活矣!"徐趋视,见夫人着半臂,端坐床上,子女家人奔集,咸见之。徐走前欲抱,其影奄然渐灭①,而半臂犹僵立,良久始仆。

一夕,徐设席,若与夫人对饮者,执杯泣曰:"素劳卿戒饮,今谁戒我耶?"语未毕,手中杯忽失所在,侍立婢仆遍寻不得。少顷,杯覆席间,酒已无余。

有妾语人曰:"此后夫人不能诉我矣。"至夕,见夫人直登卧榻批其颊,颊上有青指痕,三日始灭。自是,举宅畏敬,甚于在生时。

【注释】

①渐灭:消亡,消失。

琵琶坟

董太史潮，青年科第，以书画文辞冠绝时辈，性磊落而有国风之好。常与诸名士集陶然亭，散步吟诗，独至城堙下，忽闻琵琶声。踪迹之，声出数椽败屋，乃十七八美女子，着淡红衣，据窗理弦索。见董，略无羞避，挥弦如故。董徘徊不能去。同人怪董久不至，相率寻之，见董方倚破牖痴立，呼之不应。群啐^①之，董惊寤，而女子形声俱寂。始道其故，众入室搜索，败瓦颓垣，绝无人迹。有蓬颗一区，俗所称"琵琶坟"也。乃掖董归，未几，以疾归常州，卒于家。

【注释】

①啐：唾人表示鄙斥。

虾蟆蛊

朱生依仁，工书，广西庆远府陈太守希芳延为记室。方盛暑，太守招僚友饮。就席，各去冠，众见朱生顶上蹲一大虾蟆，拂之落地，忽失所在。饮至夜分，虾蟆又登朱顶，而朱不知。同人又为拂落，席间肴核，尽为所毁，复不见。朱生归寝，觉顶间作痒。次日，顶上发尽脱，当顶坟起如瘤，作红色。皮忽迸裂，一蟆自内伸头瞪目而望，前二足踞顶，自腰以下在头皮内，针刺不死。引出之，痛不可耐，医不能治。有老门役曰："此蛊也，以金簪刺之当死。"试之果验，乃出其蟆。而朱生无他恙，惟顶骨下陷，若仰盂然。

礅怪

高睿功，世家子也。其居厅前有怪。每夜人行，辄见白衣人长丈余，蹑后，以手掩人目，其冷如冰。遂闭前门，别开门出入。白衣人渐乃昼见，人咸避之。睿功偶被酒坐厅上，见白衣人登阶倚柱立，手拈其须，仰天微睇，似未见睿功在座者。睿功潜至其后，挥拳奋击，误中柱上，挫指血出，白衣人已立丹墀中。睿功大呼趋击，时方阴雨，为苔滑扑地。白衣人见而大笑，举手来击，腰不能俯，似欲以足蹴，而腿又长不能举，乃大怒，环阶而走。睿功知其无能为，直前抱持其足而力掀之，白衣人倒地而没。睿功呼家人就其初起处掘，深三尺，得白瓷旧坐礅一个，礅上鲜血犹存，盖睿功指血所染也。击而碎之，其怪遂绝。

返魂香

余家婢女招姐之祖母周氏，年七十余，奉佛甚虔。一夕寝矣，见室中有老妪立焉。初见甚短，目之渐长，手纸片堆其几上，衣蓝布裙，色甚鲜。周私忆，同一蓝色，何彼独鲜？问："阿婆蓝布从何处染？"不答。周怒骂曰："我问不答，岂是鬼乎！"妪曰："是也。"曰："既是鬼，来捉我乎？"曰："是也。"周愈怒，骂曰："我偏不受捉！"手批其颊，不觉魂出，已到门外，而老妪不见矣。

周行黄沙中，足不履地，四面无人，望见屋舍，皆白粉垣，甚宏敞，遂入焉。案有香一枝，五色，如秤杆长，上面一火星红，下面彩绒披覆层叠，如世间婴孩所戴刘海搭状。有老妪拜香下，貌甚慈，问周何来，曰："迷路到此。"曰："思归乎？"曰："欲归不得。"妪曰："嗅香即归矣。"周嗅之，觉异香贯脑，一惊而苏，家中僵卧已三日矣。或曰："此即聚窟山之返魂香也。"

观音作别

方姬奉一檀香观音像，长四寸。余性通脱，不加礼，亦不禁也。有张妈者，奉之尤虔，每早必往佛前焚香，稽首毕，方供扫除之役。余一日早晨，呼盥面汤甚急，而张方拜佛不已。余怒，取观音像掷地，足蹋之。姬泣曰："昨夜梦观音来别我，云：'明日有小劫，我将他适矣。'今果被君作蹋，岂非数也？"乃送入准提庵。余想佛法全空，焉得作如此狡狯，必有鬼物凭焉。嗣后，乃不许家人奉佛。

孔林古墓

雍正间，陈文勤公世倌修孔林。离圣墓西十余步，地陷一穴，探之中空，广阔丈余。有石榻，榻上朱棺已朽，白骨一具甚伟。旁置铜剑，长丈余，晶莹绿色。竹简数十页，若有蝌蚪文者，取视成灰。鼎俎尊彝之属，亦多破缺漫漶①。文勤公以为此墓尚在孔子之先，不宜惊动，谨加砖石封砌之，为设少牢之奠焉。

【注释】

①漫漶：书版、石刻等因年代久远遭磨损而模糊不清。

城门面孔

广西府差常宁，五鼓有急务出城。抵门，犹未启钥，以手扪之，软腻如人肌肤。差大骇，乘残月一线，定睛视之，则一人面塞满城门，五官毕具，双眼如箕，惊而返走。天明，逐队出城，亦无他异。

熊太太

康熙间，内城伍公某者，三等侍卫也，从上打围木兰。以逐取猎犬故，坠深涧中，自分死矣。饿三日，有人熊过涧，乃抱以上，自分以为将啖己也，愈惊。熊抱入山洞，采果喂之，或负羊豕与食。伍见而攒眉，熊为采树叶烧熟以食之。久之，渐无怖意。每小便。熊必视其阴而笑，方知熊故雌也，遂与成夫妇。生三子，勇力绝人。

伍欲出山，熊不许；其子求还家，熊许之。长子名诺布，官蓝翎侍卫，乃以巨车迎父母还家，家人号曰"熊太太"。人求见者，熊不能言，能叉手答礼。就养其家十余年，先伍公卒。学士春台亲见之，为余言。

金刚作闹

严州司寇某，有戚徐姓者，能持《金刚经》。司寇卒后，徐作功德，为诵经，日八百遍。一夕病重，梦鬼役召至阎罗殿，上坐王者谓曰："某司寇办事太刻，奉上帝檄，发交我处。应讯事甚多，忽然金刚神闯门入，大吵大闹，不许我审，硬向我要某司寇去。我系地下冥司，金刚乃天上神将，我不敢与抗，只好交其带去。金刚竟将他释放。我因人犯脱逃，不能奏覆上帝，只得行查到地藏王处，方知是汝在阳间多事，替他念《金刚经》所致。地藏王晓得公事公办，无可挽回，故替我拦住金刚神，不许再来作闹，仍将某公解回听审。所以召汝者，将此情节告知，不许再为诵经。姑念汝也是一片好意，无大罪过，故仍放汝还阳。然妄召尊神，终有小谴，已罚减阳寿一纪矣。"徐大惊而醒。未十年，竟卒。

吴西林曰："金刚乃佛家木强之神，党同伐异，闻呼必来，有求必应，全不顾其理之是非曲直也，故佛氏坐之门外，为壮观御武之用。诵此经者，宜慎重焉。"

烧头香

凡世俗神前烧香者，以侵早第一枝为头香，至第二枝便为不敬。有山阴沈姓者，必欲到城隍庙烧头香，屡起早往，则已有人先烧矣，闷闷不乐。其弟某知之，预先通知庙祝，毋纳他人，俟其先到，再开门纳客。庙祝如其言。沈清晨往，见烧香者未至，大喜，点香下拜，则仆地不起矣。

扶舁归家，大呼曰："我沈某妻也。我虽有妒行，然罪无死法。我夫不良，趁我生产时，嘱稳婆将二铁针置产门中，以此殒命。一家之人，竟无知者。我诉城隍神，神说我夫阳寿未终，不准审理。前月关帝过此，我往喊冤，城隍说我冲突仪仗，又缚我放香案脚下。幸天网恢恢，我夫来烧头香，被我捉住，特来索命。"

沈家人毕集拜求，请焚纸钱百万，或请召名僧超度。沈仍作妻语曰："汝等痴矣！我死甚惨，想往叩天阍①，将城隍纵恶、沈某行恶之事，一齐申诉，岂区区纸钱超度所能饶免者乎？"言毕，沈自床上投地，七窍流血死。

【注释】

①天阍：天宫之门。

树怪

费比度从征西蜀，到三峡涧，有树孑立，存枯枝而无花叶，兵过其下辄死，死者三人。费怒，自往视之，其树枝如鸟爪，见有人过，便来攫拿。费以利剑斫之，株落血流，此后行人无恙。

卷二十

木画

永城尉陆敬轩，浙之萧山人，修署截木。署旧有柳树一株，锯之，板中现天然画一幅，如淡墨写成。左危峰，右悬崖，崖上松一株，山树一株，枝叶倒垂，松上缠藤累累。中有一叟，扶杖立，高冠长袖，须眉如活。左手纳袖中，着胸前；右脚前行露舄①，左舄隐衣下。回顾若听泉状。尉宝之，携归其家。时乾隆辛酉十月十三日事。

【注释】

①舄（xì）：鞋子。

滚经台

贵州平越府署内有石台，高七尺，藏佛经十六幅，全书梵字，读之不可解。相传太守讯狱，有事关重大而犯人不伏者，则取经铺地，令犯人在经上滚过。理直者，了然无害；理屈者，登时目瞪身僵。数百年来，官恃以断狱，而狱囚亦无敢轻滚经台者。张文和公第五子景宗，性素愎，抵任后，以为妖，拆台焚经。是年两子死，次年公亡。

鼠食牛

句容村民，养一牡牛，忽有七鼠从牛后窍入，食其心肺，牛竟死。村民逐鼠，得其一，遍体白毛，重十斤。烹食之，肥过鸡豚。

良猪

江南宿州睢溪口民被杀，投尸于井，官验无凶手。忽一猪奔至马前，啼甚惨，从役驱之不去。官曰："畜有所诉乎？"猪跪前蹄，若叩首状，官命随之行。猪起前导，至一家，排户入，猪奔卧榻前，以嘴啗地，出刀，血迹尚新。执其人讯之，果杀人者。乡人义之，各出费养猪于佛舍，号曰"良猪"。十余年死，寺僧为龛埋焉。

雷打扒手

乌程彭某，妻病子幼，卖丝度日。一日负一捆丝赴行求售，因估价不合，置之柜上。时出入卖丝者甚众，行家以其货少，他顾生理^①。彭转瞬，丝即失去，因牵行主鸣官。行主云："我数万金开行，肯骗此数千文丝乎？"官以为有理，不究。

卖丝者闷闷回家。适其子嬉戏门外，见父卖丝归，以为必带果饵，迎上索取。彭正失丝怀忿，任脚踢之，儿登时死。彭悔，急自投河，亦死，其妻不知也。邻人见其子卧于门，扶之，方知气已绝。连呼病妇，告以儿亡。妇痛子情急，登时坠楼死。官验后，嘱邻人为之埋葬。

越三日，雷雨大作，震死三人于卖丝者之门。少顷，一剃头者复苏，据云："前扒手孙某，在某行扒出一捆丝，对门谢姓见之，欲与分价，方免出首。丝在我店卖出，派分我得钱三百，彼二人各得二千。旋闻卖丝者投河，官验后，无事矣。不料今日同遭雷击，彼等均已击死，我则打伤一腿。"验之果然。

【注释】

①生理：生意。

北门货

绍兴王某与徐姓者，明季在河南避张、李之乱，所过处，尸横遍野。一夕，遇李兵二人，自度必死，避城内乱尸中。夜半，灯烛辉煌，自城头而下，疑贼兵巡城。渐近，乃城隍灯笼。愈惊惧，不敢作声。少顷，闻从者曰："有生人气。"又一吏呼曰："一个北门货，一个不在数。"神渐远去。次早，贼兵出城，二人起走，紧记夜所闻，认南路而行。傍晚，又抵一城，恰是北门。突遇贼兵，徐被杀，王遁归家，后子孙甚众。

鼠胆两头

山东桂未谷广文，精篆隶之学，藏碑板文字甚多。每夜被鼠咬破，心恶之，设法擒鼠。以为鼠胆汁可以治聋，乃生剥之。果得一胆，如蚕大，两处有头，蠕蠕而动。鼠死半日，胆尚活也。卒不解其故，惧而弃之沟中，亦无他异。或云

"首鼠两端"，此之谓也。然擒他鼠验之，并胆俱无。

猢狲酒

曹学士洛禋为予言：康熙甲申春，与友人潘锡畴游黄山。至文殊院，与僧雪庄对食，忽不见席中人，仅各露一顶，僧曰："此云过也。"

次日，入云峰洞，有一老人，身长九尺，美须髯，衲衣草履，坐石床。曹向之索茶，老人笑曰："此间安得茶？"曹带炒米，献老人。老人曰："六十余年未尝此味矣！"曹叩其姓氏，曰："余姓周，名执，官总兵，明末隐此，百三十年。此猿洞也，为虎所据，诸猿患之，招余杀虎。殪其类，因得居此。"床置二剑，光如沃雪，台上供河洛二图、六十四卦，地堆虎皮数十张。笑谓曹曰："明日诸猿来寿我，颇可观。"言未已，有数小猿至洞前，见有人，惊跳去。老人曰："自虎害除，猿感我恩，每日轮班来供使令。"因呼曰："我将请客，可拾薪煨芋。"猿跃去，少顷，捧薪至，煮芋与曹共啖。曹私忆此间得酒更佳，老人已知，引至一崖，有石覆小凹，澄碧而香，曰："此猢狲酒也。"酌而共饮。老人醉，取双剑舞，走电飞沙，天风皆起。舞毕还洞，枕虎皮卧，语曹云："汝饥，可随手取松子橡栗食之。"食后，体觉轻健。先是，曹常病寒，至是病减八九。

最后引至一崖，有长髯白猿以松枝结屋而坐，手素书一卷，诵之琅琅，不解作何语，其下千猿拜舞。曹大喜，急走归告雪庄。拉之同往，洞中止存石床，不见老人。

卷二十一

蛇含草消木化金

张文敏公有族侄，寓洞庭之西碛山庄，藏两鸡卵于厨舍，每夜为蛇所窃。伺之，见一白蛇，吞卵而去，颈中膨亨，不能遽消，乃行至一树上，以颈摩之，须臾，鸡卵化矣。张恶其贪，戏削木柿装入鸡卵壳中，仍放原处。蛇果来吞，颈胀如故。再至前树摩擦，竟不能消。蛇有窘状，遍历园中诸树，睨而不顾，忽往亭西深草中，择其叶绿色而三叉者，摩擦如前，木卵消矣。

张次日认明此草，取以摩停食病，略一拂试，无不立愈。其邻有患发背者，张思食物尚消，毒亦可消，乃将此草一两，煮汤饮之。须臾间，背疮果愈，而身渐缩小，久之，并骨俱化作水。病家大怒，将张捆缚鸣官。张哀求，以实情自白，病家不肯休。往厨间吃饭，入内，视锅上有异光照耀，就观，则铁锅已化黄金矣。乃舍之，且谢之，究亦不知何草也。

天镇县碑

天镇县隶云中，其地有玄帝庙。庙有古碑，其上炮铳铅铁大小丸甚多，皆陷入石内。邑人云：前明时，闯兵来，邑人拒战不胜。俄见此碑自庙飞出，盘旋军阵。凡敌所放火炮，咸着于上，我军无失衄^①，而敌赖以退。今谓之"天成碑"，现存于庙。

【注释】

①衄（nù）：损伤，挫败。

冯侍御身轻

冯侍御养梧先生，自言初生时，身如小猫，称之，重不满二斤，家人以为必难长成。后过十岁，形渐魁梧，登进士，入词林，转御史。生二子，一为布政使，一为翰林。先生为儿时，能蹈空而行十余步。方知李邺侯幼时能飞，母恐其去，以葱蒜厌之，其事竟有。

执虎耳

云南大理县南乡民李士桂，家世业农，家畜水牛二只。至夜，二牛不归，士桂往寻。昏黑中，月色初上，见田中有兽卧焉，齁声雷鸣，以为己牛，骂曰："畜生，如何此刻不回家？"随即骑上。将攀其角，角不见，但耸毛耳两只，遍身狸色斑然，方知是虎，急不敢下。

虎被人骑，惊醒，腾身起，咆哮叫跳。士桂私念：下背必为所啖。于是竭生平之力，紧握其耳，至于穿破耳轮。手愈牢固，抵死不放。虎性猛烈，腾山跃水，为棘刺所伤，次日晨刻，力尽而毙。士桂亦僵仆虎背，气息奄然。家人寻得，抱持归家，竟获重生。两脚上为虎爪所攫，肉尽骨见。医逾年，才得平复。

人畜改常

《搜神记》有"鸡不三年，犬不六载"之说，言禽兽之不可久畜也。余家人孙会中，畜一黄狗，甚驯。常喂饭，狗摇尾乞怜，出入必相迎送，孙甚爱之。一日，手持肉与食，狗嚼其手，掌心皆穿，痛绝于地，乃棒狗杀之。

扬州赵九，善养虎，槛虎而行。路人观者先与十钱，便开槛出之，故意将头向虎口摩擦，虎涎满面，了无所伤，以为笑乐。如是者二年有余。一日，在平山常下索钱，又将头擦虎口，虎张口一啮而颈断。众人报官，官召猎户以枪击虎杀之。

人皆曰："鸟兽不可与同群。"余曰不然，人亦有之。乾隆丙寅，余宰江宁，有报杀死一家三人者。余往相验，凶手乃尸辛之妻弟刘某。平日郎舅姊弟甚和，并无嫌隙。其姊生子，年甫五岁。每舅氏来，代为哺抱，以为惯常。是年五月十三日，刘又来抱甥，姐便交与刘，乃掷甥水缸中，以石压杀之。姐惊走视，便持割麦刀斫姐，断其头。姐夫来救，又持刀刺其腹，出肠尺余，尚未气绝。余问有何冤仇，伤者极言平日无冤，言终气绝。问刘，刘不言，两目斜视，向天大笑。余以此案难详，立时杖毙之，至今不解何故。

又有寡妇某，守节二十余年，内外无间言。忽年过五十，私通一奴，至于产难而亡。其改常之奇，皆虎狗类矣。

梦葫芦

尹秀才廷一，未第时，每逢下场，必梦神授一葫芦，放榜不中。自后遇入闱，心恶，而每次必梦葫芦，然屡梦则葫芦愈大。雍正甲辰科，入闱，前夕，尹恐又梦，乃坐而待旦，欲避梦也。其小奴方睡，大呼梦见一个葫芦，与相公长等身。尹懊恨不祥，亦无可奈何。已而榜发，尹竟中三十二名。其三十名姓胡，其三十一名姓卢，皆甚少年。方悟初梦之小葫芦，盖二公尚未长成故也。

奇骗

骗术之巧者，愈出愈奇。金陵有老翁，持数金至北门桥钱店易钱，故意较论银色，哓哓不休。一少年从外入，礼貌甚恭，呼翁为老伯，曰："令郎贸易常州，与侄同事，有银信一封，托侄寄老伯。将往尊府，不意侄之路遇也。"将银信交毕，一揖而去。

老翁拆信，谓钱店主人曰："我眼昏，不能看家信，求君诵之。"店主人如其言，皆家常琐屑语，末云："外纹银十两，为爷薪水需。"翁喜动颜色，曰："还我前银，不必较论银色矣。儿所寄纹银，纸上书明十两，即以此兑钱何如？"主人接其银称之，十一两零三钱，疑其子发信时匆匆未检，故信上只言十两；老人又不能自称，可将错就错，获此余利，遂以九千钱与之。时价纹银十两，例兑钱九千。翁负钱去。

少顷，一客笑于旁曰："店主人得无受欺乎？此老翁者，积年骗棍，用假银者也。我见其来换钱，已为主人忧，因此老在店，故未敢明言。"店主惊，剪其银，果铅胎，懊恼无已。再四谢客，且询此翁居址。曰："翁住某所，离此十里余。君追之，犹能及之。但我翁邻也，使翁知我破其法，将仇我，请告君以彼之门向，而君自往追之。"店主人必欲与俱，曰："君但偕行至彼地，君告我以彼门向，君即脱去，则老人不知是君所道，何仇之有？"客犹不肯，乃酬以三金，客若为不得已而强行者。

同至汉西门外，远望见老人摊钱柜上，与数人饮酒。客指曰："是也，汝速往擒，我行矣。"店主喜，直入酒肆，捽老翁殴之曰："汝积骗也，以十两铅胎银，换我九千钱！"众人皆起问故，老翁夷然曰："我以儿银十两换钱，并非铅胎。店主既云我用假银，我之原银可得见乎？"店主以剪破原银示众。翁笑曰："此非我银。我止十两，故得钱九千。今此假银，似不止十两者，非我原银，乃店主来骗我耳。"酒肆人为持戥①称之，果十一两零三钱。众大怒，责店主。店主不能对，群起殴之。

店主一念之贪，中老翁计，懊恨而归。

【注释】

①戥（děng）：用小铜点做刻度标记的微型秤。用来称贵重物品，最大单位是两。

骗术巧报

骗术有巧报者。常州华客，挟三百金，将买货淮海间。舟过丹阳，见岸上客负行囊，呼搭船甚急。华怜之，命停船相待。船户摇手，虑匪人为累。华固命之，船户不得已，迎客入，宿于后舱船尾。将抵丹徒，客负行囊出曰："余为访戚来。今已至戚所，可以行矣。"谢华，上岸去。顷之，华开箱取衣，箱中三百金，尽变瓦石，知为客偷换，懊恨无已。

俄而天雨且寒，风又逆，舟行不上。华私念金已被窃，无买货资，不如归里摒挡①，再赴淮海。乃呼篙工挖舟返，许其直如到淮之数。舟人从之，顺风张帆而归。

过奔牛镇，又见有人冒雨负行李淋漓立，招呼搭船。舵工睨之，即窃银客也，急伏舱内，而伪令水手迎之。天晚雨大，其人不料此船仍回，急不及待，持行李先付水手，身跃入舱。见华在焉，大骇，狂奔而走。发其行囊，原银三百宛然尚存，外有珍珠数十粒，价可千金。华从此大富。

【注释】

①摒挡：料理，收拾。

狮子击蛇

戈侍御涛云：其太翁名锦，为某邑令。适西洋贡狮子，经过其邑。狮子于路有病，与解员在馆驿暂驻。狮子蹲伏大树下，少顷，昂首四顾，金光射人，伸爪击树，树根中断，鲜血迸流，内有大蛇，决折而毙。先是，驿中马多患病，往往致死，自此患除，厚待贡使。至京，献于阙廷。象见之不跪，狮子震怒，长吼一声，象皆俯伏。奉旨放归本国。后数日，陕抚奏至，云："京中放狮，本日午时，已过潼关。"

贾士芳

贾士芳，河南人，少似痴愚。有兄某读书，命士芳耕作，时时心念，欲往游天上。一日，有道人问曰："尔欲上天耶？"曰："然。"道士曰："尔可闭目从我。"遂凌虚而起，耳畔但闻风涛声。少顷，命开目，见宫室壮丽，谓士芳曰："尔少待，我入即至。"良久，出谓曰："尔腹馁耶？"授酒一杯。贾饮半而止，道人弗强，曰："此非尔久留处。"仍令闭目，行，如前风涛声。

少顷开目，仍在原处。步至伊兄馆中，兄惊曰："尔人耶？鬼耶？"曰："我人耳，何以为鬼？"曰："尔数年不归，曩在何处？"曰："我同人至天上，往返不过半日，何云数年？"其兄以为痴，不之顾，与徒讲解《周易》。士芳坐于旁，闻之起，摇手曰："兄误矣！是卦彖词九五阳刚与六二相应，阴阳合德，得位乘时，水火相济，变为正月之卦。过此以往，刚者渐升，柔者渐降。至上九，数不可极，极则有悔，悔则潜藏，以待剥复之机矣。"其兄大惊，曰："汝未读书，何得剖析《易》理如此精奥！"信其果遇异人。远近趋慕，叩以祸福，无不响应。田中丞奏闻，蒙召见，卒以不法伏诛。

或云：贾所遇道人，姓王名紫珍，尤有神通。尝烹茶，招贾观之，指曰："初烹时，茶叶乱浮，清浊不分，此混沌象也。少顷，水在上，叶在下，便是开辟象矣。十二万年，不过如此一霎耳。"

嵇文敏公总督河道时，贾常在署中，人多崇奉之。有不相敬者，贾必拉至无人之处，将其生平阴事妻子所不知者，一一语之，其人愧服乃已。又常问人可畏鬼否，曰畏鬼便已，如云不畏，则是夜必有奇形恶状者入房作闹。

海异

海中水上咸下淡，鱼生咸水者，入淡水中即死；生淡水中者，入咸水中即死。咸水煮饭，水干而米不熟，必用淡水煮才熟。水清者，下望可见二十余丈，青红黑黄，其色不一。人小便，则水光变作火光，乱星喷起。鱼常高飞如鸟雀，有变虎者、变鹿者。

喝呼草筷子竹

惠州山中有草，喝之则叶卷，号"喝呼草"。罗浮山有"筷子竹"，竹形小而质劲，截之可以为箸。不许人作声，若作声呼之，便遁入土中，觅不可得。

卷二十二

浮尼

戊戌年，黄河水决。河官督治者每筑堤成，见水面有绿毛鹅一群翱翔水面，其夜堤必崩。用鸟枪击之，随散随聚，逾月始平。虽老河员，不知鹅为何物。后阅《桂海稗编》载前明黄萧养之乱，黄江有绿鹅为祟，识者曰："此名浮尼，水怪也。以黑犬祭之，以五色粽投之，则自然去矣。"如其言，果验。

雷火救忠臣

全椒金光辰，以御史直谏触崇祯皇帝之怒，召对平台，将重惩之。忽迅雷震御座，乃免之。嘉靖怒刘魁、杨爵、周怡直谏，杖置狱中。有神降乩言三人冤，乃赦之。后因熊浃言乩仙不足信，重捕入狱。亡何，高元殿火起，帝祷于灵台，火光中有呼三人姓名称忠臣者，乃急传诏释之，且复其官。

水精孝廉

广东纪孝廉，童时误入蛇腹。黑无所见，但闻腥气，扪其壁，滑泷不可近。幸身边有小刀，因挖其壁。渐见微明，就明钻出，困卧于地。邻人见之，携归其家。是日，村郊三十里外有大蛇死焉。孝廉为毒气所伤，通身皮脱如水精，肠胃皆见，从幼至壮不改。乡举后，同年皆见之，呼为"水精孝廉"。

土雨

乾隆十四年，李元叔秀才自京就馆沈阳。越明年夏四月，回京师，渡辽水。是日，住北台子站。路过远，昏黑不得抵宿。时乘四套车投一深林中，闻树叶上簌簌作雨声，沾洒衣上，视之皆土也。未几，四马攒蹄，退后不敢前。骡脚夫呼曰："有鬼蹲踞当道，车拉不动！"乃取开路铁锄抓土撒之，口中作咒语，车始得行。不数步，见一火，茶杯大，傍车而行，其光上下远近不定，照里许而灭。土人云："凡鬼物出，皆先有土雨。"

周仓赤脚

相传东台白驹场关庙周仓赤脚，因当日关公在襄阳放水淹庞德时，周仓亲下江挖坑故也。戊申冬，余过东台，与刘霞裳入庙观之，果然赤脚。又见神座后有一木匣，长三尺许。相传不许人开，有某太守，祭而开之，风雷立至。

神佑不必贵人

章观察家奴陈霞彩，居上元义直巷中，与其外妇同宿。夜闻风雨声，似震雷击物。初不介意，天明揭帐，则卧榻后山墙夜崩，榻之前后左右，皆砖堆数尺，唯留一榻不打坏。青衣青楼，亦得神佑如此。

狐道学

法君祖母孙氏外家有孙某者，巨富也。国初，海寇之乱，移家金坛。一日，有胡姓携其子孙奴仆数十人，行李甚富，过其门，云是山西人，遇兵不能行，愿假尊屋暂住。孙接其言貌，知非常人，分一宅居之。暇日过与闲话，见其室中有琴剑书籍，所读者皆《黄庭》《道德》等经，所谈者皆《心性》《语录》中语。遇其子孙奴仆甚严，言笑不苟。孙家人皆以"狐道学"称之。

孙氏小婢有姿。一日，遇翁之幼孙于巷，遽抱之，婢不从，白于胡翁。翁慰之曰："汝勿怒，吾将杖之。"明日日将午，胡翁之门不启，累叩不应。遣人逾墙开门阅之，宅内一无所有，惟书室中有白金三十两，置几上，书"租资"二字。再寻之，阶下有一掐死小狐。

法子曰："此狐乃真理学也。世有口谈理学而身作巧宦者，其愧狐远矣！"

卷二十三

太白山神

秦中太白山神最灵。山顶有三池，曰大太白、中太白、三太白。木叶草泥偶落池中，则群鸟衔去，土人号曰"净池鸟"。

有木匠某坠池中，见黄衣人引至一殿，殿中有王者，科头朱履，须发苍然，顾匠者笑曰："知尔艺巧，相烦作一亭，故召汝来。"匠遂居水府。三年功成，王赏三千金，许其归。匠者嫌金重难带，辞之而出，见府中多小犬，毛作金丝色，向王乞取。王不许，匠者偷抱一犬于怀辞出。路上开怀视之，一小金龙腾空飞去，爪伤匠者之手，终身废弃。归家后，忽一日雷雨，下冰雹，皆化为金，称之得三千两。

虾蟆教书蚁排阵

余幼住葵巷，见乞儿索钱者，身佩一布袋、两竹筒。袋贮虾蟆九个，筒贮红白两种蚁约千许。到店市柜上，演其法毕，索钱三文即去。

一名"虾蟆教书"。其法设一小木椅，大者自袋跃出坐其上，八小者亦跃出环伺之，寂然无声。乞人喝曰："教书！"大者应声曰："阁阁。"群皆应曰："阁阁。"自此连曰"阁阁"，几聒人耳。乞人曰："止。"当即绝声。一名"蚂蚁摆阵"。其法张红白二旗，各长尺许。乞人倾其筒，红白蚁乱走柜上。乞人扇以红旗曰："归队！"红蚁排作一行。乞人扇以白旗曰："归队！"白蚁排之作一行。乞人又以两旗互扇，喝曰："穿阵走！"红白蚁遂穿杂而行，左旋右转，行不乱步。行数匝，以筒接之，仍蠕蠕然各入筒矣。虾蟆蝼蚁，至微至蠢之虫，不知作何教法。

碌碡作怪

常州武生某，素有力。往金陵乡试，路过龙潭，见一妇坐门首，因口渴，向其索茶。妇以生不分男女，大骂，闭门进去。生思不与茶则已，何至詈骂，气甚不平。见其田中卧碌碡一条，即用力擎起，架于树上而去。明日，妇开门见之，询邻人，皆曰："此物非数人不能动，莫非树神所为乎？"因朝夕敬礼，有求必应。或侮慢之，即有不利。如是者月余。

生试毕归家，仍过其地。见所置碌碡①尚在树间，其下香火罗列，禳祷者纷纷，心知为己所误，笑而不言。是晚，宿店中，思此事终是惑众，必转去说明方好。忽矇眬睡去，见有人告曰："我某处鬼也，游魂到此，假托树神，以图血食。君新科贵人，故不敢隐瞒。若肯见容不说破，感恩非浅。"言毕不见。生遂不转去，径回常州。是科榜发，果中举人。

【注释】

①碌碡（liù zhou）：农具，用石头做成，圆柱形，用来轧谷物，平场地。

骗人参

京师张广号人参铺，甚大。一日，有骑马少年负银一囊到店，先取百两与作样，而徐取参数包阅之，曰："我主人性琐碎，买参不如其意，必加呵责。我又不善择参，可否存此样银于店，命老成伙计多带上等参同往主人处，凭其自择，何如？"店家以为然，即收银，遣店中叟负参数斤偕往。临行嘱曰："谨持参，勿落他人手也。"

进东华门，至一大府第，少年同登楼，楼上主人美须眉，披貂裘，戴蓝宝石顶，病奄然，倚枕踞床，目负参者曰："所携参果辽东顶上者耶？"店叟唯唯。旁两僮捧参上，逐包开检，所批驳皆洞中行情。

阅未毕，忽门外车马声甚喧，一客入。主人惶遽，命侍者下楼，辞以病不能会客。低语负参者曰："此向我借债客也，断不可使上楼。彼上楼见我力能买参，则难以无钱相覆矣。"客在楼下呼曰："汝主病诈也，必是抱优童、娶小奶奶，故不许我登楼。我偏欲上楼一看！"两侍者固拒之，争吵不已。

主人愈惶急，又低语负参者曰："速藏参！速藏参！毋为恶客所见！床下竹箱可以安放。"以铜锁钥匙付之曰："汝坐箱上护守参，我自下楼见彼，或能止其上楼，亦未可定。"踉跄下楼，与客始而寒暄，继而戏骂。客必欲上楼，主人又固拒之。客大怒曰："汝不过防我借银耳！虑我见汝楼上有银故也。如此薄待我，我即去，永不再来！"主人阳为谢罪，送客出，僮仆亦随之出，许久寂然。

负参者端坐箱上以待，良久不至，始有疑意。开锁取参，

参不见。藏参之箱，一活底箱也，箱底板即楼板。方戏骂时，
从楼下脱板取参，守参者不知也。

偷画

有白日入人家偷画者，方卷出门，主人自外归。贼窘，
持画而跪曰："此小人家祖宗像也，穷极无奈，愿以易米数
斗。"主人大笑，嗤其愚妄，挥叱之去，竟不取视。登堂，则
所悬赵子昂画失矣。

偷墙

京中富人欲买砖造墙。某甲来曰："某王府门外墙，现
欲拆旧砖换新砖，公何不买其旧者？"富人疑之曰："王爷未
必卖砖。"某甲曰："微公言，某亦疑之，然某在王爷门下久，
不妄言。公既不信，请遣人同至王府，候王出，某跪请，看
王爷点头，再拆未迟。"富人以为然，遣家奴持弓尺偕往。故
事：买旧砖者，以弓尺量若干长，可折二分算也。适王下朝，
某甲拦王马头，跪作满洲语，喃喃然。王果点头，以手指门
前墙曰："凭渠量。"甲即持弓尺，率同往奴量墙，纵横算得
十七丈七尺，该价百金，归告富人，富人喜，即予半价。

择吉日，遣家奴率人往拆墙。王府司阍者大怒，擒问之，
奴曰："王爷所命也。"司阍者启王，王大笑曰："某日跪马头
白事者，自称某贝子家奴，主人要筑府外照墙，爱我墙式样，
故来求丈量，以便如式砌筑。我以为此细事，有何不可，故
手指墙命丈。事原有之，非云卖也。"富人谢罪求释，所费不
赀，而某甲已逃。

口琴

崖州人能含细竹，装弦其上，以手拉之，上下如弹胡琴状，其声幽咽，号曰"口琴"。

白日鬼

有偷儿戚姓，技最工，攫取渐多，恐迹之者众，因僦①义冢旁败屋居焉。有数鬼见梦曰："若宜祀我，会且致富。"戚于梦中诺之，觉以为妄。亡何，鬼复见梦曰："三日内祀我，出三日，则若于夜间所偷，予能白日取之。"戚倔强，觉而不祭。三日后，果大病，命其妻检视诸物，征鬼言验否。时日亭午，诸物忽自移动，若隐隐有运之者。欲起夺之，手足如缚，物尽而缚解，戚病亦瘥。乃大悟，笑曰："我烧闷香迷人，今乃为鬼所迷，世俗所称'白日鬼'，其斯之谓欤？"自此改行为善。

【注释】

①僦：租赁。

铁公鸡

济南富翁某，性悭吝，绰号"铁公鸡"，言一毛不拔也。忽呼媒纳妾，价欲至廉，貌欲至美，媒笑而允之。未几，携一女来，不索价，但取衣食充足而已。翁大喜过望，女又甚美，颇嬖之。

一日，女置酒劝翁曰："君年已老，需此多钱无用，何不散之贫人，使感德耶？"翁大怒，拒之。嗣后，且防之，虑其花费。如是者半年，启其所藏，已空矣。翁知女所窃，拔刀问之。女笑曰："君以我为人乎？我狐也。君家从前有后楼七间，是我一家所居。君之祖父每月以鸡酒相饷，已数十年。自君掌家，以多费故罢之，转租取息，俾①我一家无住宿处。怀恨在心，故来相报耳！"言讫不见。

【注释】

①俾：使。

夜星子

京师小儿夜啼，谓之"夜星子"，有巫能以桑弧桃矢捉之。某侍郎家，其曾祖留一妾，年九十余，举家呼为"老姨"。日坐炕上，不言不笑，健饭无病，爱畜一猫，相守不离。

侍郎有幼子，尚襁褓，夜啼不止，乃命捉夜星子巫来治之。巫手小弓箭，箭竿缚素丝数丈，以第四指环之。坐至半夜，月色上窗，隐隐见窗纸有影，倏进倏却，仿佛一妇人，长七八尺，手执长矛，骑马而行。巫推手低语曰："夜星子来矣！"弯弓射之，唧唧有声，弃矛反奔。巫破窗引线，率从逐之。

比至后房，其丝竟入门隙。众呼老姨不应，乃烧烛入觅。一婢呼曰："老姨中箭矣！"环视之，果见小箭钉老姨肩上，呻吟流血。所畜猫犹在胯下，所持矛乃小竹签也。举家扑杀其猫，而绝老姨之饮食。未几死，儿不复啼。

金娥墩

　　金娥墩在无锡县城东南六十里，故南唐李煜妃墓也。娥能工词翰，进忠言，煜甚爱之。越数年，煜发兵晋陵，挈娥同行，遇吴越王兵，不得进，娥适死，因葬于此。乾隆初年，居民耕地得砖，上篆四字云"唐王宝印"，至今墓间尚多。更可异者，每当风雨之夕，常有女鬼见形，且泣且歌，曰："日侵削兮三尺土，山川已改兮众余侮。"

卷二十四

金银洞

高峰崖在广西思恩府城南百里，两峰壁立，崖上大书十三字云："金七里，银七里，金银只在七七里。"字画遒劲，不知何年镌凿。崖下有土地祠，望气者咸称其地有金银气。百十年间，土人多方搜求，一无所得。星士某至土地祠内，徘徊数日，攫神像去。土人追及，询知像乃范金所为，然亦不知"七七里"为何义。

崖中旁峰数十丈，上有银洞。洞中白银累累，大者重数十斤。土人架木而登，拾之，即百计不能出。或向外掷之，着地即失。或牵犬入，将银缚犬身向外牵之，犬即狂吠，比出而身亦无银也。

蒋静存

麟昌蒋君，字静存，余同馆翰林也。诗好李昌谷，有"惊沙不定乱萤飞，羊灯无焰三更碧"之句。生时，其祖梦异僧担《十三经》掷其门，俄而长孙生，故小字僧寿。及长，名寿昌，以避国讳故，特改名。又自梦僧画麒麟一幅与之，遂名麟昌。十七岁举孝廉，十九岁入词林，二十五岁卒。性傲兀不羁，过目成诵，常曰："文章之事，吾畏袁子才而爱裘叔度，他名宿如沈归愚，易与耳。"卒后三日，其遗孤三岁，披帐号叫曰："阿爷僧衣僧冠坐帐中。"家人争来，遂不见。

呜呼！静存始终以僧为鸿爪之露，其为戒律轮回似矣。然吾与之谈，辄痛诋佛法而深恶和尚，何耶？

匾怪

杭州孙秀才，夏夜读书斋中，觉顶额间蠕蠕有物。拂之，见白须万茎出屋梁匾上，有人面大如七石缸，眉目宛然，视下而笑。秀才素有胆，以手捋其须，随捋随缩，但存大面端居匾上。秀才加杌^①于几，视之，了无一物。复就读书，须又拖下如初。如是数夕，大面忽下几案间，布长须遮秀才眼，书不可读。击以砚，响若木鱼，去。又数夕，秀才方寝，大面来枕旁，以须搔其体。秀才不能睡，持枕掷之。大面绕地滚，须飒飒有声，复上匾而没。合家大怒，急为去匾，投之火，怪遂绝，秀才亦登第。

【注释】

①杌（wù）：一种小凳。

洗心池

洗心池在茅山乾元观西，石壁上有"洗心池"三字，笔法遒劲，隐而不见。欲见则以池水沃之，虽大旱不涸。相传钱妙真独居燕洞宫修炼，或谤之，乃于此刳腹^①洗心以相示，故名。

【注释】

①刳腹：剖腹。

活死人墓

道人江文谷于洗心池旁培小阜，叠石塞牖，趺坐于中，嘱其徒云："每日向牖呼我，应则已，不应则入收遗蜕。"呼之三年皆应，忽一日应曰："可厌，吾去矣！"嗣后不应，启石视之，尸果僵，故称活死人墓。

屋倾有数

总宪金公德瑛视学江西，考吉安府童生。五鼓点名毕，灯下见红衣妇人从考棚趋出，冉冉腾空而去。问之仆隶，皆有所见。公心恶之，即以《中庸》"必有妖孽"四字命题。日正午，诸生方握笔，忽考棚倾倒，压死三十六人。金公据实奏闻，上怜之，俱钦赐生员。

余亲家史少司马抑堂任福建臬使时，与粮道王介祉等四人同坐花厅议事。闻梁上屋角沙沙有声，客欲起避，史公不可。已而声渐大，有鼠呼曰"出，出"者再。史亦心动，急与四客齐出，则花厅倒矣，几案皆碎。是日，省中府县俱来请安，史公笑谓曰："设使四大员一时并命，则司、道之印，诸公委署，不皆有分乎？"

花魄

婺源士人谢某，读书张公山。早起，闻树林鸟声啁啾，有似鹦哥。因近视之，乃一美女，长五寸许，赤身无毛，通体洁白如玉，眉目间有愁苦之状。遂携以归，女无惧色。乃畜笼中，以饭喂之。向人絮语，了不可辨。畜数日，为太阳所照，竟成枯腊而死。洪孝廉宇麟闻之，曰："此名花魄。凡树经三次人缢死者，其冤苦之气结成此物，沃以水，犹可活也。"试之果然。里人聚观者，如云而至。谢恐招摇，乃仍送之树上。须臾间，一大怪鸟衔之飞去。

续卷一

白龙潭

弥勒县旧城集，汉夷杂处，环山而居。山麓有白龙潭，宽可数亩，有良田千顷，筑土坝以蓄水，俯临大河，水溢则启闸以泄之。雨时，二龙相斗，状如小蛇，或见巨木一段，蒙青苔而竖游，每每冲决坝岸。一日，众农栽秧，值细雨中，飞鱼大小成对，如摆队伍，有绛衣女子持扇挥之，偕至潭中，随即不见。相传龙女归宁云。

夷人侬二家，天将暮，忽来衣孝服者，云来投宿。问其所需，则索卧房一间，一大缸满贮清水而已。侬疑客浴，遂如所请，并欲为备酒食。客曰："不必。惟有一事相烦，更当重谢。"侬问何事，客曰："此地龙潭后有大树，君往伐之。俟其将断，先用巨绳缚住，俟潭中有两羊相斗，即断绳倒树。"侬许之。

黎明伐树，果见潭中水沸如潮，有黑白二羊出斗。侬思当是此时，乃断绳而倒树，黑羊跃出，水亦平复。急归，欲告客以请功，客竟遁矣。问妻，妻曰："客在房，未尝出户。"乃共搜之。疑其在缸，启覆观之，则黄金满焉。始知客即白龙化身，争潭求助者。于是潭遂以"白龙"名，而侬家至今称首富。

葛先生

河南汲县李秀才，就馆村落。夕行迷路，远望丛木间灯火，趋之，见一茅舍，隐隐有读书声。叩其门，主人出迎，年四十许，见李延入，自称葛姓，素好读书，厌尘市嚣杂，故隐此僻处。且言其妻在家乏食，为妻母逼嫁，明日将投河，惟君能救，望乞垂援。言之泣下。李唯唯。因就止宿，茵褥精洁。

既明，身卧冢上，并无屋舍。李骇极，趋归，道遇一妇，衣绿衣，行且泣，临水将自投。李挽止之，询其所以，则葛姓妻也。孀居乏食，父母欲夺其志，故觅死耳。李以去舍不远，邀归，与姬共述其异，养为己女。李年已五十余，忽举一子，视其眉目，酷肖所遇葛姓者。戏以"葛先生"呼之，儿辄笑投其怀。

治妖易治人难

汉阳令刘某，性方鲠，治祝由科邪教过严，有奸民上控抚军，抚军戒饬之。公抗言抵触，抚军怒曰："若果才能，有沔阳州某案，若能审办乎？"刘唯唯。先是，沔阳有金桂姐，受黄氏聘，及婚期，彩舆迎至家，则两新妇齐出，簪珥服饰，声音体态，无不相肖，因之未敢成礼，仍以两女归金。金父母无从分别，于是两姓均以人妖莫辨诉官。由州至抚，案悬半载，俱未能决，故抚军以之难刘。刘禀请提案至抚军公署候审，并请临审时借用抚军宝印，抚军许之。

临期，公唤两女，隔别细鞫，并其父母庚甲、产业、陈设，一一盘诘。及核供词，如出一口。公乃唤二女至案前，曰："观汝二人，原是一胞双生，若并断与黄家，恐尔父母不肯。吾今特设一鹊桥在此，能行者断合，否则断离。"乃铺白布如桥，从仪门直接公座，命二女行布上。一辞不能，盈盈泪下；一则欣欣然，喜形于面。公叱泪下者，逐出署外，唤喜者登布上。此女如履平地，步至公前。公暗擎院印，从头击下。两旁覆以网，乃现为狐，投之江中，于是案结。抚军大悦，奏升汉阳府知府，从此遐迩歌龙图再出矣。

汉阳有茶客，携重资归，中途为盗所追，奔至汉川，求救于逆旅主人。主人沉吟至再，曰："诚若是，则此处非君所宜栖，可速投某武孝廉家，庶保无虞。"引至孝廉家。孝廉兄弟为具酒食，扫卧榻，嘱曰："倘夜间有动作，但安眠，毋轻出视。"客寝矣，兄弟秉烛待盗。盗果踪至，彼此格斗，被孝廉杀其四，余三盗逾垣逃。

天明，呼客起，赴县呈报。讵知客出未几，府差早至，将孝廉兄弟锁去。盖黠盗伪作茶客，先以谋财害命连夜赴府击鼓求救，故刘公发差就近将孝廉兄弟拘到问供。孝廉兄弟陈述颠末，请释一人保家。公不许，并下于狱。盗返入孝廉家，将其家口尽杀而逸。及公觉，急释之，已无及矣。

呜呼，公能断狐，竟不免为盗所卖，岂非治妖易治人难耶？

伏波滩义犬

伏波滩，入广之要区，因其地有汉伏波将军庙而名也。某年，有客收债而返，泊其处。船户数人夜操刀直入，曰："汝命当毕于斯，我辈盗也，可出受死，勿令血污船舱，又需涤洗！"客哀求曰："财物悉送公等，肯俾我全尸而毙，不惟中心无憾，且当以四百金为酬。"盗笑曰："子所有尽归吾囊橐，又何从另有四百金？"客曰："君但知舟中物，岂识其余？"乃出券示之，曰："此项现存某行，执券往索可得。惟我清醒受死，殊难为情，请赐尽醉，裹败席而终，可乎？"盗怜其诚，果与大醉，席卷而绳缚之，抛掷于河。

甫溺，有犬跃而从焉，俱顺流傍岸。犬起，抓击庙门，僧问为谁，不应；及启关，见犬走入，浑身淋漓，衔僧衣不放，若有所引。随至河边，见裹尸，俱欲散去。犬复作遮拦状，僧喻其意，抬尸至庙。抚之，酒气熏腾，犹有鼻息。解其缚，验席上有齿痕，始知是犬啮断，乃与茶汤而卧。

明晨，客醒曰："盗走水路，我辈从陆告官，当先盗至。"盖度其必执券而往某行也。僧诺，与俱。盗果未至，因告行主人以故，戒勿泄。俄而盗果持券至，主人伪为趋奉，遣客鸣官，遂皆擒获。客偕犬同归，终老于家，不复再出，著《义犬记》。

刑天国

谦光又云：曾飘至一岛，男女千人，皆肥短无头，以两乳作眼，闪闪欲动；以脐作口，取食物至前，吸而唼之；声啾啾不可辨。见谦光有头，群相惊诧。男女逼而观之，脐中各伸一舌，长三寸许，争舐谦光。谦光奔至山顶，与其众抛石子击之，其人始散。识者曰："此《山海经》所载刑天氏也。为禹所诛，其尸不坏，能持干戚而舞。"

余按，颜师古《等慈寺碑》作"形夭氏"，则今所称"刑天"者，恐是传写之讹。又徐应秋《谈荟》载：无头人织草履，盖战亡之卒，归而如生，妻子以饮食纳其喉管中。如欲食则书一"饥"字，不食则书一"饱"字，如此二十年才死。又将军贾雍被斩，持头而归，立营帐外，问："有头佳乎？无头佳乎？"帐中人应曰："有头佳。"雍曰："不然，无头亦佳。"此亦刑天之类欤？

续卷二

鬼状

河南祥符县，最繁剧，凡各州县申解院司案件有覆审者，多委办焉。自理词讼，虽常接受，而示审无期，反致沉搁。

令尹鲍公，勤于堂事。一夕，收呈状若干，未及细阅，即交幕友批发。次日，幕友问公曰："某处命案，可往验否？"公曰："未见呈禀，安得有此？"索状观之，则是谋杀亲夫状也。内载奸夫姓名，自称瞽某，被杀某处，屈指计之，隔十六年矣。公愕然曰："案悬十六年，事颇怪。"因将各呈俱为批发，独压其呈不发。

逢收呈曰，又亲点名过堂，并无瞽者。及晚查阅，则前瞽者呈又在内矣。公问书役："汝辈可识刘顺否？"或答曰："有，其人现充臬司厨役。"公赴司请拘凶犯，臬司交公带讯，供认不讳。

先是，刘顺本属无赖，在城外河口以驮人渡河为生。值瞽者夫妻同行，见其妻有姿，遂萌恶念，于负渡时即戏挑之曰："娘子嫁一瞽者，殊非终身了局。倘不予嫌，愿同白首。"其妻心动，共绐瞽者憩树间，解裹足布勒死，挖坑埋之，遂成夫妇。伪作逃荒者至外县，雇佃于巨绅家，遂学烹饪，颇有所积。乃挈妻入汴城，充臬司厨役。

公廉得真情，即往掘验，尸未朽，伤痕宛然。于是，刘夫妇皆伏诛。

雷异

金坛瓜渚有某者，其子幼时与某姓为婚。未几某卒，妻矢志抚孤，屡遭饥馑。子既长，不能行娶礼，遂嘱媒氏辞婚，令别择婿。某夫妇询之女，女志坚不夺，媒复命，母子计无所出。

居久之，母呼其子曰："吾十数年来，饥寒交迫，不萌他念者，望汝成立室家，为尔父延一线也。今茕茕相守，虽百年何济？余昨已议改醮某姓，得金若干为汝取妇，若干偿宿逋。今金具在床头，汝可视之。"子噤不能出一语。母泣曰："速诣媒氏言之，余坐待汝夫妇成礼，然后去。"子泣不应，母促之再三，乃往。时邻左博场有群匪窃听，乘某子夜出，穴壁偷金去。母晨起失金，遂自缢。

越宿，子偕媒来，启户不见其母，怪之，使媒坐客舍而己入内，见母已死，痛极亦缢。媒怪其久不出，呼之无应者，窥其寝，母子俱悬梁死，骇极而号。邻众毕集，咸不解其故。媒因奔告女之父母，女闻之亦缢。时方隆冬，天忽阴晦，雷电交作，震死博徒七人。某子某女俱索断而苏，惟某母救亦不醒。

一时闻其事者，相与叹曰："贞烈、节、孝三事，萃于一门，而一时俱死非其命，若无人为之申理，雷为之申者，斯亦奇矣！至于苏男女二人，使之完娶，而节母则听其悠悠不返，所以曲全之者又如此，谁谓雷无知耶？"

撮土避贼

江州医生万君谟，业甚精，远近就医者络绎，君谟皆尽心疗之，绝不计其有无酬谢也，甚有贫者款之于家，病愈而遣之。

一日，有道人款门求医，万诊之曰："师病痞膈，服药数十剂，可以平复。"道人曰："来自庐山，奈往返何？"因留治之，月余果瘳。崇祯末年间事也。其时流寇猖獗，所在患其突至，君谟忧之。道人曰："公有力可徙避之乎？"君谟曰："糊口之外，毫无长物资生，且无别业栖托，奈何？"临行，道人令君谟取土斗许，咒之，命藏于功德堂中，晨夕焚香。猝有贼至，取升许土撒前后门，闭户不出，只吃炒米，不举火食，度贼退后乃出。

贼入城数次，及官兵至，俱用此法，绝无所损。邻人有回视者，云："但见云雾而已。"及土用完，世已太平。

沙弥思老虎

五台山某禅师收一沙弥，年甫三岁。五台山最高，师徒在山顶修行，从不一下山。后十余年，神师同弟子下山。沙弥见牛马鸡犬，皆不识也，师因指而告之曰："此牛也，可以耕田；此马也，可以骑；此鸡、犬也，可以报晓，可以守门。"沙弥唯唯。少顷，一少年女子走过，沙弥惊问："此又是何物？"师虑其动心，正色告之曰："此名老虎，人近之者，必遭咬死，尸骨无存。"沙弥唯唯。

晚间上山，师问："汝今日在山下所见之物，可有心上思想他的否？"曰："一切物我都不想，只想那吃人的老虎，心上总觉舍他不得。"

续卷三

犰

常州蒋明府言：佛所骑之狮、象，人所知也；佛所骑之犰，人所不知。犰乃僵尸所变。

有某夜行，见尸启棺而出，某知是僵尸，俟其出，取瓦石填满其棺，而己登农家楼上观之。将至四更，尸大踏步归，手若有所抱持之物。到棺前，不得入，张目怒视，其光睒睒。见楼上有人，遂来寻求。苦腿硬如枯木，不能登梯，怒而去梯。某惧，不能下，乃攀树枝，夤①缘而坠。僵尸知而逐之。某窘急，幸平生善泅，心揣尸不能入水，遂渡水而立。尸果踯躅良久，作怪声哀号，三跃三跳，化作兽形而去。地下遗物，是一孩子尸，被其咀嚼，只存半体，血已全枯。

或曰：尸初变旱魃，再变即为犰。犰有神通，口吐烟火，能与龙斗，故佛骑以镇压之。

【注释】

①夤（yín）：攀附。

夺状元须损寿

康熙癸未，江南士子赴都会试。解元某负才傲物，陵轹同辈。每曰："今岁状元，舍我其谁？"同辈不堪其侮。

既至京师，试期且近，同舍生夜梦文昌帝君升殿胪传^①，及唱名，则某果状元也。同舍生意窃不平。未几，有女子披发呼冤曰："某行止有亏，不可冠多士，须另换一人。"帝君有难色，顾朱衣神问之。朱衣神曰："万历间亦有此事，以下科状元移置上科。其人早中三年，减寿六岁，此例今可照也。"遂重唱名，状元为王式丹。

　　且起，某大言如常。同舍生告之以梦，某失色曰："此冤孽难逃。匪特不思作状元，并不复应试矣。"亟束装归，半途而卒。是科状元果王式丹也，寿六十。

【注释】

　　①胪传：传告皇帝诏旨。

旱魃有三种

　　一种似兽，一种乃僵尸所变，皆能为旱，止风雨。惟山上旱魃名"格"，为害尤甚。似人而长，头顶有一目，能吃龙，雨师皆畏之。见云起，仰首吹嘘，云即散而日愈烈。人不能制。或云：天应旱，则山川之气融结而成；忽然不见，则雨。

续卷四

鼠作揖黄鼠狼演戏

绍兴周养仲，在安徽作幕，携外甥某居县署。空屋三间，向来人不敢居，周不信，打扫洁净，自居内间，点烛而卧。

忽见房门自开，有一白鼠如人拱立，行数步，鞠躬一揖，至床前又一揖，跃而登床。其旁有两黄鼠狼，拖长尾，含芦柴，演吕布耍枪戏，似皆白鼠之奴隶，求媚于鼠王者也。白鼠伏周君足下，由腹下徐徐而上，肢体如酥，颇觉乐甚；至胸前，便觉如石压身，不能动。鼠以嘴对嘴，挠其沫而食之。渐褪下，仍由其足下床，向门一揖而出。周亦无恙。

其甥在外，只见鼠初来时，一揖而门开；出又一揖，而门闭如故。韩诗云："礼鼠拱而立。"其信然欤！

乾麂子

乾麂子，非人也，乃僵尸类也。云南多五金矿，开矿之夫，有遇土压不得出，或数十年，或百年，为土金气所养，身体不坏，虽不死，其实死矣。

凡开矿人苦地下黑如长夜，多额上点一灯，穿地而入。遇乾麂子，麂子喜甚，向人说冷，求烟吃。与之烟，嘘吸立尽，长跪求人带出。挖矿者曰："我到此为金银而来，无空出之理。汝知金苗之处乎？”乾麂子导之，得矿必大获，临出则给之曰：“我先出，以篮接汝出洞。”将竹篮系绳，拉乾麂子于半空，剪断其绳，乾麂子辄坠而死。

有管厂人性仁慈，怜之，竟拉上乾麂子七八个。见风，衣服肌骨即化为水，其气腥臭，闻之者尽瘟死。是以此后拉乾麂子者，必断其绳，恐受其气而死；不拉，则又怕其缠扰无休。

又相传，人多乾麂子少，众缚之使靠土壁，四面用泥封固，作土墩，其上放灯台，则不复作祟；若人少乾麂子多，则被其缠死不放矣。

禅师吞蛋

得心禅师行脚至一村乞食，村中人皆浇薄①，尤多恶少年，语师曰：“村中施酒肉，不施蔬笋。果然饿三日，当备斋供。”至三日，请师赴斋，依旧酒肉杂陈，盖欲师饥不择食，以取鼓掌捧腹之快。师连取鸡蛋数个吞之，说偈曰：“混沌乾坤一口包，也无皮血也无毛。老僧带尔西天去，免受人间宰一刀。”众人相顾若失，遂供养村中。

【注释】

①浇薄：社会风气浮薄。

鹏粪

康熙壬子春，琼州近海人家忽见黑云蔽天而至，腥秽异常。有老人云：“此鹏鸟过也，虑其下粪伤人，须急避之。”一村尽逃。俄而天黑如夜，大雨倾盆。次早往视，则民间屋舍尽为鹏粪压倒。从内掘出，粪皆作鱼虾腥。遗毛一根，可覆民间十数间屋，毛孔中可骑马穿走，毛色黑如海燕状。

银伥

人但知虎有伥，不知银亦有伥。朱元芳家于闽，在山峪中得窖金银归，忽闻秽臭不可禁，且人口时有瘛瘚①。长老云："是流贼窖金，时常困苦。一人至，求死不得，乃约之曰：'为我守窖否？'其人应许，闭之窖中。凡客遇金者，祭度而后可得。"朱氏如教，乃祝曰："汝为贼守久，我得此金，当超度汝。"已而秽果净，病亦已。朱氏用富。有中表周氏亦得金银归，度终不能久也，反其金窖中。汤某为作《银伥》诗曰："死仇为仇守，尔伥何其愚！试语穴金人，此术定何如？"

【注释】

①瘛瘚（chì jué）：痉挛，昏厥。

苍蝇替人治病

诸生俞某久病，家赤贫，不能具医药。几上有《医便》一册，以意检而服之，皆不效。有一苍蝇飞入，鸣声甚厉，止于册上。生泣而祷曰："蝇者，应也，灵也。如其有灵，我展书帙，择方而投足焉，庶几应病且有瘳乎？"徐展十数叶。其蝇瞥然投下，乃犀角地黄汤也。如法制之，服数剂，得愈。

鼠荐卷

繁昌令黄公，与余同校江南甲子乡试。黄阅"赵"字号一卷，不合其意，置之落卷箱中。次日，早起看文，此卷仍在几上。初意以为本未入箱，偶忘之耳，乃仍放箱中。次早，此卷又在几上，疑家人作弊，夜张烛伫寐伺之，见三鼠钻入箱，共扛一卷放几上。黄疑此人有阴德，故朱衣遣鼠为之，遂勉强一荐而中。榜发，其人姓闵名某，来见，乃告之故，且问："君家作何善事？"曰："家贫，无善事可做，但三世不许畜猫耳。"

续卷五

阴沉木

阴沉木，湖广施南府属山中土产。此物悉掘地得之，名"阴沉木"。质香而轻，体柔腻，以指甲掐之，即有陷纹，少顷复合，如奇楠。然土人云：其木为棺，入土则日重，重则沉，葬千年后，其棺陷入地数十丈，亦坚重如铁，故宝贵之。施南买，不过六七十金，可得佳料一具；载至汉口，非千金不易购，以山水脚费大也。盘古以前无可考，有相传近混沌之上代，乃脱高、龙汉也。老聃生于龙汉元年。见道书。

水虎

《尔雅》：虎有角曰虝，能行水中。而不知水中实有虎也。康熙中，朱鹿田先生曾见松江提督养一虎在池中，以铁栅围之，名曰水虎。饲以鱼虾，不食生肉。《象山志》：里民渔于海，网得一雄虎，在网中犹活，出水即死。剖之，腹中有三小虎。此盖鲨鱼感气而化也，未登陆即为网获。

作势渡水

张灏游真州竹林寺，寺隔小河二丈，僧驾板桥来往。张到时日暮，桥已撤矣。张奋身踏水而渡。至僧庵，但湿半鞋。僧大惊，以为仙。张笑曰："我非仙也。少时曾有师授法，用厚砖高尺余，横排于地，铺三丈许，跃上飞走。砖不倾倒，再换薄砖试之，往来而砖不动摇，则用朽烂布绢。布绢受足不穿，再换豆腐，最后用棉纸、竹纸。能踏竹纸不破，便可踏水矣。但起步须在二十步之外，一鼓作气，即作虎势，腾空如飞。鞋头着水，不过五六寸，即上岸矣。若到水边才鼓气，便不能起势，然极其量，亦不过二丈而止。"

余按王莽用兵，募能飞者。有人应召，缚鸟羽为翅，飞数十步乃坠，莽知不可用。即此类也。

刘迂鬼

刘羽冲者，沧州人。性孤僻，好讲古制，实迂阔不可行。尝倩董天士画《秋林读书图》，纪厚斋先生题云："兀坐秋树根，块然无与伍。不知读何书，但见须眉古。只愁手所持，或是井田谱。"盖规之也。偶得古兵书，伏读经年，自谓可将十万。会有土寇，自练乡兵，与之角，大败。又得古水利书，伏读经年，自谓可使千里成沃壤，绘图列说于州官，州官使试于一村。沟洫甫成，水大至，顺渠灌入，人几为鱼。由是抑郁不自得。

恒独步庭阶，摇首自语曰："古人岂欺我哉！"如是日千百遍，惟此六字。不久发病死。后风清月白之夕，每见其魂在墓前松柏下，摇首独步，侧耳听之，所诵仍此六字。

痴鬼恋妻

京师有媪能视鬼，常告人云：昨于某家见一鬼，可谓痴绝，然情状可怜，亦使人心脾凄动。

鬼名某，住某村，家亦小康，死时年二十七八。初死百日后，妇邀我相伴，见其恒坐院中丁香树下，或闻妇哭声，或闻儿啼声，或闻兄嫂与妇诟谇声，虽阳气逼烁不能近，然必侧耳窗外，凄惨之色可掬。后见媒妁至妇房，愕然惊起，左右顾。后闻议不成，稍有喜色。既而媒妁再至，来往兄嫂与妇处，则奔走随之，皇皇如有失。

送聘之日，坐树下，目直视妇房，泪涔涔如雨。自是妇每出入，辄随其后，眷恋之意更笃。嫁前一夕，妇整束衾具，复徘徊檐外，或倚柱泣，或俯首如有思，稍闻房内嗽声，辄从隙私窥，营营彻夜。媪太息曰："痴鬼，何必如是！"若弗闻也。娶者入，秉火前行，鬼避立墙隅，仍翘首望妇。吾偕妇出，回顾见其远远随至娶者家，为门神所阻，稽颡哀乞，乃得入，则匿墙隅望妇行礼，凝立如醉状。妇入房，稍稍近窗而窥，至灭烛就寝，尚不去，为中霤神①所驱，乃狼狈出。

仍至妇室，妇留一儿在家，闻儿索母啼，趋出，环绕儿四周，以两手相搓，作无可奈何状。俄嫂出，挞儿一掌，更顿足拊心，遥作切齿状。媪视之不忍，乃径归。

【注释】

①中霤神：宅神。

虎伥

新安程生名敦，有族人家深山中，后圃园亭颇有幽趣，生往候之，迨晚则键庄门，盖其地有虎也。

一日初更时，月色微明，狂风骤作，一僮欲请钥出户，侪辈止之不可，主人亲晓谕之。僮不得已，私欲越垣而出，以高竣不得升。忽闻垣外有虎啸声，主人乃令众仆挟持此僮，颠狂撞叫，不省人事。生知有异，亲登小楼觇之，则见有一短颈人在垣外以砖击垣，每击则此僮辄叫呼欲出，不击乃定。生及主人皆知必虎伥也，乃持此僮愈力。僮叫呼良久，忽变作豕声，便溺俱下，其矢亦成猪矢矣。园中之人大惊。至五鼓，此僮睡去。

天晓时，生及主人复登楼觇，则见一虎自西边丛薄中跃去，而伥不复见矣。

续卷六

鼠渡江

乾隆五十年，有鼠数万，衔尾渡江，大小不一，在水飒飒有声。须臾间，江面里许为其所蔽。老舵工云："上江必有水灾。"至七月间，来安、全椒二县起蛟，田堤尽坏。

石中玉碗

乾隆五十五年，荆州大水，周王山崩，有璞石随流而下。耕人以锄击之，中得玉碗，温润洁白，无雕刻而有血沁，周围六寸许，惜石破而碗已伤。群不解碗何以生石中，或曰：此必千年前富贵人家玉碗堕入泥中，泥久气燥，变而为石，故将碗裹在石内。

琴变

金陵吴观星工琴，常为余言："琴是先王雅乐，不过口头语耳，未之信也。年五十时，为赵都统所逼，命弹《寄生草》，旁有伶人唱淫冶小调以和之。忽然风雷一声，七弦俱断，仰视青天，并无云采。都统举家失色。从此遇公卿弹琴，必焚香净手，非古调不弹矣。"

续卷七

杀一姑而四人偿命

建平令周君有族侄，自言：兄弟二人，娶妻，各有一子。父母殁后，遗一弱妹，不能抚爱，两妇尤虐待之。妹已字某广文子，贫不能娶，乃赘焉。两妇恒相语曰："一姑已累人，今又多一食指，奈何？终当以计遣之耳。"会兄弟读书城外僧舍，妹婿亦往省其亲。两妇俱托辞归宁，而尽扃其薪米食物以行。次日，姑入厨，无以为炊。忍饿两日，赧无可告，辗转不得已，遂自经焉。

两妇乃归，召其夫，讳曰病死，草草殡殓。寄书其夫家，携柩去。心喜以为脱然矣。然而，室中常闻鬼啾啾哭声。数月而长妇母子骤病，俱死。未几，次妇母子亦病，怖甚，嘱夫环守之。夜二鼓，忽阴风袭人，门帘豁然启，见一卒赤发蓝面，齿长数寸，手执钢叉，直入床前，攫其子去。急追逐之，见其子犹赤体展动，而忽不见矣，还视榻上，则子已绝而妇犹呻吟也。黎明，妇亦殁。

某目击其妻子之死而大悔恨，每告人以示戒焉。夫杀一姑而四人偿之，甚矣！阴谋致死之罪，至大也！

梦墨

武进钱文敏公，戊午应顺天试。场前，梦至正阳门外，见一人貌岸然，支布帐而陈墨若干于其下。先有一髯买墨，公亦就买。售墨者熟视公，予墨两丸，继予髯一丸，遂醒。后谒座主孙文定公，俨然售墨者。次一同年来谒，则髯至焉，是为无锡李君时乘。盖墨两丸者，两榜；李以一榜终于东平州牧。

桑蚕

宜兴东仓桥离城数里，有某村妇，子患痘，医者下方，须用桑蚕。夫佣于外，其姑命妇觅桑虫。妇至野寻求，见老桑一株，有蚕蠕蠕甚大，喜而捉之。行数武，忽失蚕，妇告其姑。姑曰："此活蚕，非有翼能飞，堕亦只在草间耳，盍往觅之。"妇仍诣其地搜寻，林隙有一洞。方谛视间，忽巨蛇昂首出，俨然人头，有一臂，怒目睒睒，指妇作人语曰："汝再扰我，即当啖汝。"妇惊仆。其姑讶妇久不返，往视之，见其卧地吐沫，面无人色。扶归渐苏，乃述所见如是。儿竟殇[①]，妇亦旋患病，不知何怪也。此乾隆壬子五月间事。

【注释】

①殇：未成年而死。

续卷八

吞舟鱼

凡出海客，辄市字纸灰包载以往。云洋中多怪风，及一切水怪，或吞舟鱼，投灰即去。有醝贾①业海运，载盐满舟而往。一日，忽遇吞舟大鱼吸浪而来，舟中无字灰，即以盐包投之，吞吸数十而去。后数日，闻有大鱼死滩上，腹中残包犹未化，始知食盐而毙也。

【注释】

①醝贾：盐商。

鸡毛烟死蛇

李金什言：鸡毛烧烟，一切毒蛇闻其气即死。凡蛟蜃属皆然，无能免者。究不知相制之性何自而然。或曰：此易知耳。凡蛟蜃与蛇类皆属阴，鸡本南方积阳之象，性属火，为至阳，故至阴之类触至阳之气，无不立毙。此正《阴符经》注所谓"小大之制，在气不在形"耳。

烟龙

张宁人言：其邻老善食烟，手一竹管，长五尺许，已三十余年矣。忽有道者过门，顾张所持烟管，曰："君此物得人精气久，已成烟龙，疗怯者有效。他日有索者，勿轻与。"一日，果有典商来，云其子患怯症，知君有旧竹烟管，乞市以疗。乃以七十千价截半尺许去。其子服之，瘵虫尽化紫水而下。他日，又遇前道者于门，出残管示之。曰："龙已伤尾，尚可活，须再食十年，乃可作还丹药也。"求其法，但笑不言，径去。其竹管至今犹存。张曾见之，果光泽，须发毕照。夜悬壁间，一切毒虫皆不敢近。

蜜虎

蜜虎，蜂类，形如蚕蛾，首有斑点，鼻上有二短须，口有黑丝如铁线，常卷缩，或云此鼻也。入花丛采花，辄伸黑丝入蕊心钓取，犹象之用鼻然。蜂采花用足，蜜虎用鼻，又各不同。

诸城王氏仆名王三，曾治庄田数十年，云："此虫山东最多，大为农患，土人呼为'古路哥子'。身有五彩，具细绒，如蚕蛾，尾如鹅尾铺张。雄者身狭小，可入药；雌者肥壮，不入药。秋间，腹中有子，散子生虫，有数种。其子产于豆荚上，则为豆虫，如青蠖状。若相扑叠，则体上细毛尽落。以油盐葱椒炒食之，味胜蚕蛹。其食蜂也，入其窠内，用鼻丝刺蜂，蜂中丝毒辄毙，然后徐啖之。盖蜂针在尾，此则在首。在尾者属阴，在首者属阳。以阳制阴，蜂故不能敌也。"

羊乳鹿

临安山中产鹿，清明前后生子。其子必俟天雨方能走，若无雨，终不能行也。土人觅得归家，以羊乳之，长大便随羊行走，野性稍驯，可为园林点缀，名"羊乳鹿"。

多角兽

僧志定，居天目，言其山深处长亘一二十里，榛莽森列，无道路。产沙木，可为枋，豪猪多构巢树隙，为木工所患。忽一年绝迹，不知所往。山民喜，乃大纵斧斤。有匠某入一荒谷，见一物为藤胃①死树上。视之，状如牛，而形大逾倍。遍体皆短角，长二三寸，灰黑色，如羊角，数以千计；顶上一角，红如血，长二三尺。盖巨藤多蔓大木，此兽偶从崖上误跃而入，角为藤缠，四足架空，且藤性柔韧，无所施力，卒致饿死。始知豪猪悉为所啖，究不知此兽何名。

【注释】

①胃：悬挂。

九尾蛇

茅八者，少曾贩纸入江西。其地深山多纸厂，厂中人日将落即键户，戒勿他出，曰："山中多异物，不特虎狼也。"

一夕，月皎甚，茅不能寐，思一启户玩月。瑟缩再四，自恃武勇尚可任，乃启关而出。行不数十步，忽见群猴数十，奔泣而来，尽择一大树而上，茅亦上他树远窥。旋见一蛇从林际出，身如拱柱，两目灼灼；体甲皆如鱼鳞而硬，腰以下生九尾，相曳而行，有声如铁甲然。至树下，乃倒植其尾，旋转作舞状。每尾端有小窍，窍中出涎如弹，射树上猴，有中者，辄叫号堕地，腹裂而死。乃徐啖三猴，曳尾而去。茅惧归，自是昏夜不敢出。

续卷九

斋猴

天目山多猴，要往斋猴者，先往韦陀庙烧香通陈："某日来山斋猴。"寺僧为挂牌晓示。临期，主人买馒头一千，铺在庙外地下。清晨，群猴毕集，有一极老者，白髯尺许飘飘，伛偻而至，旁有二猴，亦白须老者，扶持而来，群猴跪迎。老者南面就地坐，群猴拱手亦坐，寂然严肃，不敢哗。二侍者捧馒头献老猴，老者食，然后群猴共食。食毕，向主人叉手拜谢而去。梁履素孝廉亲见其事。余欲往施斋，而以路险草深，不果往。

狗熊写字

乾隆辛巳，虎丘有乞者养一狗熊，大如川马，箭毛森立，能作字吟诗，而不能言。往观者一钱许一看，以素纸求字，则大书唐诗一首，酬以一百钱。

一日，乞丐外出，狗熊独居，人又往，一与纸求写。熊写云："我长沙乡训蒙人，姓金名汝利。少时被此丐与其伙伴捉我去，先以哑药灌我，遂不能言。先畜一狗熊在家，将我剥衣捆住，浑身用针刺之，热血淋漓，趁血热时即杀狗熊，剥其皮包在我身上。人血狗血，交粘生牢，永不脱落。用铁链锁我以骗人，今赚钱几数万贯矣。"书毕，指其口，泪下如雨。众人大骇，将丐者擒送有司，照采生折割律，立杖杀之。押解狗熊至长沙，交付本家。

余按，己未年，京师某官奸仆妇，被妇咬去舌尖。蒙古医来，命杀狗取舌，带热血镶上，戒百日不出门，后引见，奏对如初。元某将军入阵，受刀箭伤无算，血涌气绝。太医某命杀马，剖其腹，抱将军卧马腹中，而令数十人摇动之，如食顷，将军浴血而立。皆一理也。

雷屑

吴人蔡鸣西与徐珮玉，中表也。二人之弟，自楚同舟载苎麻归。乾隆戊寅九月十三日，夜泊九江，雷雨大作。蔡怯懦，蒙被卧，有铜饭器支炉上，震摇欲堕。徐起移置，见电光直下，森逼双眸，大雷一声，船柁拔去，水溢入。舟人齐起，牵挽就岸。昏黑中互搬什物。天渐明，见徐顶心插一木，长约三四寸，围寸余，群相惊问徐。徐不自知，毫无痛痒，宛若生成，恰累坠不可一刻耐。

邻舟有人善符咒，曰："此雷屑也。无罪而误触者，予能拔之。"徐甚喜。蔡虑或妄，鸣诸县尹。尹至江干，审视其人书符于徐顶，口诵呐呐，举手一拔，木随手起，复以小黄纸书符贴创处。木入于顶者寸余，尖锐如锥。或云：能辟邪魅。尹以为当存案，遂携去。

明日，顶上纸自落，宛好如初。奇情奇事，奇技奇人，何所不有！

续卷十

屈丐者

苏州枫桥镇，乃客商粮艘聚集处。村尽头有古庙，为屈丐者所居。两足不仁，朝出暮归，不离枫桥左右。

一日晨起，见厕傍有遗囊，拾而阅之，中藏白金数百。因思是过客所遗，吾薄命人安能享此，且不知其作何勾当，一旦失之，有关性命，亦不可知。乃复归庙坐待。

午间，果有人飞步而来，顿足捶胸，状甚惶急。因问之曰："君得无失物者乎？"客曰："然。汝拾耶？"屈曰："有之。但须陈说不谬，方可还君。"客大喜，为述若干封，若干数，是何银色，是何包裹，果相符合，屈乃携出付之。客见原银大喜，愿分半相赠。屈笑曰："君痴耶？予不拜君全惠，而乃贪其半乎？且君损半，又不能了大事。请即速去，勿误我乞！"客不得已，检拾锭与之而别。

丐至街口，忽见一垂髫女，貌绝美，依父而哭，观者如堵。因问于众，或告曰："是曹氏索债者，将欲夺此女为偿，故悲耳。"问："欠几何？"众曰："十金。"屈闻怒曰："盘剥私债，凶恶如此，设欠官项，又将如何？且十金亦小事，何为富不仁，竟至于此！"讵知债主在旁，闻言而怒，指屈问曰："似汝填沟壑者，亦来说仁义耶？既出大言，可能为彼偿否？"屈慨然，即将前客所赠为之代偿，取归某之欠约而散。

曹之本意，原在女不在金，恨屈破其奸谋，乃贿捕役，指屈为贼，锁屈送官。吴县陈公深疑其冤，遗金客闻之，立即奔县，代为昭雪。陈公闻之，喜曰："此义丐也。"照反坐例，重惩捕役，并传枫桥各米行至，谕曰："所有日收米样，俱着赏给屈丐，免其朝夕沿门求乞之苦。"且为披红，令肩舆送归。

于是，此丐享日收石米之利，遂渐延求名医。遇道者与干荷瓣、茅、术各药，煎洗不数日，足病竟愈，与常人等。不十年间，便居然置大屋，娶妻室，作富翁矣。

唱歌犬

长沙市中有二人牵一犬，较常犬稍大，前两足趾，较犬趾爪长，后足如熊。有尾而小，耳鼻皆如人，绝不类犬，而遍体则犬毛也。能作人言，唱各种小曲，无不按节。观者如堵，争施钱以求一曲，喧闻四野。

县令荆公途遇之，命役引归，托以太夫人欲观，将厚赠之。至则先令犬入内衙，讯之。顾犬曰："汝人乎？犬乎？"对曰："我亦不自知为人也犬也。"曰："若何与偕？"对曰："我亦不自知也。"因诘以二人平素所习业，曰："我日则牵出就市，晚归即纳于桶，莫审其所为。一日，因雨未出，彼饲我于船上，得出桶。见二人启箱，箱中有木人数十，眼目手足悉能自动。其船板下卧一老人于内，生死与否，我亦不知。"

荆公拘二人鞫之，初不承认，旋命烧铁针刺入鬼哭穴[1]，极刑讯之，始言："此犬乃用三岁孩子做成。先用药烂其身上皮，使尽脱；次用狗毛烧灰，和药敷之；内服以药，使疮平复，则体生犬毛而尾出，俨然犬也。此法十不得一活，若成一犬，便可获利终身。不知杀小儿无限，乃成此犬。"问："木人何用？"曰："拐得儿，令自择木人，得跛者、瞎者、断肢者，悉如状以为之，令作丐求钱，以肥其囊。"即率役籍其船，于船下得老人皮，自背裂开，中实以草。问："何用？"曰："此九十以外老人皮也，最不易得。若得而干之，为屑和药弹人身，其人魂即来供役。觅数十年，近甫得之。又以皮湿，未能作屑，乃即败露。此天也，命也！只求速死。"荆公乃曳于市，暴其罪而榜死之。犬亦饿毙。

【注释】

①鬼哭穴：少商穴。

蟒过岭

湖广武冈州，有水路可达。有赴武冈任者，挈眷由水路行，一路皆滩河，两山壁立，茂树密箐①，惟日午见日而已。

一日，舟行，闻上流滩畔有人敲锣鸣众，询之，曰："今日蟒过岭，须停舟，不得行，行则有失。"问："何以知之？"曰："我处烧山，向例有定期，蟒知之，先期半月相率自南而北，俟北路烧山则又自北而南。时正十月，盖南路定期在初冬，北路定期在初春故也。其来日，早必有大风以阻行舟，便其横溪而渡。今早风大作，故知之。"问："在何处？"曰："相离里许，可望而见。"

俄顷风愈大，见两山树梢枝叶皆垂，露一蛇首，大如十石瓮，徐徐自山下剪溪过。其头入北山，尾犹在南山未尽，约计两山隔溪河三五百丈，如是者一食顷始尽。一蟒过尽，又一蟒来，长皆仿佛，以次相接而行，其体亦递小，一昼夜乃尽。土人云："此黑蟒，性皆纯良，从不伤人。"

【注释】

①密箐（jīng）：茂密的竹林。

种蟹

盛京将军某，驻扎关东地方，向无鳖蟹，惟将军署颇饶此物。有异之者，请于将军。将军笑曰："此非土产，乃予以人力种之。法用赤苋①捣烂，以生鳖连甲剁细碎，和青泥包裹为丸，置日中晒干，投活水溪畔。七日后，俟出小鳖，取置池塘中养之。螃蟹亦如此做法。"按此法《养鱼经》中载之，而不言能种螃蟹。据将军言，则凡介属皆可以此法种之，则是赤苋固蛤介②中之返魂丹也。

【注释】

①苋：又名雁来红、老少年、老来少，一年生草本植物。

②蛤介：蛤蚧，大壁虎，又称仙蟾。